Jack London

Der Sohn des Wolfs

Erzählungen

Bibliografische Information der Deutschen Nationalbibliothek:
Die Deutsche Nationalbibliothek verzeichnet diese Publikation in der Deutschen Nationalbibliografie; detaillierte bibliografische Daten sind im Internet
über http://dnb.dnb.de abrufbar.

Herstellung und Verlag: BoD – Books on Demand, Norderstedt

ISBN: 978-3-7448-5072-8

Inhaltsverzeichnis

Das weiße Schweigen

»Carmen hält keine zwei Tage mehr aus.« Mason spie einen Klumpen Eis aus und betrachtete besorgt das arme Tier, dann nahm er die Pfote der Hündin in den Mund und begann das Eis loszubeißen, das zwischen ihren Zehen saß und sie grausam quälte.

»Ich hab' auch noch nie einen Hund mit einem so hochtrabenden Namen gesehen, der etwas taugte«, sagte er, spie das letzte Eisstück aus und schob den Hund fort. »Die schwinden einem direkt unter den Fingern weg. Habt ihr je gesehen, daß ein Hund mit einem ordentlichen Namen wie Cassiar, Siwash oder Husky zu Schaden gekommen wäre? Seht nur Shookum, das ist –«

Haps! Die magere Bestie fuhr hoch und hätte Mason um ein Haar an der Kehle gepackt.

»Was!« Ein gewandter Schlag hinters Ohr mit der Hundepeitsche streckte das Tier in den Schnee, wo es zitternd liegenblieb, während ihm gelblicher Schaum aus dem Fang tropfte.

»Was ich sagen wollte: Seht mal Shookum an – der hat's in sich. Wetten, daß er Carmen gefressen hat, ehe die Woche um ist!«

»Ich schlage eine andere Wette vor«, entgegnete Malemute Kid und wendete das gefrorene Brot, das zum Auftauen vor das Feuer gestellt war. »Wir werden Shookum fressen, ehe die Reise zu Ende ist. Was meinst du, Ruth?«

Die Indianerin, die dabei war, Eis aufzutauen, um Kaffee zu machen, blickte von Malemute Kid auf ihren Mann und dann auf die Hunde, ließ sich aber zu keiner Antwort herbei. Die Wahrheit dessen, was der Mann gesagt hatte, war so offenkundig, daß jede Antwort überflüssig war. Eine ununterbrochene Reise von zweihundert Meilen vor sich und kaum für sechs Tage Proviant für Menschen und Hunde – es gab keine Wahl. Die Frau und die beiden Männer setzten sich um das Feuer und machten sich an ihre karge Mahlzeit. Die

Hunde lagen angeschirrt da, denn es war nur Mittagsruhe, und beobachteten neidisch jeden Bissen.

»Von heute ab gibt es kein Frühstück mehr«, sagte Malemute Kid. »Und wir müssen ein Auge auf die Hunde haben – sie fangen an, bösartig zu werden. Wenn sich die Gelegenheit bietet, fallen sie ohne weiteres über uns her.«

»Und dabei bin ich Geschworener und Sonntagsschullehrer gewesen.« Nachdem Mason sein Herz durch diesen etwas merkwürdigen Ausspruch erleichtert hatte, versank er in träumerische Betrachtung seiner dampfenden Mokassins, wurde aber aus seinen Betrachtungen durch Ruth geweckt, die ihm die Tasse füllte. »Gott sei Dank haben wir ja noch eine Menge Tee! Ich hab' ihn selbst wachsen sehen in Tennessee. Was würde ich jetzt für ein Stück Kuchen geben! Na, mach' dir nichts draus, Ruth; denn es dauert gar nicht mehr lange, dann brauchst du nicht mehr hungrig in Mokassins herumzulaufen.«

Als die Frau diese Worte hörte, schüttelte sie die Niedergeschlagenheit ab, und eine große Liebe zu ihrem weißen Herrn und Gebieter leuchtete in ihren Augen auf. Er war der erste Weiße, den sie je gesehen – der erste Mann, den sie je ein Weib besser als ein Lasttier hatte behandeln sehen.

»Ja, Ruth«, sagte ihr Gatte in dem Kauderwelsch, in dem sie sich allein verständlich machen konnten. »Warte nur, bis wir aus dem Dreck heraus sind. Wir werden das Kanu des weißen Mannes nehmen und nach dem Salzwasser fahren. Ja, schlimmes Wasser, rings Wasser – große Berge, die immer auf und nieder tanzen. Und so groß, so weit, weit fort – du reisen zehn Schlaf, zwanzig Schlaf, vierzig Schlaf« (er zählte die Tage an den Fingern ab), »immer Wasser, schlimmes Wasser. Dann du kommen nach großem Dorf, viele Menschen, gerade wie Moskitos nächsten Sommer. Wigwams, oh, so hoch – zehn, zwanzig Kiefern. Hi–yu Shookum!« Er hielt inne, sandte Malemute Kid einen flehentlichen Blick und stellte dann mühselig mittels Zeichensprache die zwanzig Kiefern aufeinander. Malemute Kid lächelte ironisch, aber Ruths Augen standen weit offen vor Verwunderung und Freude; denn sie wußte nicht recht, ob er nicht scherzte, und eine solche Herablassung erfreute ihr armes Frauenherz.

»Und dann gehen hinein in ein – einen Kasten und puff! du fahren hoch.« Er warf seine leere Tasse zur Illustration in die Luft, fing sie gewandt auf und rief: »Und piff! du kommen runter. Oh! Große Medizinmänner! Du gehen Fort Yukon, ich gehen Arctic City, fünfundzwanzig Schlaf, lange Leine ganzer Weg – ich fangen eine Leine – ich sagen ›Hallo, Ruth! Wie geht's?‹ – und du sagen ›Das ist mein lieber Mann?‹ und ich sagen ›Ja‹. Und du sagen ›Ich nicht können backen gutes Brot, kein Soda mehr‹, dann ich sagen ›Sieh nach in der Speisekammer unterm Mehl; auf Wiedersehen‹. Du sehen nach und finden viel Soda. Die ganze Zeit du Fort Yukon mich Arctic City. Hi–yu Medizinmann!«

Ruth lächelte so freimütig über das Märchen, daß beide Männer in Lachen ausbrachen. Ein Lärm unter den Hunden machte den Herrlichkeiten des Wunderlandes ein schnelles Ende, und als die knurrenden Gegner getrennt waren, hatte die Frau die Schlitten angeschirrt, und alles war zum Aufbruch bereit. –

»Los! Baldy! He! Los!« Mason gebrauchte tüchtig die Peitsche, und als die Hunde sich heulend ins Geschirr warfen, brach er mit der Steuerstange den Schlitten los. Ruth folgte mit dem nächsten Gespann, und Malemute Kid, der ihr beim Aufbruch geholfen hatte, bildete den Nachtrab. Dieser starke, rauhe Mann, der imstande war, einen Ochsen mit einem Schlag zu fällen, brachte es nicht übers Herz, die armen Tiere zu schlagen, sondern war freundlich zu ihnen, wie ein Hundetreiber selten ist – ja, er weinte fast über ihr Elend.

»So, los jetzt, ihr armen, wundfüßigen Viecher!« murmelte er nach mehreren vergeblichen Versuchen, den Schlitten in Gang zu bringen; aber schließlich wurde seine Geduld belohnt, und sie hasteten ihren Genossen nach.

Es wurde nicht mehr gesprochen; die Mühen der Reise erlaubten eine solche Kraftverschwendung nicht. Und von allen tötenden Mühen ist die Nordlandsfahrt die schlimmste. Glücklich der Mann, der sich einen Tagesmarsch durch

Schweigen erkaufen kann, und das selbst auf gebahnten Wegen.

Und von allen unsäglichen Mühen ist das Wegebahnen die schlimmste. Bei jedem Schritt sinken die großen, breiten Schneeschuhe ein, daß der Schnee bis zum Knie reicht. Dann muß der Fuß gehoben, senkrecht gehoben werden, denn eine Abweichung von auch nur dem Bruchteil eines Zolls bedeutet sicheren Sturz, der Schneeschuh muß bis ganz über die Oberfläche gehoben werden; dann vorwärts und hinunter, worauf der andere Fuß ungefähr eine Elle senkrecht gehoben werden muß. Wer es zum erstenmal versucht, wird es, wenn er seine Schuhe glücklich auseinanderhalten kann, so daß er nicht über seine eigenen Beine fällt, nach hundert Ellen erschöpft aufgeben. Wer einen ganzen Tag vor den Hunden bleiben kann, darf mit gutem Gewissen und einem Stolz, der über alle Begriffe geht, in seinen Schlafsack kriechen. Und wer zwanzig Tagemärsche unterwegs bleibt, ist ein Mann, den die Götter selbst beneiden dürfen.

Es wurde Nachmittag, und unter der drückenden Benommenheit, die von dem weißen Schweigen erzeugt wird, machten die stummen Reisenden sich an ihre Arbeit. Die Natur hat viele Möglichkeiten, den Menschen von seiner Sterblichkeit zu überzeugen – der unendliche Wechsel der Gezeiten, das Wüten des Sturmes, die Schrecken des Erdbebens, der rollende Donner des Himmels –, aber am betäubendsten von allem ist die totengleiche Ruhe des weißen Schweigens. Jede Bewegung hört auf, der Himmel ist klar, das leiseste Flüstern wird eine Entweihung. Und der Mensch wird ängstlich, fürchtet sich vor dem Klang seiner eigenen Stimme. Ein winziges Atom von Leben, zieht er durch die geisterhaften Weiten einer toten Welt, zittert über seine eigene Verwegenheit und erkennt, daß er ein Wurm und nicht mehr ist. Seltsame Gedanken kommen ungerufen, und das große Geheimnis aller Dinge kämpft um Enthüllung. Und die Furcht vor dem Tode, vor Gott, vor dem All kommt über ihn – die Hoffnung auf Auferstehung und Leben, die Sehnsucht nach Unsterblichkeit, die gebundene Kraft seines Wesens, die sich vergebens müht, frei zu werden – ja, wenn je, so wandert der Mensch dann allein mit Gott.

So verging der Tag. Der Fluß machte einen großen Bogen, den Mason abschnitt, indem er sein Gespann quer über die schmale Landzunge steuerte. Aber die Hunde kamen nicht auf das andere Ufer hinauf. Immer wieder glitten sie zurück, obwohl Ruth und Malemute Kid den Schlitten schoben. Noch eine Anstrengung. Die elenden, vom Hunger ermatteten Tiere boten ihre letzten Kräfte auf. Hinauf – hinauf – der Schlitten schwankte auf dem äußersten Rande; aber der Leithund bog nach rechts ab und stolperte über Masons Schneeschuhe. Das Ergebnis war traurig. Mason verlor das Gleichgewicht; einer der Hunde stürzte im Geschirr, der Schlitten glitt zurück und riß sie alle wieder mit zum Fluß hinunter.

Klatsch! Die Peitsche fiel wild auf die Hunde und namentlich auf den gestürzten.

»Nicht, Mason,« bat Malemute Kid, »der arme Teufel pfeift auf dem letzten Loch. Warte, wir ziehen den Schlitten wieder hoch.«

Mason hielt ruhig die Peitsche zurück, bis das letzte Wort gefallen war, dann schoß die lange Schnur heraus und wand sich ganz um den Körper des schuldigen Tieres. Carmen – sie war es nämlich – kroch im Schnee zusammen, heulte jämmerlich und fiel auf die Seite.

Es war ein kritischer Augenblick, eine unheimliche Episode der Reise: ein sterbender Hund und zwei aufgebrachte Kameraden. Ruth blickte flehend von einem zum andern. Aber Malemute Kid beherrschte sich, obwohl eine Welt von Vorwürfen in seinen Blicken lag, als er sich über den Hund beugte und die Riemen zerschnitt. Kein Wort wurde gesprochen. Die andern Hunde wurden vorgespannt und die Schwierigkeit überwunden; die Schlitten kamen wieder in Gang, der sterbende Hund schleppte sich hinterher. Solange ein Hund auch nur kriechen kann, wird er nicht erschossen, man gibt ihm noch die letzte Chance: ins Lager zu kriechen, wenn er kann, und gerettet zu werden, falls man einen Elch erwischt.

Mason bereute schon seine Heftigkeit, war aber zu eigensinnig, um sich zu entschuldigen. Er arbeitete sich vor, bis er die Spitze des Zuges erreicht hatte, ohne die Gefahr zu ahnen, die drohte. Die Bäume standen schirmend dicht am Ufer, und zwischen ihnen hindurch mußten sie sich ihren Weg bahnen. Fünfzig Fuß oder weiter vom Wege ragte eine mächtige Kiefer empor. Seit Generationen stand sie da, und seit Generationen hatte das Schicksal seine Absicht mit ihr – und vielleicht mit Mason gehabt.

Er beugte sich nieder, um den Riemen des einen Mokassins fester zu schnallen. Die Schlitten hielten, und die Hunde legten sich in den Schnee, ohne auch nur einen Laut von sich zu geben. Die Stille war unheimlich. Nicht ein Hauch regte sich in dem bereiften Wald; die Kälte und das Schweigen des Raumes hatten das Herz der Natur vereist und ihre zitternden Lippen zum Schweigen gebracht. Ein Seufzer zitterte in der Luft – sie hörten es weniger, als daß sie es fühlten. Es war wie der Vorbote einer Bewegung in diesem von jeder Bewegung verlassenen Urwald. Dann spielte dieser große Baum, der von der Wucht der Jahre und des Schnees beschwert war, seine letzte Rolle in der Tragödie des Lebens. Mason hörte das warnende Krachen und versuchte aufzuspringen, erhielt aber, fast schon stehend, den Schlag gegen die Schulter. Die plötzliche Gefahr, der schnelle Tod – wie oft hatte Malemute Kid ihnen ins Auge geblickt! Die Kiefernadeln zitterten noch, als er auch schon zusprang. Auch die Indianerin wurde weder ohnmächtig noch erhob sie ihre Stimme zu unnützen Klagen, wie viele ihrer Schwestern getan hätten. Auf seine Anordnung warf sie sich mit ihrem ganzen Gewicht auf eine schnell improvisierte Hebestange, erleichterte damit den Druck und lauschte auf das Stöhnen ihres Gatten, während Malemute Kid dem Baum mit der Axt zu Leibe ging. Der Stahl klang hell, als er in den gefrorenen Stamm biß, und jeder Schlag wurde von einem atemlosen »Hup! Hup!« des Fällers begleitet.

Endlich legte Kid das klägliche Etwas, das einmal ein Mann gewesen war, in den Schnee. Näher aber als die Qual seines Kameraden ging ihm die stumme Angst auf dem Gesicht der Frau, der aus hoffendem und hoffnungslosem Fragen gemischte Ausdruck. Es wurde nicht viel gesprochen. Im Nordland sieht man bald die Nutzlosigkeit der Worte und den unendlichen Wert der Taten ein. Bei einer Temperatur von 65 Grad Fahrenheit unter Null kann ein Mensch nicht lange im Schnee liegen, ohne zu sterben. So wurden denn die Zugleinen zerschnitten, der Leidende wurde in Pelze gehüllt und auf ein Lager von Zweigen gelegt. Vor ihm knisterte ein Feuer, genährt von dem Baum, der das Unglück verursacht hatte. Hinter und teilweise über ihm war ein primitiver Schirm aufgestellt – ein Stück Leinwand, das die Wärmestrahlen auffing und auf den Mann zurückwarf –, eine der Erfindungen, die Männer machen, wenn sie Physik an der Quelle studieren.

Und Männer, die ihr Bett mit dem Tode geteilt haben, wissen, wann der Ruf ertönt. Mason war schrecklich zugerichtet. Die oberflächlichste Untersuchung ergab das. Auf der rechten Seite waren ihm Arm, Bein und Rücken zerschmettert, die Glieder von der Hüfte an gelähmt, und aller Wahrscheinlichkeit nach hatte er auch innere Verletzungen erlitten. Ein gelegentliches Stöhnen war das einzige Lebenszeichen, das er gab.

Es gab keine Hoffnung; es war nichts zu tun. Die unbarmherzige Nacht verstrich langsam für Ruth, die in dem verzweifelten Stoizismus ihrer Rasse dasaß, und für Malemute Kid, in dessen Bronzegesicht sich neue Furchen zeigten. Mason litt in der Tat am wenigsten, denn er verbrachte die Zeit in den Bergen von Tennessee, wo er Szenen aus seiner Kindheit wieder erlebte. Und sein längst vergessener Südstaatendialekt ertönte mit einem seltsamen Pathos, wenn er in seinen Phantasien schwamm, Waschbären jagte und Wassermelonen stahl. Für Ruth war es Chinesisch, Kid aber verstand es – verstand es, wie nur der es kann, der jahrelang von aller Zivilisation abgeschlossen gewesen ist.

Der Morgen brachte den Sterbenden wieder zum Bewußtsein, und Malemute Kid beugte sich über ihn, um sein Flüstern zu verstehen.

»Weißt du noch, wie wir uns auf dem Tanana trafen? Im nächsten Frühling sind es vier Jahre her. Ich machte mir damals nicht soviel aus ihr. Gewiß, sie war hübsch, und irgend etwas an ihr reizte mich, glaube ich. Aber seitdem habe ich sie sehr liebgewonnen. Sie ist mir eine gute Frau gewesen, immer Schulter an Schulter mit mir, wenn ich in der Klemme war. Und beim Handel, das weißt du, hat sie nicht ihresgleichen. Weißt du noch, wie sie die Moosehornschnellen hinabfuhr, um dich und mich vom Felsen herunterzuholen, während die Kugeln das Wasser wie Hagelschlossen peitschten? Und damals bei der Hungersnot in Nuklukyeto? – oder als sie mit dem Eisbruch um die Wette lief, um mir die Nachricht zu bringen? Ja, sie ist mir eine gute Frau gewesen, besser als die andre. Das wußtest du vielleicht nicht? Ich hab' es dir nie erzählt, was? Ja, ich hab' es schon einmal in den Staaten versucht. Darum bin ich ja hier. Wir waren zusammen aufgewachsen. Ich ging fort, um ihr Gelegenheit zu geben, sich von mir scheiden zu lassen. Und die nahm sie wahr.

»Aber das hat nichts mit Ruth zu tun. Ich habe gedacht, im nächsten Jahre reinen Tisch zu machen und wegzugehen – mit ihr – aber jetzt ist es zu spät. Schick' sie nicht zu ihrem Volk zurück, Kid. Es ist verflucht schwer für eine Frau, wenn sie wieder zurückgehen soll. Denk' nur – fast vier Jahre hat sie unsere Kost gegessen: Schinken und Bohnen und Mehl und Dörrobst, und da sollte sie wieder zu ihren Fischen und ihrem Renntierfleisch zurück. Es wäre nicht gut für sie, unser Leben versucht und gemerkt zu haben, daß es besser als das ihres eigenen Volkes ist, um dann zu ihnen zurückzukehren. Nimm dich ihrer an, Kid – warum willst du nicht selbst – aber nein, du hast ja immer Angst vor ihnen gehabt – und du hast mir auch nie erzählt, warum du ins Land gekommen bist. Sei gut zu ihr und schicke sie nach den Staaten, sobald du kannst. Aber mach' es so, daß sie wiederkehren kann – sie bekommt so leicht Heimweh.

»Und das Kleine – das hat uns noch näher aneinander geknüpft, Kid. Ich hoffe nur, daß es ein Junge wird! Denk' daran! – Fleisch von meinem Fleisch, Kid. Er darf nicht hier im Lande bleiben. Und wenn es ein Mädchen wird, wie könnte es! Verkauf meine Felle. Sie werden mindestens viertausend einbringen, und ebensoviel habe ich bei der ›Kompanie‹ zugute. Sorg' dafür, daß er eine gute Erziehung erhält, und, Kid, vor allem, laß ihn nicht hierher zurückkommen. Dies Land ist nicht für weiße Männer geschaffen.

»Mit mir ist es vorbei, Kid. Drei oder vier Tage höchstens. Ihr sollt weiter. Ihr müßt! Denk' daran, daß es meine Frau, daß es mein Junge ist – mein Gott! Ich hoffe, es ist ein Junge! Ihr könnt nicht bei mir bleiben – und ich befehle euch, ich, ein Sterbender, daß ihr weiterzieht.«

»Laß mir drei Tage,« bat Malemute Kid, »es könnte dir besser gehen; vielleicht geschieht etwas.«

»Nein.«

»Nur drei Tage.«

»Ihr müßt weiter.«

»Zwei Tage.«

»Es gilt meine Frau und meinen Jungen, Kid. Du darfst mich nicht bitten.«

»Einen Tag.«

»Nein, nein, ich verlange –«

»Nur einen einzigen Tag. Wir könnten an den Rationen sparen, und vielleicht schieße ich einen Elch.«

»Nein – nun, schön; einen Tag, aber nicht eine Minute länger. Und, Kid, laß mich nicht allein dabei. Nur einen Schuß, den Finger auf den Drücker. Du verstehst. Denk' daran! Denk' daran! Fleisch von meinem Fleisch, und ich werde ihn nie sehen!

Schick' mir Ruth her. Ich will ihr Lebewohl sagen und sie bitten, an den Jungen zu denken und nicht zu warten, bis ich tot bin. Sonst weigert sie sich vielleicht, mit dir zu gehen. Leb' wohl, Alter, Leb' wohl!

»Kid, grabe nach, wo wir den Hund verscharrt haben, neben der Schlittenbahn. Ich habe auf meiner Schaufel Gold gehabt.«

»Und, Kid!« Der beugte sich tiefer herab, um die letzten schwachen Worte zu hören, in denen der Sterbende seinen Stolz aufgab. »Es tut mir leid – wegen – du weißt – Carmen.«

Malemute Kid verließ die Frau, die leise um ihren Mann weinte, zog seine Parka und seine Schneeschuhe an, nahm die Büchse unter den Arm und schritt in den Wald. Es war nicht das erstemal, daß er dem finsteren Grauen des Nordlands gegenüberstand. Aber noch nie hatte es ihn vor eine so schwere Aufgabe gestellt. Bei nüchterner Betrachtung wäre es ein einfaches Rechenexempel gewesen – drei Lebende gegen einen zum Tode Verurteilten. Aber dennoch zögerte er. Fünf Jahre hatten sie Seite an Seite auf Flüssen und Schneeöden, in Lagern und Minen, immer den Tod vor Augen, die Bande ihrer Kameradschaft geknüpft. So fest waren die Bande gewesen, daß er, seit Ruth zu ihnen gekommen war, oft eine unbestimmte Eifersucht bei ihr gespürt hatte. Und jetzt sollte er diese Bande mit eigener Hand zerschneiden.

Obwohl er betete, daß ein Elch, nur ein einziger Elch kommen möchte, war alles wie ausgestorben, und bei Einbruch der Nacht schleppte sich der ermattete Mann mit leeren Händen und schwerem Herzen zum Lager zurück. Lärm unter den Hunden und gellende Schreie Ruths ließen ihn seine Schritte beschleunigen.

Als er das Lager erreichte, sah er Ruth mitten unter den knurrenden Hunden stehen und mit einer Axt um sich schlagen. Die Hunde hatten das eiserne Gesetz ihrer Herren übertreten und waren an den Proviant gegangen. Mit erhobenem Kolben sprang er zwischen sie, und der uralte Kampf ums Dasein wurde mit all der Brutalität seiner ursprünglichen Umgebung ausgekämpft. Büchse und Axt fuhren auf und nieder, trafen oder fehlten mit monotoner Regelmäßigkeit. Geschmeidige Körper flogen hoch mit wilden Augen und schäumendem Rachen, Menschen und Tiere stritten wild um die Übermacht. Dann krochen die geschlagenen Bestien ans Feuer, leckten ihre Wunden und heulten ihr Elend den Sternen zu.

Den ganzen Vorrat an getrocknetem Lachs hatten sie gefressen, und kaum fünf Pfund Mehl waren übrig, um sie zweihundert Meilen weit durch die Wüste zu bringen. Ruth kehrte zu ihrem Manne zurück, während Malemute Kid einen der Hunde, dem die Axt den Kopf zerschmettert hatte, abzog. Alles wurde sorgfältig beiseitegelegt, nur die Haut und die Eingeweide wurden den andern Hunden vorgeworfen.

Der Morgen brachte neue Schwierigkeiten. Die Tiere kehrten sich gegeneinander. Carmen, die nur noch mit einem schwachen Faden am Leben hing, wurde von der Koppel angegriffen. Sie kümmerten sich nicht um die Peitsche. Sie krochen heulend unter den Schlägen zusammen, ließen sich aber nicht auseinandertreiben, ehe der letzte elende Bissen verschwunden war – Knochen, Haut, Haare, alles.

Malemute Kid ging an seine Arbeit, während er den wilden Reden Masons lauschte, der wieder mit den Kameraden anderer Zeiten in Tennessee war.

Er wählte einige Kiefern in der Nähe und arbeitete schnell. Ruth beobachtete ihn, wie er einen Steinhaufen errichtete, so wie die Jäger zuweilen tun, um ihr Fleisch gegen Wölfe und Hunde zu schützen. Er bog die Wipfel von zwei kleinen Kiefern gegeneinander und fast bis zum Boden herab und band sie mit Riemen aus Elchshaut aneinander. Dann schlug er die Hunde, bis sie zahm wurden, und spannte sie vor zwei von den Schlitten, auf die er alles lud mit Ausnahme der Felle, in die Mason gehüllt war. Die wickelte er dicht um ihn und schnallte sie mit Riemen fest, deren Enden er an den herabgezogenen Kiefern befestigte. Ein einziger Schnitt mit dem Messer mußte die Bäume befreien und den Körper des Mannes hoch in die Luft schnellen lassen.

Ruth hatte den letzten Wunsch ihres Mannes erfahren und widersetzte sich nicht. Die Ärmste hatte die Kunst des Gehorchens zur Genüge gelernt. Von Kind an hatte sie sich wie alle Frauen, die sie kannte, vor dem Herrn der Schöpfung gebeugt, und es kam ihr gar nicht in den Sinn, daß Frauen ungehorsam sein konnten. Kid erlaubte ihr, sich ein einziges Mal ihrem Kummer hinzugeben, als sie ihren Mann küßte, ein Brauch, den ihr eigenes Volk nicht kannte. Er führte sie dann zu dem ersten Schlitten und half ihr in die Schneeschuhe. Blindlings, ganz instinktiv, ergriff sie Steuerstange und Peitsche und setzte die Hunde in Gang. Kid kehrte zu Mason zurück, der eingeschlummert war, und lange, nachdem sie verschwunden war, saß er noch am Feuer, wartete, hoffte und betete, daß sein Kamerad sterben möchte.

Es ist nicht gut, mit traurigen Gedanken allein im weißen Schweigen zu sein. Die Stille der Finsternis ist warmherzig, schützt uns und atmet tausend unfaßbare Sympathien; aber die helle weiße Stille, die klar und kalt unter stahlgrauen Wolken liegt, ist unbarmherzig.

Eine Stunde verging – zwei Stunden, aber der Mann wollte nicht sterben. Gegen Mittag warf die Sonne, ohne ihren Rand über den südlichen Horizont zu erheben, einen Lichtschein über den Himmel, um dann schnell wieder hinabzugleiten. Malemute Kid stand auf und schleppte sich zu seinem Kameraden. Er warf einen Blick um sich. Das weiße Schweigen schien ihn zu höhnen, und ein großer Schrecken überkam ihn. Ein scharfer Knall, Mason schwang in seinem luftigen Grabe, und Malemute Kid peitschte auf die Hunde los, daß sie in wildem Galopp über den Schnee jagten.

Der Sohn des Wolfs

Männer schätzen ihre Frauen selten gebührend ein, wenigstens nicht, ehe sie sie verloren haben. Der Mann weiß nicht die wunderbare Atmosphäre zu schätzen, von der die Frau umgeben ist, solange er darin lebt; nimm sie ihm aber, und eine stets wachsende Leere beginnt sich in seinem Dasein zu offenbaren, und ihn überkommt eine Art Hunger, etwas so Unbestimmbares, daß er es nicht ausdrücken kann. Haben seine Kameraden nicht mehr Erfahrung als er selber, so werden sie verständnislos den Kopf schütteln und ihm schwere körperliche Arbeit auferlegen. Aber der Hunger wird zunehmen; der Mann wird das Interesse für die Begebenheiten des täglichen Lebens verlieren und kränkeln, bis er eines schönen Tages, wenn das Gefühl der Leere unerträglich geworden ist, eine Erleuchtung hat.

Geschieht das im Yukonland, so befrachtet der Mann, wenn es Sommer ist, gewöhnlich einen Prahm oder schirrt, wenn es Winter ist, seine Hunde an und steuert nach Süden. Einige Monate später kehrt er dann, wenn er überhaupt Vertrauen zu dem Lande gewonnen hat, mit einer Frau wieder, die dies Vertrauen oder – was auch vorkommt – die Gefahren und Enttäuschungen mit ihm teilen kann. Dies soll nur dazu dienen, den Egoismus des Mannes zu zeigen. Es bringt uns aber auch auf den Fall des »Grindigen« Mackenzie, der sich in alten Tagen ereignete, ehe das Land von einwandernden Chechaquas[1] überschwemmt und verteilt war, und zwar zu einer Zeit, als Klondike einzig Anspruch darauf erhob, daß man von seiner Lachsfischerei Kenntnis nehme.

Dem Grindigen Mackenzie sah man es an, daß er unter der Mühsal des Grenzerlebens geboren war und gelebt hatte. Sein Gesicht war von fünfundzwanzigjährigem unaufhörlichen Kampf mit den wildesten Launen der Natur gezeichnet, und die wildesten und härtesten Jahre von allen, die beiden letzten, hatte er damit verbracht, nach dem Gold zu graben, das dort in der Finsternis der Eisregionen verborgen liegt. Als

---

[1] Neulinge.

die Sehnsucht ihn überkam, war er nicht überrascht, denn er war ein praktischer Mann und hatte andere Männer in der gleichen Lage gesehen. Aber er verheimlichte nach Möglichkeit jedes Zeichen seiner Krankheit. Das einzige, was man merkte, war, daß er schwerer als je arbeitete. Den ganzen Sommer kämpfte er mit den Moskitos und wusch die steilen Sandbänke im Stuart River für doppelten Naturalienlohn aus. Dann flößte er Bauholz den Yukon abwärts nach Forty Mile und baute sich eine so bequeme Hütte, wie sich irgendein Lager ihrer nur rühmen konnte. Sie schien so gemütlich zu werden, daß mancher Mann mit Freuden sein Partner geworden wäre, nur um bei ihm zu wohnen. Aber er vernichtete jede Hoffnung mit derben Worten, die für ihre Barschheit und Bündigkeit bekannt waren, und kaufte sich doppelten Proviantvorrat.

Wie schon erwähnt, war der Grindige Mackenzie ein praktischer Mann. Wenn er etwas haben wollte, bekam er es meistens, aber er bog nie weiter von seinem Wege ab, als streng notwendig war. Obwohl er Arbeit und Mühsal gewohnt war, scheute er doch eine Reise von sechshundert Meilen übers Eis, zweitausend Meilen übers Meer und noch ein drittes Tausend Meilen, ehe das Ziel erreicht war – alles nur, um sich eine Frau zu holen. Das Leben war zu kurz. Daher spannte er seine Hunde vor, verstaute eine merkwürdige Last auf seinem Schlitten und steuerte quer über die Wasserscheide, deren westliche Hänge von den Hauptzuflüssen des Tanana durchfurcht wurden.

Er war ein zäher Reisender, und seine Wolfshunde konnten bei weniger Nahrung schwerer arbeiten und länger laufen als irgendein Gespann in Yukon.

Drei Wochen später fuhr er dann in das Jagdlager am oberen Tanana ein. Die Indianer wunderten sich über seine Unbesonnenheit, denn sie hatten einen schlechten Ruf und waren bekannt dafür, daß sie weiße Männer um unbedeutender Dinge, wie einer geschliffenen Axt oder einer zerbrochenen Büchse, willen töteten. Aber er bewegte sich unbewaffnet, mit einer seltsamen Mischung von Demut, Vertraulichkeit, Kaltblütigkeit und Unverschämtheit unter ihnen. Eine flinke

Hand und eine tiefe Kenntnis von der Mentalität der Wilden gehörte dazu, um mit Glück so verschiedene Waffen zu handhaben; aber er war ein Meister in dieser Kunst und wußte, wann er schmeicheln und wann er mit dem Donnerkeil seines Zornes drohen sollte.

Zuerst machte er dem Häuptling Thling-Tinneh seine Aufwartung und überreichte ihm ein paar Pfund schwarzen Tee und Tabak, wodurch er seine äußerste Gewogenheit gewann. Dann mischte er sich unter die Männer und Mädchen und gab ihnen am Abend einen Potlach. Der Schnee wurde festgestampft in einem Oval, das etwa hundert Fuß in der Länge und fünfundzwanzig Fuß in der Breite maß. In der Mitte wurde ein langes Feuer angezündet und der ganze Platz mit Zweigen bedeckt. Die Hütten standen verlassen, und die ungefähr hundert Mitglieder des Stammes sangen zu Ehren ihres Gastes. Der Grindige Mackenzie hatte sich ihren nicht sehr reichen Wortschatz angeeignet und wußte auch in ihren tiefen Kehllauten, ihrer fast japanischen Mundart, ihrem eigenartigen Satzbau und in all ihren ehrenden und schmückenden Ausdrücken zu reden. Er hielt also Reden in ihrem eigenen Stil und befriedigte ihre angeborene Liebe zur Poesie durch unförmliche Bilder. Nachdem Thling-Tinneh und der Schamane geantwortet hatten, schenkte er den Männern Kleinigkeiten, beteiligte sich an ihren Gesängen und erwies sich als ein Meister in ihrem »Zweiundfünfzig-Stöcke-Spiel«.

Und sie rauchten seinen Tabak und waren vergnügt. Die jüngeren Männer nahmen jedoch eine herausfordernde Haltung ein und zeigten eine gewisse prahlerische Zudringlichkeit, die dank den deutlichen Hinweisen der zahnlosen Squaws und dem Kichern der jungen Mädchen nicht zu verkennen war. Sie hatten nur wenige weiße Männer, »Söhne des Wolfs« gekannt, aber merkwürdige Dinge von ihnen gelernt.

Das entging auch der Aufmerksamkeit des Grindigen Mackenzie nicht, trotz seiner scheinbaren Sorglosigkeit. Als er sich in seinen Schlafsack gewickelt hatte, dachte er ernsthaft darüber nach und rauchte viele Pfeifen, während er seinen Kriegsplan schmiedete. Nur ein Mädchen hatte ihn gefesselt, und das war keine andere als Zarinska, die Tochter des

Häuptlings. Ihre Züge, ihre Gestalt und Haltung entsprachen am meisten dem Schönheitstyp des weißen Mannes. Sie wirkte auch unter ihren Stammesschwestern beinahe auffallend. Sie wollte er besitzen, zu seiner Frau machen und sie – ja, er wollte sie Gertrud nennen! Nachdem er diesen Entschluß gefaßt hatte, drehte er sich auf die Seite und schlief ein als der echte Sohn seiner alles besiegenden Rasse.

Es war eine langsame Arbeit und ein schwieriges Spiel, aber der Grindige Mackenzie manövrierte gewandt und mit einer Sorglosigkeit, die die Sticksindianer unsicher machte. Er achtete sorgfältig darauf, daß die Männer ihn als sicheren Schützen und gewaltigen Jäger kennenlernten, und das Lager erscholl von Beifallsrufen, als er auf sechshundert Ellen einen Elch erlegte. Abends pflegte er dem Häuptling Thling-Tinneh einen Besuch in seinem Zelt aus Renntierfellen abzustatten, mächtig zu prahlen und freigebig Tabak zu verteilen. Auch den Schamanen vergaß er nicht, denn er kannte den Einfluß des Medizinmannes auf sein Volk und war bestrebt, ihn auf seine Seite zu bekommen. Aber dieser Würdige fühlte sich als großer Mann, wollte sich nicht günstig stimmen lassen, so daß man offenbar mit ihm als mit einem künftigen Feinde rechnen mußte.

Obgleich sich keine Gelegenheit für ein Gespräch mit Zarinska ergab, warf Mackenzie ihr doch manchen verstohlenen Blick zu und gab ihr seine Absicht deutlich zu erkennen. Und sie verstand sie gut, umgab sich jedoch, wenn die Männer fort waren oder sonst eine Möglichkeit gewesen wäre, mit ihr zu sprechen, kokett mit einem Kreis von Frauen. Aber er hatte keine Eile und wußte zudem, daß sie an ihn dachte, und daß einige Tage Denken seinen Absichten nur dienlich sein konnte.

Endlich verließ er eines Abends, als seiner Ansicht nach die Zeit gekommen war, die verräucherte Wohnung des Häuptlings und eilte nach dem benachbarten Zelt. Wie gewöhnlich saß sie von Squaws und Mädchen umgeben da, die alle mit dem Nähen von Mokassins und mit Perlenarbeiten beschäftigt waren. Bei seinem Eintritt lachten sie, und der Klatsch, der ihn mit Zarinska zusammenbrachte, wurde laut.

Aber eine nach der andern wurde ohne Umschweife in den Schnee gesetzt, und bald war die Neuigkeit über das ganze Lager verbreitet.

Er führte seine Sache gut in ihrer Sprache, denn sie verstand die seine nicht, und nach zwei Stunden erhob er sich, um zu gehen.

»Zarinska wird also mit in die Wohnung des weißen Mannes kommen? Gut! Ich werde jetzt mit deinem Vater sprechen, denn ihm wird es vielleicht nicht gefallen. Und ich werde ihm viele Geschenke geben; aber er darf nicht zuviel verlangen. Wenn er nein sagt? Gut! Zarinska wird dennoch in die Wohnung des weißen Mannes kommen.«

Er hatte schon den Fellzipfel erhoben, um zu gehen, als ein leiser Ausruf ihn bewog, sich umzudrehen. Zarinska war auf dem Bärenfell in die Knie gesunken, ihr Gesicht strahlte in weiblicher Hingebung, und schamhaft schnallte sie ihm den schweren Gürtel auf. Er sah verwirrt auf sie hinab, mißtrauisch, angestrengt auf den schwächsten Laut von draußen lauschend. Aber ihre nächste Bewegung verscheuchte alle Furcht, und er lächelte froh. Sie nahm aus ihrem Nähbeutel eine Elchfellscheide, die herrlich mit bunten Perlen in phantastischen Mustern verziert war. Sie zog sein großes Jagdmesser, betrachtete ehrfürchtig die scharfe Schneide, schien sie mit dem Daumen probieren zu wollen und schob sie hierauf in ihre neue Hülle. Dann steckte sie ihm die Scheide in den Gürtel, an ihren gewöhnlichen Platz, gerade über der Hüfte. Es war wie eine Szene aus alten Tagen – die Dame und ihr Ritter. Mackenzie hob sie dann auf und berührte ihre Lippen mit seinem Bart – diese ihr fremde Liebkosung der weißen Männer. Es war eine Begegnung zwischen Steinzeit und Stahlzeit. Die Luft zitterte von Erregung, als Mackenzie, ein Bündel unter dem Arm, den Zipfel von Thling-Tinnehs Zelt beiseiteschlug. Die Kinder liefen draußen herum und sammelten trockenes Holz für den Potlach, ein Geschwirr von Weiberstimmen wuchs beständig, die jungen Männer berieten sich in murrenden Gruppen, und aus der Hütte des Schamanen ertönten die unheimlichen Klänge eines Beschwörungsgesanges.

Der Häuptling war allein mit seinem triefäugigen Weibe, aber ein Blick genügte, um Mackenzie zu erzählen, daß seine Neuigkeit bereits alt war. Er ging daher geradeswegs auf die Sache los, indem er die perlengestickte Scheide demonstrativ nach vorn schob, um die Verlobung bekanntzugeben.

»O Thling-Tinneh, du mächtiger Häuptling der Sticks und des Tanana-Landes, du Herrscher über Lachs und Bär, Elch und Renntier! Der weiße Mann steht in einer großen Sache vor dir. Viele Monde hat seine Wohnung leer gestanden, und er ist einsam. Und sein Herz hat sich in der Stille verzehrt und hungert nach einem Weibe, das neben ihm in seiner Wohnung sitzen und ihm, wenn er von der Jagd heimkehrt, warmes Feuer und gutes Essen bieten kann. Er hat seltsame Dinge gehört. Das Trippeln kleiner Mokassins und den Klang von Kinderstimmen. Und eines Nachts hatte er ein Gesicht, und er sah den Raben, der dein Vater ist, den großen Raben, der der Vater aller Sticks ist. Und der Rabe sprach zu dem einsamen weißen Manne und sagte: ›Binde dir deine Mokassins und schnalle dir deine Schneeschuhe an und belade deinen Schlitten mit Nahrung für viele Schläfe und mit schönen Geschenken für den Häuptling Thling-Tinneh. Denn du sollst dein Angesicht dorthin wenden, wo die Frühlingssonne hinter dem Land zu versinken pflegt, und nach den Jagdgründen dieses großen Häuptlings ziehen. Dort sollst du ihm reiche Geschenke machen, und Thling-Tinneh, der mein Sohn ist, soll dir ein Vater sein. In seiner Wohnung ist ein Mädchen, dem ich den Atem des Lebens für dich eingehaucht habe. Dies Mädchen sollst du zum Weibe nehmen.‹ O Häuptling, so sprach der große Rabe; und deshalb lege ich meine Geschenke vor deine Füße, deshalb bin ich gekommen, um deine Tochter zu nehmen!«

Der alte Mann wickelte sich mit dem würdigen Bewußtsein seiner Majestät in seine Felle, schob aber die Antwort hinaus, da ein Kind hereinkroch und ihm den Bescheid überbrachte, daß er in den Rat kommen solle, worauf es wieder verschwand.

»Oh, weißer Mann, den wir den Elchtöter genannt haben, auch bekannt als der Wolf und der Sohn des Wolfs! Wir wissen, du kommst von einem mächtigen Volke. Wir sind stolz, daß wir dich als Gast bei unserm Potlach haben; aber der Königslachs paart sich nicht mit dem Hundelachs, und so auch der Rabe nicht mit dem Wolf.«

»Nein, das stimmt nicht!« rief Mackenzie. »Ich habe die Töchter des Raben in den Lagern der Wölfe gefunden – die Squaw von Mortimer, die von Tregidgo und die von Barnaby, der vor zwei Eisbrüchen kam, und ich habe von andern Squaws gehört, wenn meine Augen sie auch nicht sahen.«

»Sohn, deine Worte sind wahr; aber sie passen schlecht zusammen, wie Wasser und Sand, wie die Schneeflocken und Sonne. Hast du aber Mason und seine Squaw getroffen? Nein? Er kam vor zehn Eisbrüchen – der erste aller Wölfe. Und mit ihm kam ein mächtiger Mann, rank wie ein Weidenzweig, groß und stark wie der graue Bär, mit einem Herz wie der Sommermond; sein –«

»Oh!« unterbrach ihn Mackenzie, der sich der wohlbekannten Gestalt erinnerte – »Malemute Kid!«

»Ja, er war ein mächtiger Mann. Aber sahst du die Squaw? Sie war Zarinskas Schwester.«

»Nein, Häuptling, aber gehört habe ich von ihr. Mason – fern, fern im Norden zerschmetterte ihn eine Kiefer, schwer von Jahren. Aber seine Liebe war groß, und er hatte viel Gold. Mit dem und mit ihrem Knaben reiste sie zahllose Schläfe der Mittagssonne des Winters zu, und dort lebt sie noch – kein schneidender Frost, kein Schnee, keine Mitternachtssonne, keine Winternacht.«

Ein zweiter Bote unterbrach sie mit einer gebieterischen Aufforderung des Rates. Als Mackenzie ihn in den Schnee hinausjagte, sah er einen Augenblick schwankende Gestalten vor dem Ratsfeuer, hörte die tiefen Baßtöne vom rhythmischen Gesang der Männer und wußte, daß der Schamane den Zorn des Volkes entfachte. Eile tat not. Er wandte sich an den Häuptling.

»Ich will dein Kind haben, und sieh, hier ist Tabak, Tee, hier sind viele Tassen Zucker, warme Decken, große und gute Tücher. Und hier, sieh, hier ist eine treffliche Büchse mit vielen Kugeln und viel Pulver.«

»Nein«, antwortete der alte Mann und wehrte sich gegen die großen Reichtümer, die vor ihm ausgebreitet waren. »In diesem Augenblick hat mein Volk sich versammelt. Es will nichts von dieser Heirat wissen.«

»Aber du bist der Häuptling.«

»Doch meine jungen Männer sind wütend, weil die Wölfe ihnen ihre Mädchen genommen haben, so daß sie nicht heiraten können.«

»Höre mich, o Thling-Tinneh! Ehe die Nacht dem Tage weicht, wird der Wolf seine Hunde nach den Bergen des Ostens wenden und in das Land des Yukons ziehen. Und Zarinska wird seinen Hunden den Weg bahnen.«

»Und ehe die Nacht halb vergangen ist, werfen meine jungen Männer vielleicht das Fleisch des Wolfes den Hunden vor, und seine Knochen liegen im Schnee verstreut, bis der Frühling sie bloßlegt.«

Das war Drohung. Mackenzies Bronzegesicht färbte sich dunkelrot. Er erhob seine Stimme. Die alte Squaw, die bis jetzt als passive Zuhörerin dabeigesessen hatte, versuchte, an ihnen vorbei zur Tür zu kriechen. Der Gesang der Männer brach plötzlich ab, und man hörte laute Stimmen; er warf die alte Frau unsanft auf ihr Fellager zurück.

»Noch einmal rufe ich: Höre mich, o Thling-Tinneh! Der Wolf stirbt mit zusammengebissenen Zähnen, und mit ihm werden zehn deiner stärksten Männer zur Ruhe gehen – Männer, die man vermissen wird, denn die Jagd hat längst begonnen, und es dauert nicht viele Monde, bis der Fischfang beginnt. Was nützt es euch, daß ich sterbe? Ich kenne die Gebräuche deines Volkes. Dein Anteil an meinem Reichtum wird nur sehr klein sein. Gibst du mir dein Kind, so ist alles dein. Noch eines: Meine Brüder werden kommen, und ihrer sind viele, und ihre Bäuche sind nie gefüllt; und die Töchter des Raben werden Kinder in den Wohnungen des Wolfes gebären. Mein Volk ist größer als dein Volk. Das ist die Bestimmung. Willige ein, und all diese Reichtümer sind dein.«

Mokassins knirschten draußen im Schnee. Mackenzie spannte den Hahn seiner Büchse und lockerte die beiden Revolver im Gürtel.

»Sag' ja, o Häuptling!«

»Aber mein Volk wird nein sagen.«

»Sag' ja, und alles dies ist dein. Mit deinem Volke werde ich später abrechnen.«

»Der Wolf will es so. Schön, ich nehme seine Geschenke – aber ich habe ihn gewarnt.«

Mackenzie reichte ihm die Sachen, sorgte aber dafür, daß der Patronenauswerfer der Büchse vernagelt war. Als Zugabe erhielt der Häuptling noch ein in den buntesten Farben strahlendes seidenes Taschentuch. Der Schamane trat jetzt mit einem Dutzend junger Leute ein, aber der Weiße drängte sich kühn zwischen ihnen hindurch und verließ das Zelt.

»Pack' ein!« lautete sein lakonischer Gruß, als er an Zarinskas Zelt vorbeikam; dann eilte er, um seine Hunde anzuschirren. Wenige Minuten später bog er an der Spitze seines Gespanns, das Weib an seiner Seite, auf dem Ratplatz ein. Er setzte sich an das obere Ende des Kreises neben den Häuptling. Neben ihm, etwas zurück, saß Zarinska – wie es sich ziemte; im übrigen war die Lage gefährlich, und er mußte sich den Rücken decken.

Zu beiden Seiten saßen die Männer zusammengekauert am Feuer und sangen ein Lied ihres Volkes aus längst entschwundener Zeit. Voll von eigenartigen, langgezogenen Kadenzen und immer neuen Wiederholungen, klang es nicht gerade schön. »Schrecklich« war die beste Bezeichnung dafür. Am unteren Ende tanzten ein Dutzend Weiber unter den Augen des Schamanen. Wer sich nicht ganz der Ekstase der Beschwörung hingab, bekam schwere Vorwürfe von ihm zu hören. Halb verborgen unter der Masse des rabenschwarzen, gelösten Haares, das ihnen bis zur Hüfte reichte, schwankten sie langsam hin und her, und ihre Leiber wogten nach dem wechselnden Rhythmus.

Es war eine unheimliche Szene, ein Überspringen der Zeiten. Im Süden ging das neunzehnte Jahrhundert auf die Neige, und hier lebten Urmenschen, nur wenig verschieden von den vorhistorischen Höhlenbewohnern, der vergessene Rest einer älteren Welt. Die lohfarbenen Wolfshunde saßen zwischen ihren fellgekleideten Herren oder kämpften miteinander um Platz, und der Widerschein des Feuers leuchtete in ihren roten Augen und ihren geifernden Fängen, die Wälder lagen in geisterhafter Ruhe, finster und teilnahmlos da. Das weiße Schweigen, das vor einer Stunde nach dem Waldessaume zurückgetrieben war, schien jetzt wieder vorzudringen. Die Sterne tanzten mit großen Sprüngen am Himmel, wie sie zu tun pflegen, wenn die Kälte am schlimmsten ist. Polargeister schleppten ihre Feuergewänder über den Himmel.

Als der Grindige Mackenzie seinen Blick über die pelzgekleideten Reihen schweifen ließ, um Gesichter zu suchen, die er vermißte, kam ihm die wilde Größe des finsteren Auftritts zum Bewußtsein. Sein Blick weilte einen Augenblick auf einem neugeborenen Kinde, das an der nackten Brust seiner Mutter saugte. Es war sehr kalt – mehr als siebzig Grad Fahrenheit. Er dachte daran, wie empfindlich gegen die Kälte die Frauen seiner eigenen Rasse waren, und lächelte finster. Und doch war er den Lenden eines so zarten Weibes mit einem so königlichen Erbe entsprungen – einem Erbe, das ihm die Herrschaft über Land und Meer, über Tiere und Völker aller Zonen verlieh. Ein einzelner gegen hundert, vom arktischen Winter umgeben, fern von den Seinen, fühlte er den Drang, das Erbe zu heben, den Wunsch, zu besitzen, die wilde Liebe zur Gefahr, die Lust zum Kampf, die Fähigkeit zu siegen oder zu sterben.

Singen und Tanzen hörte auf, und der Schamane entwickelte eine wilde Beredsamkeit. Mit allen Mitteln seiner wüsten Mythologie bearbeitete er klug die Leichtgläubigkeit seines Volkes. Seine Stellung war stark. Indem er das gute, schöpferische Prinzip als in der Krähe und im Raben verkörpert hinstellte, brandmarkte er Mackenzie als den Wolf, das streitbare, vernichtende Prinzip. Der Kampf zwischen diesen Mächten war nicht allein geistig, Mann gegen Mann kämpften ihn, jeder unter seinem Totem. Sie waren die Kinder von Jelchs, dem Raben, dem Feuerbringer; Mackenzie war ein Kind des Wolfs oder, mit andern Worten, des Teufels. Für sie war es Verrat und Gotteslästerung schlimmster Art, in diesem ewigen Kampf Waffenstillstand zu schließen, ihre Töchter dem Erbfeind zu vermählen. Kein Ausdruck war zu stark, keine Bezeichnung gehässig genug, um Mackenzie als Meuchelfeind und Sendling des Satans zu brandmarken. Als er in seiner Rede so weit gelangt war, hörte man aus tiefer Brust seiner Zuhörer ein wütendes, unterdrücktes Knurren.

»Ja, meine Brüder, Jelchs ist allmächtig! Brachte er uns nicht das himmlische Feuer, damit wir uns wärmen konnten? Zog er nicht Sonne, Mond und Sterne aus ihren Höhlen, damit wir sehen konnten? Lehrte er uns nicht, mit den Geistern des Hungers und des Frostes zu kämpfen? Aber jetzt ist Jelchs zornig auf seine Kinder, und sie sind hingeschwunden bis auf eine Handvoll, und er will ihnen nicht mehr helfen. Denn sie haben ihn vergessen und sind böse Wege gewandert. Sie haben seine Feinde in ihre Hütten eingelassen und ihnen erlaubt, an ihren Feuern zu sitzen. Und der Rabe trauert über die Sünden seiner Kinder; wenn sie sich aber erheben und zeigen, daß sie sich besonnen haben, dann wird er aus der Finsternis kommen und ihnen helfen. Oh, Brüder! Der Feuerbringer hat euerm Schamanen eine Botschaft zugeflüstert, und ihr sollt sie hören. Laßt die jungen Männer die jungen Weiber in ihre Hütten führen. Laßt sie dem Wolf an die Kehle fahren; laßt ihre Feindschaft nicht sterben. Dann sollen ihre Weiber fruchtbar werden, und sie sollen zu einem mächtigen Volk aufwachsen! Und der Rabe wird den großen Stamm ihrer Väter und ihrer Väter Väter aus dem Norden herbeiführen. Und sie werden die Wölfe zurücktreiben, bis sie wie das Lagerfeuer verschwundener Jahre sind, und wir werden wieder über alles Land herrschen! Das ist die Botschaft von Jelchs, das Wort des Raben.«

Diese Verheißung vom Kommen eines Messias ließ die Sticks aufspringen und in ein heiseres Heulen ausbrechen. Mackenzie zog vorsichtig die Daumen aus den Fausthandschuhen und wartete, was da kommen sollte. Ein Geschrei erhob sich, man rief nach dem Fuchs, bis einer der jungen Männer vortrat und sprach:

»Brüder! Der Schamane hat weise gesprochen. Die Wölfe haben unsere Weiber genommen, und unsere Männer sind kinderlos. Wir sind zu einer Handvoll eingeschrumpft. Die Wölfe haben unsere warmen Felle genommen und uns böse

Geister dafür gegeben, die in Flaschen wohnen, und Kleider, die nicht vom Biber oder vom Dachs kommen, sondern aus Gras gemacht sind. Und sie sind nicht warm, und unsere Männer sterben an seltsamen Krankheiten. Ich, der Fuchs, habe mir kein Weib genommen, und weshalb? Zweimal sind die Mädchen, die mir gefielen, in das Lager der Wölfe gegangen. Und jetzt habe ich Felle von Biber, Elch und Renntieren gesammelt, um die Gunst Thling-Tinnehs zu gewinnen, daß er mir Zarinska, seine Tochter, gebe. Aber jetzt hat sie Schneeschuhe an den Füßen, um den Hunden des Wolfs den Weg zu bahnen. Ich rede nicht für mich allein. Wie mir, so ist es auch dem Bären ergangen. Auch er möchte gern der Vater ihrer Kinder sein, und viele Felle hat er dazu gesammelt. Ich spreche für alle jungen Männer, die keine Frau haben. Die Wölfe sind immer hungrig. Immer nehmen sie das Beste, die Raben bekommen nur den Abfall.«

»Seht Gugkla!« rief er, indem er brutal auf eine Frau wies, die Krüppel war. »Ihre Beine sind krumm wie die Spanten eines Birkenkanus. Sie kann weder Holz sammeln, noch den Jägern das Fleisch tragen. Haben die Wölfe sie gewählt?«

»Nein! Nein!« brüllten die Stammesgenossen.

»Und Moyri, deren Augen der böse Geist schielend gemacht hat. Selbst die kleinen Kinder werden bange, wenn sie sie ansehen, und man sagt, daß sogar der graue Bär ihr ausweicht. Wurde sie gewählt?«

Wieder erscholl grausamer Beifall.

»Und dort sitzt Pischet. Sie hört meine Worte nicht. Nie hat sie das Gespräch der Frauen, die Stimme ihres Mannes und das Plaudern ihres Kindes gehört. Sie wohnt im weißen Schweigen. Machen die Wölfe sich etwas aus ihr? Nein! Sie nehmen sich das Beste von der Beute; uns bleibt nur der Abfall. Brüder! So soll es nicht bleiben! Die Wölfe sollen nicht mehr um unser Lagerfeuer schleichen. Die Zeit ist gekommen.«

Ein mächtiger Lichtstreif, das Nordlicht, schoß purpurn, grün und gelb über den Zenit, baute eine Brücke von Horizont zu Horizont. Den Kopf zurückgeworfen und die Arme ausgestreckt, stand er da; seine Rede hatte ihren Höhepunkt erreicht.

»Seht! Die Geister unserer Väter haben sich erhoben, und große Taten sollen heute nacht verrichtet werden!«

Er trat zurück, und ein anderer junger Mann trat, etwas unsicher und von seinen Kameraden getrieben, vor. Er überragte sie um Haupteslänge, mit seiner breiten Brust bot er der Kälte Trotz. Unsicher trat er von einem Fuß auf den andern. Er konnte kein Wort herausbringen, und ihm war schlecht zumute. Sein Gesicht war schrecklich anzusehen, denn es war einmal durch einen furchtbaren Schlag halb zerrissen. Endlich schlug er sich mit der geballten Faust auf die Brust, schnaufte wie ein Trommelwirbel, und seine Stimme erscholl wie die Brandung gegen Klippen.

»Ich bin der Bär – Silberspitze und der Sohn Silberspitzes! Als meine Stimme noch die eines Mädchens war, tötete ich schon Luchs, Elch und Renntier. Als sie wie der Schrei des Vielfraßes unter einem Steinhaufen erklang, ging ich südwärts über die Berge und tötete drei Männer vom Stamme des weißen Flusses. Als sie wie das Brüllen des Sturmes wurde, begegnete ich dem grauen Bären, aber ich wich ihm nicht aus.«

Hier hielt er inne, und seine Hand fuhr bedeutungsvoll über die furchtbare Narbe.

»Ich bin nicht wie der Fuchs. Meine Zunge ist gefroren wie der Fluß. Ich kann nicht reden. Meiner Worte sind wenige. Der Fuchs sagt, heute nacht sollen große Taten ausgeführt werden. Gut! Die Rede fließt von seiner Zunge wie die Ströme im Frühling, aber er ist sparsam mit Taten. Heute nacht will ich mit dem Wolfe kämpfen. Ich will ihn töten, und Zarinska soll an meinem Feuer sitzen. Der Bär hat gesprochen.«

Obgleich alle Geister der Hölle ihn umtosten, hielt der Grindige Mackenzie stand. Da er wußte, wie wenig ihm seine Büchse im Nahkampf nützen konnte, schob er beide Revolver im Gürtel so hin, daß er sie mit einem einzigen Griff erreichen konnte, und zog die Fäustlinge halb aus. Er wußte, daß es keine Hoffnung gab, wenn sie ihn gesammelt angriffen, aber seinem Worte getreu, bereitete er sich vor, mit zu-

sammengebissenen Zähnen zu sterben. Der Bär jedoch hielt
seine Genossen zurück, indem er die eifrigsten mit seiner
furchtbaren Faust vertrieb. Als der Lärm sich zu legen begann, blickte Mackenzie sich nach Zarinska um. Sie sah
prachtvoll aus. Mit halbgeöffneten Lippen und zitternden
Nüstern bog sie sich, wie ein Tiger im Sprunge, auf den
Schneeschuhen vor. Ihre großen schwarzen Augen hefteten
sich in Furcht und Trotz auf ihre Stammesgenossen. So stark
war ihre Spannung, daß sie zu atmen vergaß. Die eine Hand
krampfhaft gegen die Brust gedrückt, die andere um die Hundepeitsche gepreßt, schien sie zu Stein verwandelt. Als er sie
ansah, ließ ihre Spannung nach. Ihre Muskeln erschlafften;
mit einem tiefen Seufzer sank sie zurück und warf ihm einen
Blick zu, der mehr als Liebe enthielt.

Thling-Tinneh versuchte zu reden, aber sein Volk über-
tönte seine Stimme. Da trat Mackenzie vor. Der Fuchs öffnete den Mund zu einem durchdringenden Schrei, aber so wild
sprang Mackenzie auf ihn los, daß er zurückwich und der
Schrei in seiner Kehle erstickte. Sein Erschrecken wurde mit
schallendem Gelächter begrüßt, und Mackenzie bekam einen
Augenblick Ruhe zum Sprechen.

»Brüder! Der weiße Mann, den ihr den Wolf zu nennen
beliebt, kam mit aufrichtigen Worten zu euch. Er war nicht
wie der Innuit. Er sprach keine Lügen. Er kam als Freund und
wollte euer Bruder sein. Aber eure Männer haben gesprochen,
und die Zeit der sanften Worte ist vorbei. Zunächst will ich
euch sagen, daß der Schamane eine böse Zunge hat und ein
falscher Prophet ist, und daß die Botschaft, die er brachte,
nicht vom Feuerbringer ist. Seine Ohren sind der Stimme des
Raben verschlossen, und in seinem eigenen Kopfe hat er
listige Pläne erdacht und euch zum Narren gehalten. Er hat
keine Macht. Als eure Hunde verzehrt wurden, als euer Magen schwer war von ungegerbten Häuten und Mokassinstrei-
fen, als die alten Männer starben, als die alten Frauen starben,
und als die Säuglinge an den vertrockneten Brüsten der Mütter starben, als das Land finster war und ihr zugrunde ginget
wie der Lachs in der Falle, ja, als die Hungersnot unter euch
herrschte, brachte da der Schamane euern Jägern Glück?

Brachte er euerm Magen Fleisch? Ich sage euch, der Schamane hat keine Macht. Seht, ich speie ihm ins Gesicht!«

Trotz aller Bestürzung über die Lästerung war kein Laut zu hören. Einige der Frauen waren zwar entsetzt, aber unter den Männern war nur eine Spannung zu spüren, als erwarteten sie ein Wunder. Aller Augen richteten sich auf die Hauptdarsteller. Der Priester war sich klar, daß ein kritischer Augenblick gekommen war, er fühlte seine Macht wanken, öffnete den Mund zu Drohungen, wich aber vor dem furchtbaren Vorrücken Mackenzies, seiner erhobenen Faust und seinen flammenden Blicken zurück. Mackenzie lächelte höhnisch und fuhr fort:

»Bin ich getroffen? Hat der Blitz mich verbrannt? Sind die Sterne vom Himmel gefallen und haben mich zerschmettert? Pah! Mit dem Hund bin ich fertig! Und jetzt will ich euch von meinem Volk erzählen, dem mächtigsten aller Völker, die auf Erden herrschen. Zuerst jagen wir, wie ich jage – allein. Dann aber jagen wir in Rudeln, und zuletzt wimmelt das ganze Land von uns wie von den Renntieren. Wen wir in unsere Wohnungen nehmen, der lebt. Wer nicht kommen will – stirbt. Zarinska ist ein schönes Mädchen, aufrecht und stark. Wohl geeignet, die Mutter von Wölfen zu werden. Selbst wenn ich sterbe, wird sie es werden; denn meiner Brüder sind viele, und sie werden der Spur meiner Hunde folgen. Hört das Gesetz des Wolfes: Wer das Leben eines Wolfes nimmt – zehn von seinem Volke sollen mit ihrem Leben dafür büßen. In vielen Ländern ist der Preis bezahlt worden, in vielen Ländern wird er bezahlt werden.

»Laßt mich wieder zurückkommen auf den Bären und den Fuchs. Es schien, als hätten sie beide ihre Augen auf das Mädchen geworfen. Aber seht, ich habe sie gekauft! Thling-Tinneh stützt sich auf die Büchse, die andern Waren liegen an seinem Feuer. Aber ich will den jungen Männern entgegenkommen. Dem Fuchs, dessen Zunge trocken von vielen Worten ist, will ich fünf lange Rollen Tabak geben. Dann kann sein Mund wieder feucht werden und seine Zunge im Rate lärmen. Dem Bären aber, auf den ich stolz bin, will ich zwei Decken, zwanzig Tassen Mehl und ebensoviel Tabak wie dem Fuchs geben. Und wenn er mit mir über die Berge im Osten zieht, dann will ich ihm eine Büchse geben, wie Thling-Tinneh sie bekam. Wenn nicht? Gut! Der Wolf ist der Worte müde. Doch noch einmal will er die Worte des Gesetzes sagen: Wer das Leben eines Wolfes nimmt – zehn von seinem Volke sollen mit ihrem Leben dafür büßen.«

Mackenzie trat lächelnd auf seinen Platz zurück, aber im Innern war er unruhig. Die Nacht war noch finster. Das Mädchen trat zu ihm, und er hörte genau zu, wie sie ihm von den Kunstgriffen des Bären im Messerkampf erzählte.

Die Entscheidung fiel für den Kampf. Im Handumdrehen waren Dutzende von Mokassins dabei, den in den Schnee gestampften Platz um das Feuer zu erweitern. Es wurde viel über die anscheinende Niederlage des Schamanen gesprochen. Manche behaupteten, er hätte nur seine Macht zurückgehalten, während andere sich an frühere Begebenheiten erinnerten und dem Wolf recht gaben. Der Bär trat in die Mitte des Kampfplatzes, ein langes entblößtes Jagdmesser russischer Arbeit in der Hand. Der Fuchs machte darauf aufmerksam, daß Mackenzie Revolver hätte. Daher nahm er seinen Gürtel ab und schnallte ihn Zarinska um, deren Hände er auch seine Büchse anvertraute. Sie schüttelte den Kopf. Sie konnte nicht schießen – für ein Weib bestand wenig Aussicht, solch feine Dinge zu gebrauchen.

»Wenn mir Gefahr von hinten droht, so rufe laut: ›Mein Gatte!‹ Nein, so: ›Mein Gatte!‹«

Er lachte, als sie es wiederholte, kniff sie in die Backe und trat wieder in den Kreis. Nicht allein an Reichweite und Größe war der Bär ihm überlegen, seine Klinge war auch um gut zwei Zoll länger. Mackenzie hatte schon Männern in die Augen gesehen, und daher wußte er, daß er einem Manne gegenüberstand.

Immer wieder wurde er bis an den Rand des Feuers oder in den tiefen Schnee hinausgedrängt, und immer wieder arbeitete er sich mit der Taktik des geübten Faustkämpfers in die Mitte zurück. Nicht eine Stimme erhob sich, um ihn anzufeuern, während sein Gegner Beifall, Winke und Warnungen erhielt. Aber er biß die Zähne zusammen, während die Messer klirrten; und er stieß und parierte mit einer Kaltblütigkeit, die er der Kenntnis seiner eignen Kraft verdankte. Anfangs fühlte er Sympathie für seinen Feind; aber sie mußte bald dem Lebensinstinkt in seiner ursprünglichsten Form weichen, und an dessen Stelle trat wieder die Lust, zu töten. Die Kultur von Jahrtausenden war von ihm abgestreift, er war ein Höhlenbewohner, der um sein Weibchen kämpfte.

Zweimal traf er den Bären und sprang selbst unbeschädigt zurück; das drittemal aber verfing sich sein Messer, und sie blieben aneinanderhängen. Jetzt begann er die furchtbare Kraft seines Gegners zu spüren. Seine Muskeln spannten sich zu schmerzenden Knoten, die Sehnen drohten zu zerreißen, aber immer näher kam der russische Stahl. Er versuchte loszukommen, ermattete sich aber nur dadurch. Der in Pelze gekleidete Kreis schloß sich immer dichter in der sicheren Erwartung eines entscheidenden Stoßes. Aber mit einem Ringergriff machte er eine halbe Seitwärtsdrehung und hieb nach seinem Gegner. Wider Willen bog sich der Bär nach hinten und kam dadurch aus dem Gleichgewicht. Da warf Mackenzie sich vor und schleuderte ihn außerhalb des Kreises in den tiefen Schnee. Der Bär taumelte und kam im Sprunge zurück.

»Oh, mein Gatte!« die Stimme Zarinskas zitterte vor Angst.

Ein Bogenstrang schwirrte, Mackenzie duckte sich blitzschnell, ein Pfeil mit einer Knochenspitze fuhr über ihn hinweg und bohrte sich in die Brust des Bären, der mitten im Sprunge war und nun über seinen zusammengekauerten Feind taumelte. Im nächsten Augenblick stand Mackenzie auf den Beinen und hatte sich umgedreht. Der Bär lag unbeweglich da, aber auf der andern Seite des Feuers stand der Schamane und legte einen neuen Pfeil auf den Bogen.

Mackenzies Messer kreiste durch die Luft. Er hatte die schwere Klinge an der Spitze gegriffen. Sie funkelte im Feuerschein, als das Messer über die Flammen schwirrte. Der Schamane schwankte einen Augenblick und stürzte dann nach vorn in die Gluten. Das Messer saß bis zum Schaft in seiner Kehle.

Klick! Klick! – Der Fuchs hatte sich der Büchse Thling-Tinnehs bemächtigt und versuchte vergeblich, eine Patrone hineinzuschieben, ließ sie aber fallen, als er das Lachen Mackenzies hörte.

»Der Fuchs weiß wohl noch nicht mit dem Spielzeug umzugehen? Er ist nur ein Weib. Komm her! Gib sie her, dann will ich es dir zeigen.«

Der Fuchs zögerte.

»Komm, sage ich!«

Wie ein geprügelter Hund kroch er vorwärts.

»So und so, und jetzt ist es in Ordnung.«

Eine Patrone flog an ihren Platz, der Hahn war gespannt, und Mackenzie hob die Büchse an die Schulter.

»Der Fuchs hat gesagt, heute nacht sollen große Taten verrichtet werden, und er sprach die Wahrheit, große Taten sind getan, aber die des Fuchses war die kleinste. Ist er noch entschlossen, Zarinska heimzuführen? Will er vielleicht den Weg beschreiten, den der Schamane und der Bär geebnet haben? Nicht? Gut!«

Mackenzie wandte sich verächtlich ab und zog sein Messer aus der Kehle des Priesters.

»Gibt es noch andere junge Männer, die dergleichen im Sinn haben? Dann will der Wolf sie zu zweit oder zu dritt auf einmal nehmen, bis keiner mehr da ist. Nein? Gut! Thling-Tinneh, hier gebe ich dir deine Büchse zum zweitenmal. Wenn du einmal ins Land des Yukons kommst, so wisse, daß immer ein Platz und viel Essen für dich am Feuer des Wolfes ist. Die Nacht weicht jetzt dem Tage. Ich gehe, aber vielleicht komme ich wieder. Und noch einmal: Denkt an das Gesetz des Wolfes!«

Als er zu Zarinska schritt, war er in ihren Augen übernatürlich. Sie nahm ihren Platz an der Spitze des Gespanns ein, und die Hunde setzten sich in Gang. Wenige Augenblicke später war sie von dem dunklen Walde verschlungen. Solange hatte Mackenzie gewartet. Jetzt schnallte er sich die Schneeschuhe an, um ihr zu folgen.

»Hat der Wolf die fünf langen Rollen vergessen?«

Mackenzie wandte sich wütend gegen den Fuchs. Dann überkam ihn die Komik der Situation.

»Ich will dir eine kurze Rolle geben.«

»Wie der Wolf will«, antwortete der Fuchs demütig und streckte die Hand aus.

Die Männer von Forty-Mile

Als der Große Jim Belden die scheinbar unschuldige Behauptung aufstellte, daß Grützeis der reine Witz sei, ließ er sich kaum träumen, wohin das führen sollte. Das tat Lon McFane auch nicht, als er versicherte, daß Grundeis ein noch größerer Witz sei, und ebensowenig Bettles, als er diese Behauptung sofort bestritt und erklärte, daß Grundeis überhaupt nur ein Märchen sei.

»Und das willst du mir erzählen,« rief Lon, »wo wir so viele Jahre hier im Lande gewesen sind! Und dabei haben wir jeden Tag in den vielen Jahren aus ein und demselben Topf gegessen!«

»Aber es ist wider die Vernunft«, wandte Bettles ein. »Sieh, Wasser ist doch wärmer als Eis —«

»Wenn man einbricht, merkt man den Unterschied nicht sonderlich.«

»Aber es ist doch wärmer, weil es nicht gefroren ist. Und da sagst du, daß es auf dem Grunde gefriert.«

»Nur das Grundeis, David, nur das Grundeis. Seid ihr nie abgefahren in einem Wasser, das klar wie Glas war, und dann sprudelte auf einmal, wie eine Wolke vor die Sonne, Grundeis auf, unaufhörlich, bis der Fluß von einem Ufer zum andern wie nach dem ersten Schneefall bedeckt war?«

»Ach ja! Mehr als einmal, wenn ich gerade ein Nickerchen am Steuerruder machte. Aber das kam immer aus dem nächsten Seitenkanal und sprudelte nicht die Spur.«

»Aber ich habe nicht geschlafen.«

»Nee. Aber du mußt doch Vernunft annehmen. Das muß doch jeder einsehen.«

Bettles wandte sich an den Kreis, der um den Ofen saß, aber Lon McFane gab den Kampf noch nicht auf.

»Vernunft hin und Vernunft her. Es ist wahr, was ich euch erzähle. Im vorigen Herbst haben Sitka Charley und ich selbst es gesehen, als wir die Stromschnellen heruntertrieben. Ihr wißt, vor Fort Reliance. Und es war richtiges Herbstwetter — mit Sonnenflecken auf den goldenen Lärchen und den bebenden Eschen und Lichtgefunkel auf den Wellen und weit in der Ferne der Winter und der blaue Dunst des Nordlandes, die Hand in Hand gewandert kamen. Das ist immer so, und dann kommen die Eisränder an den Flüssen, und der Rückweg wird dick von Eis – und es kracht und funkelt in der Luft, man fühlt es in seinem Blut und saugt bei jedem Atemzug neues Leben ein. Dann wird die Welt klein, und man möchte weit in die Ferne schweifen.

»Aber ich bin wohl selbst etwas weit abgeschweift. Was ich sagen wollte: Wie wir so paddeln, ohne daß ich nur die Spur von Eis in den Schnellen sehe, hebt Sitka Charley seine Paddel und ruft: ›Lon McFane! Sieh dort! Ich hatte wohl schon davon gehört, aber nie geglaubt, daß ich es je zu sehen kriegen sollte.‹ Sitka Charley, wißt ihr, ist ebensowenig wie ich in diesem Lande geboren, und es war auch für ihn neu. So trieben wir denn, den Kopf über den Bootsrand, dahin, und guckten in das glitzernde Wasser, ganz wie damals, als ich bei den Perlenfischern war und auf die Korallenriffe guckte, die wie Gärten unter dem Wasser wuchsen. Da saß es, das Grundeis, hing an jedem Felsen und hob sich wie weiße Korallen.

»Aber das Beste sollte noch kommen. Gerade, als wir die Schnellen hinter uns hatten, wurde das Wasser plötzlich milchweiß, so, wie wenn die Eschen im Frühling ausschlagen, oder wenn es pladdert. Das Grundeis kam hoch. Rechts und links, so weit man sehen konnte, war das Wasser voll davon. Wie Grütze war es, es hing sich an die Rinde vom Kanu und klebte wie Leim an den Paddeln. Viele Male vorher und nachher bin ich über die Stromschnellen gefahren, aber nie habe ich das wieder gesehen. Das sieht man nur einmal im Leben.«

»Sicher«, antwortete Bettles trocken. »Meinst du, du könntest mir das einreden? Ich glaube eher, daß die Lichtflecken in deinen Augen und das Sprühen und Funkeln in der Luft von deiner eigenen Zunge kam.«

»Ich sah es mit eigenen Augen, und wenn Sitka Charley hier wäre, würde er es bestätigen.«

»Aber eine Tatsache ist unumstößlich, und man kommt nicht um sie herum. Es ist wider die Natur der Dinge, daß das Wasser ganz unten zuerst gefrieren sollte.«

»Aber mit meinen eigenen Augen —«

»Reg' dich nur nicht darüber auf«, sagte Bettles zu Lon, dessen hitziges keltisches Blut der Zorn in Wallung zu bringen drohte.

»Du glaubst mir also nicht?«

»Wenn du es durchaus wissen willst: Nein. Ich glaube in erster Reihe an die Natur und an die Tatsachen.«

»Willst du sagen, daß ich lüge?« fragte Lon drohend. »Du brauchst ja nur deine Siwash-Frau zu fragen. Laß sie entscheiden, ob ich die Wahrheit spreche.«

Bettles flammte in Wut auf. Der Irländer hatte ihn unwissentlich beleidigt, denn seine Frau war die Halbbluttochter eines russischen Pelzhändlers. Er hatte sie in der griechischen Mission von Nulato, tausend Meilen den Yukon abwärts, geheiratet, und sie war daher von viel höherer Kaste als die gewöhnliche Siwash-Frau, die Eingeborene. Das war indessen eine Nordlandsfinesse, für die nur ein Nordlandsabenteurer Verständnis hatte.

»Meinetwegen kannst du es gern so verstehen«, sagte er nachdrücklich und überlegen.

Im nächsten Augenblick hatte Lon McFane ihn zu Boden gestreckt, der Kreis fuhr auseinander, und ein Dutzend Männer legten sich dazwischen. Bettles kam wieder auf die Beine und wischte sich das Blut vom Munde.

»Es ist nicht das erstemal, daß man sich prügelt, und du darfst nicht glauben, daß ich es dir nicht heimzahle.«

»Nie im Leben werde ich einem Menschen erlauben, mich der Lüge zu beschuldigen«, lautete die höfliche Antwort. »Und es müßte schon merkwürdig zugehen, wenn ich mich weigerte, dir bei Abtragung deiner Schulden behilflich zu sein; du darfst selbst die Art und Weise wählen.«

»Hast du noch den 38-55?«

Lon nickte.

»Schaff' dir lieber ein schwereres Kaliber an. Meiner macht Löcher von Walnußgröße.«

»Nur keine Angst. Meine Kugeln wittern sich zurecht, die haben feine Nasen, und wenn sie auf der andern Seite herauskommen, haben sie sich so breit gemacht wie Pfannkuchen. Und wann habe ich das Vergnügen, dich zu treffen? Das Wasserloch dürfte eine geeignete Stelle sein.«

»Nicht schlecht. Sei in einer Stunde da, du wirst nicht zu warten haben.«

Beide Männer zogen sich die Fausthandschuhe an und gingen, taub für die Einwendungen ihrer Kameraden. Der Anlaß war so geringfügig, aber bei solchen Männern können Geringfügigkeiten, wenn sie auf heftige Leidenschaften und starre Köpfe stoßen, leicht anschwellen und groß werden. Dazu waren die Leute von Forty Mile, die den langen arktischen Winter hindurch eingesperrt waren, durch zuviel Nahrung und erzwungenen Müßiggang cholerisch und reizbar geworden wie die Bienen im Herbst, wenn die Stöcke von Honig überfließen.

Es gab kein Gesetz im Lande. Die berittene Polizei war eine Utopie. Jedermann rächte selbst eine ihm zugefügte Beleidigung und bestimmte die Strafe nach eigenem Ermessen. Selten war ein gemeinsames Vorgehen nötig gewesen, und nie war in der einförmigen Geschichte des Lagers das achte Gebot verletzt worden.

Der Große Jim Belden berief stehenden Fußes eine Versammlung ein. Der Grindige Mackenzie wurde zum Vorsitzenden erwählt und ein Bote fortgeschickt, um Vater Roubeaus Dienste zu erbitten. Ihre Stellung war etwas eigentümlich, und das wußten sie. Mit dem Recht des Stärkeren konnten sie sich dazwischenlegen und das Duell verhindern; wenn aber auch ein solches Auftreten ihren Wünschen entsprochen hätte, so widersprach es doch strikte ihren Anschauungen. Ihre rohgezimmerte, etwas unmoderne Ethik erkannte das persönliche Recht eines jeden an, Schlag mit Schlag zu vergelten, aber sie konnten den Gedanken nicht ertragen, daß zwei Kameraden wie Bettles und McFane sich auf Leben und Tod schlagen sollten. Zwar war, wer nicht kämpfte, wenn er herausgefordert wurde, in ihren Augen ein

Feigling, als es jetzt aber Ernst wurde, war ihnen die Geschichte doch ein bißchen zu bunt.

Ein Schurren von Mokassins, laute Rufe und gleich darauf ein Revolverschuß unterbrachen die Diskussion. Dann wurde die Sturmtür aufgerissen, Malemute Kid trat, einen rauchenden Colt in der Hand, ein und sagte heiter blinzelnd:

»Den hab' ich getroffen.« Er schob eine frische Patrone in die Trommel und fügte hinzu: »Deinen Hund, Mack.«

»Gelbmaul?« fragte Mackenzie.

»Nein, den Schlappohrigen.«

»Teufel auch! Mit dem war doch nichts.«

»Komm raus und sieh selber.«

»Es wird wohl stimmen. Er ist natürlich auch angesteckt. Gelbmaul kam heute morgen zurück, biß ihn und hätte mich dabei fast zum Witwer gemacht. Er ging auf Zarinska los, aber sie schlug ihm den Rock um die Ohren und entwischte ihm durch einen tüchtigen Lauf im Schnee. Da rannte er wieder in den Wald. Ich hoffe, er kommt nicht wieder. Hast du selbst welche verloren?«

»Einen – den besten vom Gespann – Shookum. Lief heute morgen Amok. Kam aber nicht weit. Rannte in Sitka Charleys Gespann hinein und wurde vollkommen zerfetzt. Und jetzt sind zwei von seinen Hunden gebissen und toll geworden, so daß Shookum schließlich kriegte, was er wollte. Die Hunde werden knapp zum Frühling, wenn wir nicht etwas tun.«

»Die Männer werden auch knapp.«

»Wieso? Was ist denn nun wieder los?«

»Ach, Bettles und Lon McFane sind sich in die Haare geraten, und in ein paar Minuten werden sie die Geschichte am Wasserloch ausmachen.«

Der Fall wurde wiederum berichtet, und Malemute Kid, der gewohnt war, daß seine Kameraden ihm gehorchten, übernahm es, die Sache in Ordnung zu bringen. Er erklärte seinen Plan, und sie versprachen, ihm unbedingt zu folgen.

»Wie ihr seht,« lauteten seine letzten Worte, »nehmen wir ihnen nicht ihr Recht, sich zu schlagen, aber ich glaube doch, daß sie es nicht tun werden, wenn ihnen meine Absicht aufgeht. Das Leben ist ein Spiel, und Menschen sind die Spieler. Sie setzen ihren ganzen Besitz auf eine Chance gegen tausend. Nehmt ihnen aber diese Chance, und – sie spielen nicht mehr.«

Er wandte sich zu den Männern, die die Aufsicht über die Vorräte hatten. »Mann, miß uns drei Faden von deinem besten halbzölligen Manilaseil ab.«

»Wir wollen den Männern von Forty-Mile eine Lehre erteilen, die sie nie vergessen werden«, prophezeite er. Dann wickelte er das Seil um den Arm und folgte seinen Kameraden zur Tür hinaus, gerade rechtzeitig, um die Hauptpersonen zu treffen.

»Was plagte ihn der Teufel, meine Frau hineinzumischen?« donnerte Bettles einen Freund an, der den Versuch machte, ihn zu beruhigen. »Was hatte das mit der Sache zu tun?« schloß er nachdrücklich. »Was hatte das mit der Sache zu tun?« wiederholte er immer wieder, während er auf und ab wanderte und auf Lon McFane wartete.

Und Lon McFane: mit glühendem Gesicht und ungeheurer Zungenfertigkeit trotzte er der Kirche direkt ins Gesicht. »Lieber lasse ich mich in feurigen Decken auf ein Bett von glühenden Kohlen legen, Vater,« schrie er, »als daß es heißen soll, Lon McFane hätte eine Lüge eingesteckt, ohne zu mucksen. Ich bitte auch nicht um einen Segen. Wohl hab' ich ein wildes Leben geführt, aber das Herz saß stets auf dem rechten Fleck.«

»Aber es ist gar nicht dein Herz, Lon,« unterbrach Vater Roubeau ihn, »es ist dein Stolz, der dich dazu bringt, einen Mitmenschen zu töten.«

»Ihr seid Franzose«, antwortete Lon. Und indem er sich zum Gehen wandte, sagte er: »Wenn das Glück gegen mich ist, lesen Sie wohl eine Messe für mich?«

Aber der Priester lächelte, schnallte sich die Mokassins fester und ging auf den weißen schweigenden Fluß hinaus. Ein festgetretener, sechzehn Zoll breiter Pfad führte zum Wasserloch. Zu beiden Seiten lag tiefer Schnee. Die Männer gingen im Gänsemarsch und in tiefstem Schweigen, und der schwarzröckige Priester verlieh allem ein feierliches Begräbnisgepräge. Für die Verhältnisse von Forty-Mile war es ein warmer Wintertag – einer der Tage, an denen sich der Himmel bleischwer tiefer auf die Erde senkt und das Quecksilber die ungewohnte Höhe von 20 Grad Fahrenheit unter Null erreicht. Aber die Wärme war nicht angenehm. Die Luft war dick, und die Wolken hingen unbeweglich herab und prophezeiten finster baldigen Schnee. Die Erde lag wohlverwahrt im Winterschlaf und dachte nicht ans Erwachen.

Als sie das Wasserloch erreicht hatten, rief Bettles, der während der stummen Wanderung offenbar den ganzen Streit noch einmal überdacht hatte, ein letztes: »Was hatte das mit der Sache zu tun?«, während Lon McFane in seinem finstern Schweigen verharrte.

Die Wut drohte ihn zu ersticken, und er konnte kein Wort herausbringen. Und doch, wenn sie einen Augenblick nicht an die ihnen zugefügte Kränkung dachten, konnten sie nicht umhin, sich über ihre Kameraden zu wundern. Sie hatten Widerstand erwartet, und diese stumme Nachgiebigkeit verletzte sie. Sie meinten, Besseres von den Männern verdient zu haben, die ihnen so nahegestanden, ein dunkles Gefühl von Unrecht überkam sie, und sie empörten sich bei dem Gedanken, daß so viele ihrer Brüder auszogen, um zu sehen, wie sie sich niederschossen, ohne auch nur mit einem Wort zu protestieren, als handelte es sich um ein Fest. Es war, als sei ihr Wert in den Augen der Mitwelt gesunken. Die Vorbereitungen verwirrten sie.

»Rücken gegen Rücken, David. Fünfzig oder hundert Schritt?«

»Fünfzig«, lautete die blutdürstige Antwort, mürrisch, aber fest.

Aber der Irländer warf einen schnellen Blick auf das neue Hanfseil, das Malemute Kid sich nachlässig um den Arm geschlungen hatte, und er schöpfte Verdacht.

»Was wollt ihr mit dem Seil?«

»Los!« Malemute Kid sah auf die Uhr. »Ich habe ein Brot im Ofen und möchte nicht, daß es verbrennt. Außerdem kriege ich kalte Füße.«

Auch die übrigen legten auf verschiedene, ebenso ausdrucksvolle Art und Weise ihre Ungeduld an den Tag.

»Aber das Seil, Kid? Es ist funkelnagelneu, das Brot ist wohl nicht so schwer, daß du es damit herausziehen willst?«

Bei diesen Worten wandte Bettles sich um. Vater Roubeau, dem die Komik der Situation aufging, verbarg ein Lächeln hinter dem Handschuh.

»Nein, Lon, das Seil ist für einen Mann bestimmt.« Malemute Kid konnte gelegentlich sehr deutlich werden.

»Welchen Mann?« Bettles bekam eine Ahnung, daß die Sache ihn persönlich anging.

»Für den andern.«

»Ja, für wen denn?«

»Nun hör mal zu, Lon – und du auch, Bettles! Wir haben eure Angelegenheit besprochen und sind zu einem Entschluß gelangt. Wir wissen, daß wir kein Recht haben, uns hineinzumischen –«

»Nee, das fehlte auch noch!«

»Und wir denken auch gar nicht daran. Aber soviel können wir tun – wir werden dafür sorgen, daß dies das einzige Duell in der Geschichte von Forty-Mile sein wird, und wir werden für jeden Chechaqua, der den Yukon herunterkommt, ein Exempel statuieren. Der Mann, der lebendig davonkommt, wird am nächsten Baum aufgehängt. So, nun könnt ihr anfangen.«

»Geh los, David – fünfzig Fuß, kehrt, und dann losknallen, bis einer von uns die Nase in die Luft streckt. Das werden sie schon bleibenlassen, das wagen sie nicht, es ist richtiger Yankeebluff.«

Mit vergnügtem Grinsen begann er zu gehen, aber Malemute Kid hielt ihn an.

»Lon! Wie lange kennst du mich?«

»Manchen lieben Tag.«

»Und du, Bettles?«

»Nächstes Jahr, im Juni, wenn das Hochwasser kommt, fünf Jahre.«

»Habt ihr in all der Zeit je gehört, daß ich mein Wort gebrochen hätte?«

Beide Männer schüttelten den Kopf und bemühten sich, den Sinn seiner Worte zu erfassen.

»Schön, und wie schätzt ihr ein Versprechen ein, das ich euch jetzt gebe?«

»Wie meine Seligkeit«, meinte Bettles.

»Ja, darauf kann man ruhig seinen Anteil am Himmel setzen«, räumte Lon McFane bereitwillig ein.

»Also hört! Ich, Malemute Kid, gebe euch mein Wort – und ihr wißt, was das heißt –, daß der Mann, der nicht totgeschossen wird, zehn Minuten nach dem Duell am Baume hängt.« Er trat zurück, wie Pilatus getan haben mochte, als er sich die Hände gewaschen hatte.

Eine tiefe Stille trat ein unter den Männern von Forty-Mile. Der Himmel senkte sich noch tiefer herab und entsandte einen Schwarm von Frostkristallen, kleine geometrische Wunder, luftig wie ein Hauch, und doch bestimmt, zu bleiben, bis die zurückkehrende Sonne die Hälfte ihrer nordischen Reise zurückgelegt hatte. Beide Männer waren stets bereit gewesen, jeder aufflackernden Hoffnung mit einem Fluch oder einem Scherz auf den Lippen und mit einem unerschütterlichen Glauben an den Gott des Zufalls im Grund ihrer Seele zu folgen. Aber jetzt war diese barmherzige Gottheit ganz aus dem Spiel gesetzt. Sie forschten in den Zügen Malemute Kids, aber er war wie eine Sphinx, und es gab keine Deutung. Wie die Minuten schweigend verrannen, fühlten sie, daß es jetzt an ihnen war, etwas zu sagen. Schließlich wurde das Schweigen von dem Geheul eines Wolfshundes in der Richtung von Forty-Mile gebrochen. Der unheimliche Ton schwoll mit dem ganzen Pathos eines brechenden Herzens und erstarb dann in einem langgezogenen Seufzer.

»Verflucht noch mal!« Bettles schlug den Kragen seiner Mackinawjacke hoch und starrte hilflos um sich.

»Das ist ein hübsches Spiel, was ihr euch da ausgedacht habt!« rief Lon McFane. »Den ganzen Verdienst kriegt die Firma, und der Verkäufer nicht einen Deut. Der Teufel selbst würde auf den Kontrakt nicht eingehen – und ich will verdammt sein, wenn ich's tue.«

Man hörte halbersticktes Lachen und sah versteckte lustige Blicke unter reifbedeckten Brauen, als die Männer das eisglatte Ufer hinaufkletterten und den Weg zum Posthaus zurückwanderten. Aber das langgezogene Geheul war näher gekommen und erklang drohender. Eine Frau schrie hinter der Ecke. Man hörte Rufe: »Er kommt!« Dann stürzte ein Indianerknabe zwischen sie. Er wurde von einem halben Dutzend vor Angst wahnsinniger Hunde verfolgt, es galt das Leben. Und hinterher kam Gelbmaul, eine graue Erscheinung mit gesträubtem Haar. Alle flohen. Der Indianerjunge war gestolpert und hingefallen. Bettles blieb gerade so lange stehen, um ihn an seiner Pelzjacke zu packen, und stürzte dann zu einem Stapel Brennholz, auf dem bereits mehrere seiner Kameraden Zuflucht gesucht hatten. Gelbmaul, der hinter den Hunden hergewesen war, kam jetzt in vollem Lauf zurück. Der verfolgte Hund, dem nichts fehlte, der aber vor Angst wahnsinnig war, warf Bettles um und schoß die Straße hinauf. Malemute Kid sandte aufs Geratewohl eine Kugel hinter Gelbmaul her. Der tolle Hund schlug einen Saltomortale, fiel auf den Rücken und legte mit einem einzigen Sprung die Hälfte der Entfernung zurück, die ihn noch von Bettles trennte.

Aber der Hund erreichte sein Ziel nicht. Lon McFane sprang vom Brennholzstapel herunter und packte das Tier im Sprunge. Sie rollten zu Boden, und Lon hielt den Hund mit einem Griff an der Kehle auf Armeslänge von sich ab, halb geblendet von dem stinkenden Schaum, der ihm ins Gesicht spritzte. Da entschied Bettles, kaltblütig den rechten Augenblick abwartend, den Kampf mit dem Revolver.

»Das war ehrliches Spiel, Kid,« bemerkte Lon, indem er sich erhob und den Schnee aus dem Ärmel schüttelte, »mit anständigem Verdienst für den Verkäufer.«

Am Abend, während Lon McFane die Verzeihung der Kirche in Vater Roubeaus Hütte suchte, sprachen Malemute Kid und der Grindige Mackenzie lange vertraut miteinander.

»Aber hättest du es wirklich getan,« fragte Mackenzie immer wieder, »wenn sie sich duelliert hätten?«

»Habe ich je mein Wort gebrochen?«

»Nein, aber davon reden wir nicht. Antworte mir auf meine Frage. Hättest du es getan?«

Malemute Kid richtete sich auf. »Mack, das habe ich mich selbst die ganze Zeit gefragt, und —«

»Nun?«

»Noch habe ich die Antwort nicht gefunden.«

In fernem Lande

Wenn man in einem fernen Lande reist, muß man sich darauf vorbereiten, viel von dem zu vergessen, was man gelernt hat, und Gewohnheiten anzunehmen, die zu den Verhältnissen in dem neuen Lande passen; man muß alte Ideale und alte Götter aufgeben und oft selbst die grundlegenden Gesetze, die einem bisher bestimmend für das Leben gewesen sind, umstürzen. Wer eine proteusartige Anpassungsfähigkeit besitzt, den mag eine solche Veränderung vielleicht sogar befriedigen, wer aber tief in dem Boden wurzelt, dem er entsprossen ist, kann den Druck der veränderten Umgebung nicht ertragen, und Körper und Seele empören sich gegen die neuen Gesetze, die sie nicht verstehen. Diese Empörung äußert sich in vielerlei, erzeugt Böses und verursacht Unglück. Wer sich nicht in die neuen Verhältnisse finden kann, kehrt besser in sein eigenes Land zurück. Zaudert er zu lange, so wird er sicher sterben. Der Mann, der den Gütern einer alten Zivilisation den Rücken kehrt und in die wilde, primitive Einfachheit des Nordens zieht, kann seine Aussicht auf Erfolg vorausberechnen, denn sie steht im umgekehrten Verhältnis zu der Zahl seiner hoffnungslos eingewurzelten Gewohnheiten. Der rechte Mann wird bald entdecken, daß die materiellen Gewohnheiten die geringste Rolle zur Erhaltung des Lebens spielen. Ein feines Mittagessen mit einfacher Kost, steife Lederschuhe mit weichen, formlosen Mokassins, warme Kissen mit einem Lager im Schnee zu vertauschen, ist schließlich eine Kleinigkeit. Die Feuerprobe kommt erst, wenn man im Ernst das rechte Verhältnis zu allen Dingen und namentlich zu seinen Mitmenschen lernen soll. Die kleinen Höflichkeiten des täglichen Lebens soll er jetzt durch Uneigennutz, Nachsicht und Geduld ersetzen. So – nur so kann er sich den köstlichen Schatz treuer Kameradschaft erwerben. Er soll nicht »Danke sehr« sagen; er soll es fühlen, ohne den Mund zu öffnen, und es beweisen, indem er Vergeltung in Taten übt. Kurz, er soll Taten an Stelle des Wortes, Geist an Stelle des Buchstabens setzen.

Als man in der ganzen Welt vom arktischen Golde hörte und der Norden Macht über die Herzen der Menschen gewann, sprang auch Carter Weatherbee von seinem sicheren Kontorbock, ließ die Hälfte seines ersparten Geldes seiner Frau und verbrauchte den Rest für seine Ausrüstung. Seine Natur war nicht auf Romantik gerichtet – die hatte die Plackerei des Kontorlebens ihm ausgetrieben. Er war einfach der ewigen Tretmühle müde und wollte in der Hoffnung auf entsprechenden Gewinn einen großen Einsatz wagen. Wie so viele andere Narren verachtete er die alten Wege, die die Nordlandspioniere seit zwanzig Jahren gebahnt hatten, und eilte zu Frühlingsanfang nach Edmonton; und dort schloß er sich, zum Unglück für seine Seele, einer Gesellschaft von Männern an.

Es war nichts Ungewöhnliches an dieser Gesellschaft außer ihrem Plan. Sogar ihr Ziel war das aller andern Gesellschaften, nämlich Klondike. Aber die Route, die sie auf der Karte abgesteckt hatten, um dieses Ziel zu erreichen, ließ selbst den kühnsten in der treulosen Unbeständigkeit des Nordens Geborenen und Aufgewachsenen nach Luft schnappen. Ja, selbst Jacques Baptiste, der Sohn einer Chippewa-Frau und eines französischen Voyageurs, der sich hierher verirrt hatte, selbst Jacques Baptiste, dessen erstes Wimmern in einem Renntierfell nördlich vom fünfundsechzigsten Breitengrad ertönt war und durch einen prachtvollen Lutschbeutel aus rohem Talg gestillt worden, war verblüfft. Obwohl er ihnen seine Dienste verkaufte und sich verpflichtete, wenn es sein sollte, ins ewige Eis zu ziehen, schüttelte er doch unheilverkündend den Kopf, als man ihn um Rat fragte.

Percy Cuthferts böser Stern muß im Aufgehen gewesen sein, denn auch er schloß sich der Gesellschaft dieser Argonauten an. Er war ein Durchschnittsmensch, dessen Bankkonto ebenso groß wie seine Kultur war, was allerhand sagen wollte. Er hatte nicht den geringsten Grund, sich auf ein solches Wagestück einzulassen – keinen andern Grund, als daß er an einer anormal entwickelten Sentimentalität litt. Er verwechselte diese Geschichte mit Abenteuerlust und wirklich romantischem Geist. Mancher andere hat dasselbe getan und damit einen verhängnisvollen Irrtum begangen.

Die erste Frühlingsschmelze fand die Gesellschaft auf dem Elchfluß, dessen Eisbruch sie folgte. Es war eine imposante Flotte, denn ihre Ausrüstung war bedeutend, und sie wurde von einer Anzahl zerlumpter, halbblütiger Voyageurs mit Weib und Kind begleitet. Tag für Tag rackerten sie sich mit Booten und Kanus ab, schlugen sich mit Moskitos und ähnlichen Landplagen oder schwitzten und fluchten über die Stromschnellen. Derlei schwere Arbeit zeigt, was in einem Manne steckt, und ehe man den Athabascasee im Süden aus den Augen verlor, hatte jedes Mitglied der Gesellschaft Farbe bekannt.

Carter Weatherbee und Percy Cuthfert waren Drückeberger und murrten ewig. Alle übrigen zusammen beklagten sich nicht so viel über ihre Anstrengungen und Mühen wie jeder einzelne von diesen beiden. Nicht ein einziges Mal meldeten sie sich freiwillig zu den tausend kleinen Pflichten im Lager. Sollte ein Eimer Wasser geholt, eine extra Tracht Brennholz geschlagen, Teller aufgewaschen, das Gepäck nach irgend etwas durchsucht werden, das man brauchte – sofort entdeckten diese kraftlosen Schößlinge der Zivilisation Schrammen und Gebrechen, die augenblickliche Schonung erforderten. Sie waren die ersten, die abends in den Schlafsack krochen, obwohl noch eine Masse Arbeit zu verrichten war, sie waren die letzten, die morgens aufstanden, wenn man sich vor dem Frühstück zum Aufbruch bereitmachen sollte. Sie waren die ersten bei der Mahlzeit und die letzten, die bei der Zubereitung der Mahlzeit zugriffen; die ersten, die sich einen leckeren Bissen sicherten, die letzten, die merkten, daß sie sich an der Ration eines andern vergriffen hatten. Wenn sie ruderten, schwitzten sie bei jedem Schlag oder ließen ihre Riemen durch die Bewegung des Bootes treiben. Sie glaubten, daß niemand es bemerkte, aber ihre Kameraden fluchten leise und haßten sie schließlich, während Jacques Baptiste offen höhnte und sie von morgens bis abends verfluchte. Aber Jacques Baptiste war nun eben mal kein Gentleman.

Am Großen Sklavensee kaufte man Hudson-Bai-Hunde, und die vermehrte Flotte sank unter der Last von Dörrfisch und Pelikan bis an die Reling ein. Dann folgten Kanus und Boote der schnellen Strömung des Mackenzie, und man gelangte zum Großen Barrengrund. Jeder Wassergraben, der auch nur die geringste Aussicht bot, wurde untersucht, aber die lockenden Goldfelder lagen immer noch nördlich vor ihnen. Am Großen Barren begannen ihre Voyageurs, von der allgemeinen Furcht vor dem Unbekannten gepackt, zu desertieren, und beim Fort Gute Hoffnung sah man die Letzten und Kühnsten sich unter den Zugleinen straffen und die Strömung hinaufarbeiten, die sie so verräterisch leicht hinabgetragen hatte. Jacques Baptiste blieb schließlich allein übrig. Hatte er ihnen nicht versprochen, wenn es sein sollte, bis ins ewige Eis zu ziehen?

Die fehlerhafte, zum größten Teil nach mündlichen Berichten gezeichnete Karte wurde jetzt andauernd befragt. Und es galt, zu eilen, denn die Sonnenwende war schon vorbei, und der Winter näherte sich. Sie fuhren die Küste der Bucht entlang, wo der Mackenzie ins Eismeer strömt, und drangen dann durch die Mündung in den Kleinen Peel-Fluß ein. Dann begann die Mühe, sich stromaufwärts zu arbeiten, und den beiden unfähigen Menschen erging es schlimmer als je. Leinen und Stangen, Paddel und Tragriemen, Stromschnellen und Passagen – alle diese Qualen flößten dem einen tiefen Abscheu ein und lehrten den andern, was Romantik in Wirklichkeit ist. Eines schönen Tages meuterten sie, und als Jacques Baptiste sie gehörig zurechtsetzte, kehrten sie sich wie Giftschlangen gegen ihn. Aber der Mischling vermöbelte sie und schickte sie zerschlagen und blutend an die Arbeit. Es war das erstemal, daß jemand gezüchtigt wurde.

Da sie an der Quelle des Kleinen Peel zu Wasser nicht weiter konnten, verbrachten sie den Rest des Sommers damit, ihr Gepäck über die Wasserscheide des Mackenzie nach dem West Rat zu schaffen. Dieser kleine Fluß strömt dem Porcupine zu, der wieder in den Yukon mündet, und zwar dort, wo diese gewaltige Hauptverkehrsstraße des Nordens unter dem Polarkreis einen großen Bogen schlägt. Aber jetzt hatte der

Wettlauf mit dem Winter begonnen, und eines Tages vertäuten sie ihre Flotte an dem dicken Eis und beeilten sich, ihre Güter an Land zu schaffen. In der Nacht wurde das Flußeis immer wieder krachend zusammengepreßt; am nächsten Morgen war es im Ernst zur Ruhe gegangen.

*

»Wir können nicht mehr als vierhundert Meilen vom Yukon sein«, entschied Sloper, indem er mit dem Daumennagel die Entfernung auf der Karte maß. Der Kriegsrat, bei dem die beiden Unfähigen mit fabelhafter Kläglichkeit gejammert hatten, näherte sich seinem Abschluß.

»Ein gutes Stück von der Hudson-Bai-Post. Jetzt nicht zu machen.« Jacques Baptistes Vater hatte seinerzeit die Reise für die Pelz-Kompanie gemacht, wobei ihm mehrere Zehen erfroren waren. »Verflucht kalt!« rief ein anderer von der Gesellschaft. »Keine Weißen?«

»Nicht die Spur«, versicherte Sloper kurz und bündig; »aber es sind nur fünfhundert Meilen den Yukon hinauf bis Dawson. Sagen wir alles in allem gut tausend von hier.«

Weatherbee und Cuthfert stöhnten im Chor.

»Wie lange brauchen wir dazu, Baptiste?«

Der Mischling rechnete einen Augenblick nach. »Wenn wir wie der Teufel arbeiten, und keiner sich drückt, zehn – zwanzig – vierzig – fünfzig Tage. Wenn kleine Kinder dabei sind (er meinte die beiden Unfähigen), ist es überhaupt nicht zu sagen. Vielleicht, wenn die Hölle gefriert, vielleicht nicht einmal dann.«

Die Herstellung von Schneeschuhen und Mokassins wurde eingestellt. Einer rief nach einem Kameraden, der nicht anwesend war, aber aus einer alten Hütte am Rande des Lagers kam und sich ihnen anschloß. Die Hütte war eines der vielen rätselhaften Dinge, die die ungeheure Einöde des Nordens barg. Wann sie gebaut war, wußte niemand. Zwei Gräber unter freiem Himmel mit hohen Steinhaufen enthielten vielleicht das Geheimnis dieser frühen Wanderer. Aber wer hatte die Steine aufgeschichtet?

Der Augenblick war gekommen. Jacques Baptiste hielt im Anschirren inne und zwang den widerspenstigen Hund in den

Schnee. Der Koch protestierte stumm gegen einen weiteren Aufschub, warf eine Handvoll Speck in den Topf, in dem die Bohnen kochten, und lenkte dadurch die allgemeine Aufmerksamkeit auf sich. Sloper stand auf. Sein Körper bildete einen lächerlichen Gegensatz zu dem gesunden Äußeren der beiden Unfähigen. Fahl und ermattet, wie er aus einem südamerikanischen Fieberloch entwischt war, hatte er doch seine Flucht von einem Breitengrad zum andern fortgesetzt und war noch imstande, zuzupacken. Das schwere Jagdmesser eingeschlossen, wog er vielleicht neunzig Pfund, und sein graumeliertes Haar erzählte, daß er seine besten Tage hinter sich hatte. Sowohl Weatherbee wie Cuthferts frische junge Muskeln konnten sich zehnmal mit den seinen messen, und doch wanderte er sie bei den Tagesmärschen in Grund und Boden. Und den ganzen Tag hatte er seine kräftigeren Kameraden gereizt, sich auf die tausend Meilen weite, unsagbare Leiden bietende Reise zu wagen. Er verkörperte die Rastlosigkeit seiner Rasse, und die uralte teutonische Hartnäckigkeit mit einem Zusatz von der schnellen Entschlossenheit und Tatkraft des Yankees machten seinen Körper zu einem gehorsamen Werkzeug seines Geistes.

»Wer dafür stimmt, daß wir mit den Hunden weiterziehen, sobald das Eis sich setzt, sagt ja.«

»Ja!« ertönte es von acht Stimmen – Stimmen, die dazu bestimmt waren, während der vielen hundert Meilen ununterbrochener Leiden unzählige Flüche auszustoßen.

»Und dagegen?«

»Nein!« Zum erstenmal waren die beiden Unfähigen einig, ohne genau ihre persönlichen Vorteile abgewogen zu haben.

»Und was werdet ihr nun tun?« fragte Weatherbee kriegerisch.

»Die Majorität bestimmt! Die Majorität bestimmt!« riefen die andern.

»Ich weiß ja, daß die Expedition Gefahr läuft, unterzugehen, wenn ihr nicht mitkommt,« sagte Sloper sanft, »aber ich denke, wenn wir uns riesig anstrengen, werden wir euch entbehren können. Was meint ihr, Jungens?«

Seine Worte wurden mit einstimmigem Beifall begrüßt.

»Aber sagt,« fragte Cuthfert ängstlich, »was wird dann aus mir?«

»Kommst du nicht mit?«

»Nei—ein.«

»Dann tue, was du willst. Was geht es uns an!«

»Berate dich lieber mit deinem Herzensfreund«, schlug ein schwerfälliger Mann aus Dakota vor und zeigte auf Weatherbee. »Er wird dir schon sagen, wie du es machen mußt, wenn du Essen kochen und Holz sammeln willst.«

»Dann ist es also erledigt«, stellte Sloper fest. »Morgen ziehen wir los und kampieren fünf Meilen von hier, nur um alles in Ordnung zu bringen und zu sehen, ob wir etwas vergessen haben.«

*

Die Schlitten ächzten auf ihren stahlbeschlagenen Kufen, und die Hunde lagen flach im Geschirr, in dem sie zu sterben bestimmt waren. Jacques Baptiste stand neben Sloper und warf einen letzten Blick auf die Hütte. Der Rauch quoll traurig zum Schornstein heraus. Die beiden Unfähigen standen in der Tür und sahen ihnen nach.

Sloper legte dem andern die Hand auf die Schulter. »Jacques Baptiste, hast du je von den Kilkenny-Katzen gehört?«

Der Mischling schüttelte den Kopf.

»Ja, mein Freund und guter Kamerad, die Kilkenny-Katzen schlugen sich, bis weder Haut noch Haar oder Geheul übrig war. Du verstehst? – Bis nichts übrig war. Ausgezeichnet. Diese beiden Männer mögen nicht arbeiten. Sie wollen nicht arbeiten. Das wissen wir. Sie werden den ganzen Winter allein in der Hütte bleiben – einen mächtig langen, dunklen Winter. Kilkenny-Katzen, wie?«

Der Franzose in Baptiste zuckte die Achseln, aber der Indianer schwieg. Immerhin war es ein sehr beredtes, prophetisches Achselzucken.

*

Anfangs ging es ausgezeichnet in der kleinen Hütte. Die rauhen Scherze ihrer Kameraden hatten Weatherbee und Cuthfert die gegenseitige Verantwortung, die auf ihnen ruhte, vor Augen geführt; außerdem gab es alles in allem nicht übermäßig viel Arbeit für zwei gesunde Männer. Und die Entfernung der andern, oder mit andern Worten, des schimpfenden Mischlings, wirkten angenehm erleichternd. Am Anfang wetteiferten sie miteinander und erfüllten ihre Pflichten mit einer Bereitwilligkeit, daß ihre Kameraden, die jetzt Seele und Körper auf den weiten Wegen zusetzten, vor Verwunderung die Augen aufgerissen hätten.

Alle Vorsorge war in Acht und Bann erklärt. Der Wald, der sie von drei Seiten umgab, war ein unerschöpflicher Holzspeicher. Wenige Schritt vor ihrer Tür schlummerte der Porcupine, und ein Loch in seinen Wintermantel ergab einen sprudelnden Springbrunnen mit kristallklarem, eisigem Wasser. Bald aber wurde ihnen auch das zuviel. Das Loch fror immer wieder zu, und das verschaffte ihnen eine scheußliche Stunde Arbeit. Die unbekannten Baumeister der Hütte hatten durch Verlängerung der Seitenwände auf der Rückseite einen Vorratsraum geschaffen. Hier wurde der Hauptvorrat der Gesellschaft aufbewahrt. Es war Nahrung genug für die dreifache Zahl. Aber das meiste war von der Art, die zwar Muskeln und Sehnen bildet, aber den Gaumen nicht kitzelt. Allerdings gab es mehr als Zucker genug für zwei wirkliche Männer, aber diese beiden waren kaum etwas anderes als Kinder. Sie entdeckten recht schnell, daß eine dickflüssige Mischung von Zucker und warmem Wasser gut schmeckt, und sie tunkten ihre Pfannkuchen und ihr Brot in den weißen Sirup. Dann wieder schwelgten sie verheerend in Tee und Kaffee und namentlich in Dörrobst. Der erste Streit zwischen ihnen entstand über die Zuckerfrage. Und es ist eine sehr ernste Sache, wenn zwei Männer, die vollkommen aufeinander angewiesen sind, zu streiten beginnen.

Weatherbee liebte es, laut über Politik zu disputieren, während Cuthfert, der am liebsten seine Kupons geschnitten und die Menschheit ihre Wege hätte schreiten lassen, nicht auf den Gegenstand einging oder nur hin und wieder verblüffende Aussprüche tat. Der Kontorist jedoch war zu dumm, die elegante Form, die der andere seinen Gedanken verlieh, zu schätzen, und der Umstand, daß er sein Pulver vergebens verschoß, reizte Cuthfert. Er war gewohnt, die Leute durch seinen Witz zu blenden, und Mangel an einem Zuhörerkreis wurde für ihn direkt zu einem Unglück. Er empfand das als einen wirklichen Kummer und zog unwillkürlich seinen hohlköpfigen Kameraden dafür zur Verantwortung.

Außer dem Kampf ums Dasein hatten sie nichts gemein – nicht den geringsten Berührungspunkt. Weatherbee war Kontorist und hatte sein ganzes Leben lang nichts als seine Geschäftsbücher gekannt; Cuthfert war akademisch gebildet, dilettierte als Maler und hatte allerhand geschrieben. Der eine war Proletarier, hielt sich aber selbst für gebildet, der andere war gebildet und wußte das. Man ersieht hieraus, daß ein Mann wohl gebildet sein kann, ohne auch nur den geringsten Instinkt für aufrichtige Kameradschaft zu besitzen. Der Kontorist war ebenso materialistisch wie der andere ästhetisch, und seine Liebesabenteuer, über die er sich eingehend verbreitete, und die zum größten Teil nur in seiner Phantasie existierten, wirkten auf den überempfindlichen Akademiker wie giftige Gasschwaden. Der Kontorist erschien ihm wie ein schmutziges, unkultiviertes Tier, das in den Kot zu den Schweinen gehörte, und das sagte er ihm; und dafür bekam er zu wissen, daß er ein Muttersöhnchen und ein Philister sei. Weatherbee hätte im Leben nicht das Wort Philister erklären können, aber es befriedigte ihn, und das war die Hauptsache.

Weatherbee sang bei jedem dritten Ton vorbei und sang stundenlang Lieder wie »Oh, Susanna«; und Cuthfert weinte vor Wut, bis er es nicht mehr aushalten konnte und in die Kälte hinausfloh. Aber es gab kein Entrinnen. Der starke Frost war nicht lange zu ertragen, und die kleine Hütte mit ihren Betten, ihrem Tisch und Ofen beengte sie. Die Anwesenheit des einen wirkte auf den andern wie eine persönliche Beleidigung, und sie sanken in verdrossenes Schweigen, das mit jedem Tage unerträglicher wurde. Hin und wieder konnte ein Aufblitzen im Auge oder das leichte Bewegen der Lippe sie verraten, obwohl sie bemüht waren, einander in den Perioden des Schweigens völlig zu ignorieren. Und in jedem erstand eine große Verwunderung, warum Gott nur den andern geschaffen hatte.

Da sie nur wenig zu tun hatten, wurde ihnen die Zeit zu einer unerträglichen Bürde. Das machte sie natürlich noch fauler. Sie sanken in eine physische Schlaffheit, aus der sie nicht wieder herauskommen konnten, und die sie gegen die geringste Arbeit rebellieren ließ. Eines Morgens, als Weatherbee an der Reihe war, das gemeinsame Frühstück zu bereiten, rollte er sich aus den Decken und zündete zuerst die Tranlampe, dann das Feuer an, während der Kamerad noch schnarchte. Der Inhalt der Kessel war gefroren. Und es gab kein Wasser in der Hütte, um aufzuwaschen. Aber daraus machte er sich nichts. Während das Eis in dem Kessel auftaute, schnitt er Speck in Scheiben und machte sich an die verhaßte Arbeit des Brotbackens. Cuthfert war listig mit halbgeschlossenen Lidern Zeuge der Vorgänge. Die Folge war eine Szene, in der sie sich gegenseitig schwer beleidigten; dann einigten sie sich, daß von jetzt an jeder sein Essen selbst kochen sollte. Eine Woche darauf versäumte Cuthfert das allmorgendliche Aufwaschen, aß aber nichtsdestoweniger mit Wohlbehagen das Mahl, das er bereitet hatte. Weatherbee grinste. Von jetzt an verschwand der dumme Brauch, aufzuwaschen, von ihrer Tagesordnung.

Als der Zucker und andere kleine Leckereien auf die Neige gingen, begann jeder zu fürchten, daß er nicht den ihm gebührenden Teil erhielte, und um nicht übervorteilt zu werden, stopften sie sich bis zum Brechen. Die Leckereien ertrugen diese Fresserei nicht, und die Männer auch nicht. Aus Mangel an frischem Gemüse und an Bewegung wurde ihr Blut dick, und ekelhafte Blutknoten bildeten sich unter der Haut. Aber sie beachteten diese Warnung nicht. Das nächste war, daß ihre Muskeln und Gewebe anzuschwellen begannen, das Fleisch wurde schwarz, Mund, Kinn und Lippen wurden gelblich wie fette Sahne. Statt sich im Unglück näherzukommen, freute sich jeder über die Symptome des Skorbuts beim andern.

Sie verloren jeden Sinn für ihr Äußeres. Und daneben auch für ihre Wohlanständigkeit. Die Hütte war ein Schweinekoben, und nicht ein einziges Mal machten sie ihre Betten oder legten frische Kiefernzweige unter. Und doch konnten sie nicht so lange, wie sie gern gewollt, in den Decken bleiben, denn der Frost war unerbittlich, und der Herd verschlang viel Holz. Haar und Bart wurden lang und wirr, während ihre Kleider den Abscheu eines Lumpensammlers erregt hätten. Aber daraus machten sie sich nichts. Sie waren krank, niemand sah sie, und außerdem schmerzte sie jede Bewegung.

Zu alledem kam eine neue Plage – der Schrecken des Nordens. Dieser Schrecken war ein Kind der großen Kälte und des großen Schweigens und war in der Finsternis des Dezembers geboren, als die Sonne zum letztenmal hinter den südlichen Horizont glitt. Der Natur der beiden Männer entsprechend wirkte er verschieden auf sie. Weatherbee fiel abergläubischen Vorstellungen zum Opfer und tat alles, was er konnte, um die Geister zu packen, die in den vergessenen Gräbern schliefen. Diese Geisterbeschwörung nahm ihn ganz in Anspruch, so daß sie in seinen Träumen aus der Kälte zu ihm kamen, unter seine Decke schlüpften und ihm ihre Sorgen und Widerwärtigkeiten aus ihrem früheren Leben erzählten. Ihn schauderte bei ihrer kalten Berührung, wenn sie sich ihm näherten und ihn mit ihren gefrorenen Gliedern umschlangen; und wenn sie ihm von kommenden Dingen ins Ohr flüsterten, hallte die Hütte wider von seinen entsetzten Schreien. Cuthfert wußte nicht, was es gab – sie sprachen nicht mehr miteinander –, und wenn er auf diese Weise geweckt wurde, griff er unweigerlich nach dem Revolver. Dann saß er aufrecht im Bett und zitterte, die Waffe auf den Träumenden gerichtet, am ganzen Leibe. Cuthfert glaubte, daß der andere toll würde, und begann für sein Leben zu fürchten.

Seine eigene Krankheit nahm eine weniger bestimmte Form an. Der geheimnisvolle Baumeister, der die Hütte, Balken für Balken, errichtet, hatte auf dem Dachfirst eine Wetterfahne angebracht. Cuthfert bemerkte, daß sie stets nach Süden zeigte, und eines Tages wurde er über diesen Eigensinn so gereizt, daß er sie nach Osten drehte. Er beobachtete sie eifrig, aber kein Windhauch veränderte sie. Da drehte er sie nach Norden und schwor, sie nicht wieder anzurühren, ehe der Wind zu wehen begann. Aber die Luft erschreckte ihn durch ihre geisterhafte Stille, und oft stand er mitten in der Nacht auf, um zu sehen, ob die Fahne sich gedreht hätte – zehn Grad hätten ihm genügt. Aber nein, sie blieb dort oben unveränderlich wie das Schicksal. Seine Phantasie ging mit ihm durch, und die Windfahne wurde ihm ein Fetisch. Zuweilen folgte er der Richtung, in die sie zeigte, quer durch die Einöde und füllte seine Seele bis zum Rand mit Schrecken. Er verweilte bei dem Ungesehenen und Unbekannten, bis die Last der Ewigkeit ihn zerschmettern zu wollen schien. Alles hier im Norden hatte diese überwältigende Wirkung – der Mangel an Leben und Bewegung, die Finsternis, die unendliche Ruhe, die über dem Lande brütete, die geisterhafte Stille, die den Widerhall jedes Herzschlages zu einer Heiligtumschändung machte, der feierliche Wald, der etwas Entsetzliches, Unsagbares zu umfassen schien, etwas, für das es weder Worte noch Gedanken gab.

Die Welt mit ihren geschäftigen Menschen und Unternehmungen, die er kürzlich verlassen, erschien ihm sehr fern. Die Erinnerungen meldeten sich – Erinnerungen an Märkte, Galerien und belebte Straßen, an Gesellschaftskleider, an gute Männer und liebe Frauen, die er gekannt hatte –, aber das waren dunkle Erinnerungen an ein Leben, das er vor Jahrhunderten auf einem andern Planeten gelebt hatte. Diese Phantasien waren nie Wirklichkeit. Wenn er, die Augen auf den Polarhimmel gerichtet, unter der Wetterfahne stand, konnte er sich selbst nicht überzeugen, daß das Südland wirklich existierte, daß in diesem Augenblick dort unten Leben und Bewegung herrschte. Es gab kein Südland, keine von Frauen geborenen Männer, keine Heirat. Hinter dem verschwommenen Horizont erstreckten sich unendliche Einsamkeiten, und hinter ihnen noch unendlichere. Es gab keine sonnigen Länder voller Blütenduft. Das waren nur uralte Träume vom Paradies. Die Sonnenländer des Westens und der würzige Osten, das Lächeln Arkadiens und die gesegneten Inseln der Seligen. – Ha! Ha! sein Lachen sprengte den leeren Raum und erschreckte ihn durch seinen ungewohnten Laut. Es gab keine Sonne. Dies war die Welt, tot, kalt und finster, und er war ihr einziger Bewohner. Weatherbee? In solchen Augenblicken zählte Weatherbee nicht. Er war ein Kaliban, ein schreckliches Phantom, das für unendliche Zeiten, als Strafe für irgendein vergessenes Verbrechen, an ihn gefesselt war.

Er lebte mit dem Tode unter Toten, bedrückt von dem Gefühl seiner eigenen Bedeutungslosigkeit, zerschmettert durch die überwältigende Macht der schlummernden Zeiten. Die Gewaltigkeit all dessen entsetzte ihn. Alles hier war auf die Spitze getrieben – alles außer ihm selbst: der völlige Stillstand von Wind und Bewegung, die unermeßlichen Weiten der schneebedeckten Wüste, die Höhe des Himmels und die Tiefe des Schweigens. Die Wetterfahne – wenn sie sich nur bewegen wollte! Wenn doch ein Donnerkeil herniederfallen oder der Wald in Flammen aufgehen wollte! Wenn doch die Himmel sich mit dem Krachen des Jüngsten Tages öffnen wollte! – Nur irgend etwas! – Irgend etwas! Aber nein, nichts regte sich. Das Schweigen erdrückte ihn, und der Nordlandsschrecken krallte ihm seine eisigen Finger ums Herz. Einmal stieß er, ein neuer Robinson Crusoe, am Ufer des Flusses auf eine Fährte – die schwache Fährte eines Kaninchens in der feinen Schneekruste. Das war eine Offenbarung. Es gab Leben im Nordland. Er wollte ihm folgen, es sehen, es anstarren. Er vergaß ganz seine geschwollenen Muskeln und kämpfte sich in einer Ekstase der Erwartung durch den tiefen Schnee hindurch. Der Wald verschlang ihn, und das kurze Mittagszwielicht verschwand. Aber er setzte seine Nachforschungen fort, bis die erschöpfte Natur ihr Recht forderte und ihn hilflos in den Schnee sinken ließ. Da ächzte er nun, verfluchte seine Torheit und wußte, daß die Fährte nur eine Ausgeburt seiner Phantasie gewesen war; und spätabends schleppte er sich auf Händen und Knien, mit erfrorenen Wangen und seltsam gefühllosen Füßen, wieder in die Hütte. Weatherbee grinste boshaft, bot ihm aber keine Hilfe. Er stach Nadeln in seine Zehen und taute sie am Ofen auf. Eine Woche später hatten sie sich entzündet.

Aber der Kontorist hatte seine eigenen Sorgen. Die Toten kamen jetzt häufiger als je aus den Gräbern und verließen ihn selten, ob er wach war oder schlief. Es kam soweit, daß er ihr Kommen erwartete und fürchtete und nie ohne ein Schaudern an ihrem Steinhaufen vorbeiging. Eines Nachts kamen sie zu ihm und zogen ihn mit sich hinaus, damit er ihnen bei irgend etwas helfen sollte. In wildem Entsetzen erwachte er zwischen den Steinhaufen und floh außer sich in die Hütte. Aber er mußte eine Zeitlang draußen gelegen haben, denn auch seine Füße und Wangen waren erfroren.

Zuweilen machte die ständige Anwesenheit der Toten ihn toll, und er tanzte in der Hütte herum, hieb mit einer Axt durch die leere Luft und zerschmetterte alles, was in sein Bereich kam. Bei diesem Spukkampfe hüllte Cuthfert sich in seine Decke und verfolgte den Verrückten mit gespanntem Revolver, bereit, ihn niederzuschießen, wenn er ihm zu nahe käme. Einmal aber, als Weatherbee nach einem solchen Anfall erwachte, sah er die Waffe auf sich gerichtet. Sein Mißtrauen erwachte, und von jetzt an lebte auch er in Todesfurcht. Jetzt beobachteten sie einander genau, jeder in steter Furcht, dem andern den Rücken zu kehren. Ihre Unsicherheit wurde zur fixen Idee, die sie sogar im Schlaf beherrschte. In ihrer gegenseitigen Furcht ließen sie in stillem Einverständnis die ganze Nacht die Tranlampe brennen und versorgten sie reichlich mit Öl, ehe sie sich zur Ruhe begaben. Die geringste Bewegung des einen genügte, um den andern zu wecken, und manche schlaflose Nacht begegneten sich ihre starren Blicke, während die Finger unter der Decke nach dem Drücker suchten.

Infolge dieser ununterbrochenen Angst, der Spannung, in der sie sich befanden, und der Krankheit, die sie verheerte, verloren sie jede Menschenähnlichkeit und sahen wie gejagte und verzweifelte wilde Tiere aus. Ihre Wangen und Nasen waren erfroren gewesen und schwarz geworden. Die Zehen begannen beim ersten oder zweiten Gelenk abzufallen. Jede Bewegung bereitete Schmerzen, aber der Herd war unersättlich und zwang ihre elenden Körper, unglaubliche Leiden zu ertragen. Tagein, tagaus forderte das Feuer seine Nahrung, und sie schleppten sich in den Wald und fällten, auf den Knien rutschend, Holz. Als sie einmal herumkrochen und nach trockenen Zweigen suchten, stießen sie in einem Dickicht von zwei Seiten aufeinander. Plötzlich starrten zwei

Totenköpfe sich an. Die Leiden hatten sie in dem Maße verwandelt, daß sie sich nicht erkannten. Sie sprangen auf, schrien vor Entsetzen und stürzten auf ihren kranken Füßen fort, und als sie vor der Tür der Hütte zusammenbrachen, rissen und kratzten sie wie Teufel, bis sie ihren Irrtum erkannten.

*

Zuweilen kamen sie zu sich, und in einem dieser klaren Augenblicke teilten sie den Zucker, die Quelle ihres größten Genusses, zu gleichen Teilen unter sich. Jeder bewachte seinen Vorrat mit eifersüchtigen Blicken, denn es waren nur wenige Tassen voll übrig, und keiner traute dem andern. Eines Tages jedoch irrte Cuthfert sich. Kaum imstande, sich zu bewegen, krank vor Schmerzen, mit schwindelndem Kopf und geblendeten Augen kroch er mit der Zuckerdose in der Hand in die Vorratskammer und verwechselte seinen Sack mit dem Weatherbees.

Dies geschah in den ersten Tagen des Januars. Die Sonne hatte kürzlich ihren tiefsten Stand im Süden passiert und warf jetzt blitzende Streifen gelben Lichts über den nördlichen Himmel. Am darauffolgenden Tage, nachdem Cuthfert sich in den Zuckersäcken geirrt hatte, fühlte er sich an Leib und Seele besser. Als die Mittagszeit sich näherte und der Tag heller wurde, schleppte er sich hinaus, um sich an der schwindenden Glut zu freuen, die ihm ein Pfand für die kommende Sonnenzeit war. Auch Weatherbee fühlte sich besser und kroch neben ihn. Unter der unbeweglichen Wetterfahne setzten sie sich in den Schnee und warteten.

Die Stille des Todes war um sie. Wenn die Natur andrer Breiten diese Stimmung annimmt, ist die Luft von Erwartung erfüllt, von der Erwartung einer zarten Stimme, die den Faden wieder aufnehmen soll. Nicht so im Norden. Die beiden Männer hatten Ewigkeiten in diesem geisterhaften Frieden gelebt. Sie konnten sich keines Liedes aus der Vergangenheit erinnern; sie konnten kein Lied von der Zukunft beschwören. Diese unirdische Ruhe war immer gewesen − das Schweigen der Ewigkeiten. Ihre Augen richteten sich nach Norden. Ungesehen hinter ihrem Rücken, hinter den ragenden Bergen im Süden, glitt die Sonne an einem andern Himmel als dem ihrigen dem Zenit zu. Als einzige Beschauer des mächtigen Gemäldes betrachteten sie das langsam zunehmende falsche Morgengrauen. Ein schwacher Schimmer begann zu glühen und wieder zu erlöschen. Dann wurde er stärker, ging in Rotgelb, Purpur und Safrangelb über. Er wurde so stark, daß Cuthfert meinte, die Sonne müsse doch – durch ein Wunder – im Norden aufsteigen! Plötzlich, ohne Übergang, wurde der Himmel reingefegt. Kein Farbton war am Himmel. Für heute war das Licht erloschen. Mit einem schluchzenden Seufzer schöpften sie Luft. Aber dort! Die Luft flimmerte von glitzernden Reifnadeln und dort, im Norden, zeigten sich die unbestimmten Umrisse der Wetterfahne auf dem Schnee. Ein Schatten! Ein Schatten! Es war genau Mittag. Schnell wandten sie ihre Gesichter gen Süden. Ein goldener Rand sah über die Schneeschulter des Berges hinweg, lächelte sie einen Augenblick an und tauchte dann wieder unter.

Sie hatten Tränen in den Augen, als sie sich ansahen. Eine seltsame weiche Stimmung überkam sie. Sie fühlten sich unwiderstehlich zueinander hingezogen. Die Sonne kehrte zurück. Morgen kam sie zu ihnen und übermorgen und jeden Tag. Und immer länger sollte ihr Besuch dauern, bis die Zeit kam, da sie Tag und Nacht über den Himmel glitt und nicht ein einziges Mal hinter dem Horizont versank. Es sollte keine Nacht mehr geben. Der eisige Winter sollte gebrochen werden. Der Wind sollte wehen, und die Wälder sollten antworten. Das Land sollte sich im gesegneten Sonnenschein baden und das Leben sich erneuern. Hand in Hand sollten sie dies furchtbare Traumland verlassen und heimwärts ziehen. Blind tasteten sie nacheinander, und ihre Hände begegneten sich – ihre armen, verstümmelten, geschwollenen Hände. Aber das Versprechen sollte nicht eingelöst werden. Nordland ist Nordland, und die Menschen leben hier ihr Seelenleben nach seltsamen Gesetzen, die andere Menschen, die nicht in fernen Ländern gereist sind, nie verstehen werden.

*

Eine Stunde später stellte Cuthfert eine Pfanne mit Brot in den Ofen und begann darüber nachzudenken, was die

Ärzte nach seiner Rückkehr wohl mit seinen Füßen machen würden. Die Heimat schien ihm jetzt nicht so fern. Weatherbee rumorte in der Vorratskammer. Plötzlich stieß er einen Strom von Verwünschungen aus, der aber mit erschreckender Plötzlichkeit abbrach. Der andere hatte von seinem Zucker gestohlen. Immerhin wäre es vielleicht anders gekommen, wenn nicht die beiden Toten unter ihren Steinen hervorgekommen wären und ihm wütende Drohungen in die Kehle geblasen hätten. Sie führten ihn ganz leise aus der Vorratskammer, die er abzuschließen vergaß; jetzt war es soweit; was sie ihm in seinen Träumen zugeflüstert hatten, mußte jetzt vollbracht werden. Sie führten ihn leise, ganz leise zum Holzstapel und legten ihm die Axt in die Hände. Dann halfen sie ihm, die Tür der Hütte aufzuschieben, und er war sicher, daß sie sie hinter ihm schlossen – wenigstens hörte er sie hinter sich zuschlagen und die Klinke einschnappen. Und er wußte, sie warteten draußen, daß er es täte.

»Carter! Hör' doch, Carter!«

Percy Cuthfert war entsetzt über den Ausdruck im Gesicht des Kontoristen, und er sprang hinter den Tisch.

Carter Weatherbee folgte ihm, ohne sich zu übereilen und ohne Aufregung. Sein Gesicht drückte weder Mitleid noch Leidenschaft aus, eher die ruhige Zielbewußtheit eines Menschen, der eine bestimmte Arbeit zu verrichten hat und sich methodisch daranmacht.

»Was ist denn los?«

Der Kontorist wich zurück und schnitt dem andern den Rückzug zur Tür ab, sagte aber kein Wort.

»Aber sag' doch, Carter, was ist? Sei doch vernünftig.«

Der Akademiker bedachte sich schnell und machte dann eine blitzschnelle Bewegung nach dem Bett, wo sein »Smith und Wesson« lag. Die Augen auf den Wahnsinnigen gerichtet, ließ er sich rückwärts in die Koje fallen und ergriff gleichzeitig den Revolver.

»Carter!«

Der Schuß brannte Weatherbee gerade ins Gesicht, aber er schwang seine Waffe und sprang ihn an. Die Axt schnitt tief unten ins Rückgrat, und Percy Cuthfert spürte, wie jedes

Gefühl in seinen unteren Gliedmaßen schwand. Dann fiel der Kontorist schwer über ihn und tastete mit schwachen Fingern nach seiner Kehle. Der scharfe Hieb der Axt hatte verursacht, daß Cuthfert den Revolver fallen ließ, und nach Luft schnappend suchte er zwischen den Decken nach ihm. Dann kam ihm ein Gedanke. Er griff nach dem Messer im Gürtel des Kontoristen, und jetzt waren sie zum letztenmal aneinander.

Percy Cuthfert fühlte seine Kräfte schwinden. Der untere Teil seines Körpers war unbrauchbar. Das tote Gewicht Weatherbees erdrückte ihn – erdrückte ihn und hielt ihn fest wie einen Bären in der Falle. Die Hütte füllte sich mit einem wohlbekannten Geruch, und er wußte, daß das Brot anbrannte. Aber was tat das? Er brauchte es nicht mehr. Und im Sack waren noch sechs Tassen Zucker – hätte er gewußt, was geschehen würde, so würde er nicht damit gespart haben. Ob die Wetterfahne sich je bewegen würde? Vielleicht drehte sie sich gerade jetzt. Warum nicht? Hatte er nicht heute die Sonne gesehen? Er wollte sich erheben und nachsehen. Nein. Er konnte sich nicht regen. Er hatte nicht gedacht, daß der Kontorist so schwer sei.

Wie schnell die Hütte kalt wurde! Das Feuer mußte ausgegangen sein. Die Kälte drang herein. Es mußte schon unter dem Gefrierpunkt sein, und die Tür war schon innen bereift. Er konnte es zwar nicht sehen, aber die Erfahrung ermöglichte es ihm, nach der Temperatur in der Hütte zu urteilen. Jetzt mußte die untere Angel weiß sein. Ob der Bericht von dem, was hier geschah, je die Heimat erreichte? Was würden die Freunde dazu sagen? Sie würden es wohl beim Kaffee lesen oder im Klub darüber sprechen. Er konnte sie deutlich sehen: »Der arme Cuthfert,« murmelten sie, »er war doch ein netter Kerl.« Er lächelte über ihre Lobreden und ging weiter, er suchte ein Türkisches Bad. Die Straße zeigte das alte Gedränge. Seltsam, daß niemand seine Elchsledermokassins und seine zerlöcherten Strümpfe beachtete. Er wollte einen Wagen nehmen. Und nach dem Bade mußte es angenehm sein, sich rasieren zu lassen. Nein, erst wollte er essen. Braten, Kartoffeln und Gemüse – wie frisch das alles war! Und was war das? Ganze Eimer von Honig, strömender, flüssiger Bernstein!

Aber warum brachten sie ihm soviel? Ha! Ha! Das alles konnte er nie essen. Stiefelputzen? Gewiß, warum nicht? Er setzte den Fuß auf den Schemel. Der Schuhputzer sah ihn neugierig an, da fielen ihm seine elchsledernen Mokassins ein, und er lief schnell fort.

Ein Knarren! Jetzt mußte die Wetterfahne sich wahrlich bewegen. Nein; es sang nur in seinen Ohren. Das war alles – es sang. Jetzt mußte der Reif die Klinke erreicht haben. Vielleicht war schon die obere Angel bedeckt. Zwischen den Ritzen im moosgedeckten Dach begannen sich kleine Reifflecken zu bilden. Wie langsam sie wuchsen! Nein, gar nicht langsam! Da war ein neuer, und dort wieder einer. Zwei – drei – vier; dort wuchsen zwei zusammen. Sieh, jetzt waren sie nicht mehr vereinzelt. Sie waren zusammengelaufen und bildeten einen einzigen Fleck.

Nun, er hatte doch Gesellschaft. Wenn Gabriel je das Schweigen des Nordens brach, würden sie Hand in Hand vor dem großen weißen Thron stehen, und Gott würde sie richten, Gott würde sie richten.

Dann schloß Percy Cuthfert die Augen und schlief ein.

Auf der Rast

»Rein damit!«

»Aber sag' mal, Kid, wird das nicht ein bißchen zu stark? Whisky und Schnaps ist schon schlimm genug; und dann noch Kognak und Pfeffersauce hinein und —«

»Rein damit. Wer macht diesen Punsch, wie?«

Und Malemute Kid lächelte wohlwollend durch den Dampf. »Wenn du so lange in diesem Lande gewesen wärst wie ich, mein Sohn, und von Kaninchenfährten und Lachsbäuchen gelebt hättest, würdest du wissen, daß nur einmal im Jahre Weihnachten ist. Und Weihnachten ohne Punsch hieße einen Schacht graben, ohne ihn abzuteufen.«

»Laß dir nicht reinschwatzen«, sagte der Große Jim Belden zustimmend. Er war von seiner Grube bei Mazy May gekommen, um Weihnachten zu feiern, und hatte, wie alle wußten, die letzten Monate ausschließlich von Renntierfleisch gelebt. »Ihr habt doch nicht vergessen, wie wir die Tanana anführten, was?«

»Nee, weiß Gott. Jungens, das würde eure Herzen erfreut haben, wenn ihr gesehen hättet, wie der ganze Stamm besoffen war – und alles nur durch eine prachtvolle Mischung von Zucker und Sauerteig. Das war vor deiner Zeit«, sagte Malemute Kid und wandte sich an Louis Savoy, einen jungen Goldgräber, der erst vor zwei Jahren gekommen war. »Damals gab es keine weiße Frau im Lande, und Mason wollte gern heiraten. Der Vater von Ruth war Häuptling der Tanana und erhob, wie der ganze Stamm, Einwände. War mächtig starrköpfig. Na, ich opferte mein letztes Pfund Zucker; es war das feinste Stück Arbeit, das ich je geleistet habe. Ihr hättet nur die Jagd den Fluß hinunter und quer über die Landenge sehen sollen.«

»Aber die Squaw?« forschte Louis Savoy, der große Französisch-Kanadier. Er hatte letzten Winter in Forty-Mile von dem tollen Streich gehört.

Da berichtete Malemute Kid, der der geborene Erzähler war, die ungeschminkte Wahrheit über diesen Brautraub des Nordlands. Mehr als einer dieser rauhen Abenteurer fühlte, wie sich ihm das Herz zusammenschnürte, und sehnte sich unbestimmt nach den sonnigen Weiten der Heimat, wo das Leben mehr versprach als unfruchtbaren Kampf gegen Kälte und Tod.

»Wir erreichten den Yukon gerade beim ersten Eisbruch,« schloß er, »und der Stamm war nur eine Meile hinter uns. Aber das war unsere Rettung, denn beim zweiten Eisbruch öffnete sich das Wasser zwischen uns und ihnen, und als sie nach Nuklukyeto kamen, war die ganze Station zu ihrem Empfang vorbereitet. Und was die Trauung betrifft, so frag' nur Vater Roubeau hier; er hat die Zeremonie ausgeführt.«

Der Jesuit nahm die Pfeife aus dem Munde, konnte aber seine Befriedigung nur durch ein väterliches Lächeln zu erkennen geben, während Protestanten und Katholiken kräftig applaudierten.

»Donnerwetter!« rief Louis Savoy, den die romantische Geschichte sehr zu fesseln schien. »La petite Squaw; mon Mason brave. Donnerwetter!«

Als dann die ersten Zinnbecher mit Punsch die Runde machten, sprang der stets durstige Bettles auf und stimmte sein Lieblingslied von der Sassafraswurzel an, und der bacchantische Chor brüllte den Refrain.

Malemute Kids furchtbares Gebräu tat seine Wirkung; die Männer aus den Lagern und den weiten Einöden tauten unter seiner Wärme auf, und Scherz, Gelächter, Gesang und Erzählungen aus einer entschwundenen Zeit gingen reihum. Männer, die das Schicksal aus einem Dutzend Länder zusammengewürfelt hatte, tranken sich zu. Der Engländer Prince hielt eine Rede auf »Uncle Sam, das frühreife Kind der Neuen Welt«; der Yankee Bettles trank auf das Wohl der Königin (»Gott segne sie!«), und Louis Savoy stieß mit dem deutschen Händler Meyers auf Elsaß-Lothringen an. Dann erhob sich Malemute Kid, den Becher in der Hand und blickte auf das fettige Papierfenster, das mit einer drei Zoll dicken Eisschicht bedeckt war.

»Es lebe der Mann, der heute nacht auf der Fahrt ist! Möge sein Proviant reichen, mögen seine Hunde frisch bleiben und seine Streichhölzer nie naß werden!«

*

Sie hörten das wohlbekannte Knallen der Hundepeitsche, das Heulen der Hunde und das Schurren eines Schlittens, der vor der Hütte anhielt. Die Unterhaltung hörte auf, man wartete, was da kommen sollte.

»Das ist einer von den Alten. Er sorgt zuerst für seine Hunde und dann erst für sich«, flüsterte Malemute Kid, während sie auf das Schnappen der Kiefer und das wolfsartige Knurren und Heulen hörten. Der Fremde trieb offenbar ihre Hunde zurück, während er die seinen fütterte.

Dann ertönte das erwartete Klopfen, scharf und zuversichtlich, und der Fremde trat ein. Vom Licht geblendet, zögerte er einen Augenblick in der Tür und gab ihnen Gelegenheit, ihn genauer zu betrachten. Er war eine seltsame, malerische Gestalt in seiner Polartracht aus Wolle und Pelz. Er maß sechs Fuß und zwei oder drei Zoll, und seiner Größe entsprachen Schulterbreite und Brustweite. Sein glattrasiertes Gesicht war durch die Kälte rosig gefärbt, die langen Wimpern waren weiß von Reif, und die Ohrenklappen sowie der Nackenschutz der großen Wolfsfellmütze hingen lose herab, so daß er, wie er aus der Nacht draußen hereintrat, dem Frostkönig selbst glich. Um seine Mackinaw-Jacke war ein perlengestickter Gürtel geschnallt, in dem zwei große Coltrevolver und ein Jagdmesser steckten, und außer der unvermeidlichen Hundepeitsche trug er eine rauchlose Büchse von schwerstem Kaliber und neustem Modell. Als er nähertrat, sahen sie, daß er sehr angegriffen war, wenn sein Gang auch fest und elastisch war.

Ein verlegenes Schweigen herrschte, aber sein herzliches »Fröhliche Weihnachten, Leute!« brachte die andern gleich wieder in Stimmung, und im nächsten Augenblick schüttelten Malemute Kid und er sich die Hände. Obwohl sie sich noch nie getroffen hatten, kannten sie sich doch vom Hörensagen. Man hieß ihn herzlich willkommen und setzte ihm einen Becher Punsch vor, ehe er Gelegenheit hatte, etwas zu erzählen.

»Wie lange ist es her, daß ein Korbschlitten mit drei Mann und acht Hunden hier vorbeigekommen ist?« fragte er.

»Wohl zwei Tage. Bist du hinter ihnen her?«

»Ja, es ist mein Gespann. Laufen mir gerade vor der Nase davor, die Spitzbuben. Zwei Tage habe ich schon eingeholt – aber jetzt habe ich sie wohl bald.«

»Na, und dann wirst du wohl Funken aus ihnen schlagen?« fragte Belden, um das Gespräch in Gang zu halten, denn Malemute Kid hatte schon die Kaffeekanne hingestellt und war eifrig dabei, Speck und Elchfleisch zu braten.

Der Fremde schlug bedeutungsvoll auf seine Revolver.

»Wann bist du von Dawson aufgebrochen?«

»Um zwölf.«

»Gestern abend natürlich.«

»Heute mittag.«

Ein überraschtes Murmeln ging durch den Kreis, und das mit gutem Grunde, denn es war jetzt gerade Mitternacht, und in zwölf Stunden siebzig Meilen rauhen Flußeises war etwas fast Unerhörtes.

Das Gespräch kam jetzt auf allgemeinere Dinge, und zwar wie immer, auf Kindheitserinnerungen. Während der Fremde die einfache Kost aß, forschte Malemute Kid aufmerksam in seinen Zügen. Er kam schnell zu dem Ergebnis, daß sie hübsch, offen und ehrlich waren, und daß sie ihm gefielen. Der Mann war noch jung, aber Gefahren und Mühsal hatten seine Züge streng gemacht. Obwohl seine blauen Augen freundlich blickten, wenn er mit jemand sprach, und milde, wenn er schwieg, konnte man sich den harten Stahlglanz vorstellen, der sich in ihnen zeigen mußte, wenn es galt, zu handeln, und namentlich, wenn es galt, es mit einer Übermacht aufzunehmen. Die schweren Kinnladen und das viereckige Kinn deuteten auf Eigensinn und Unbezwinglichkeit. Aber trotz allem, was die Natur des Löwen kennzeichnete, zeugten eine gewisse Milde und eine leise Andeutung von Weiblichem von einer weichen Natur.

»Ja, so wurde ich also mit meiner Alten zusammengespleißt«, sagte Belden, indem er den spannenden Bericht von seiner Freierfahrt schloß. »»Hier sind wir, Papa‹, sagte sie. ›Ich will euch gehängt sehen‹, sagte er und wandte sich dann zu mir: ›Jim, mach', daß du wegkommst mit deinen Lumpen. Ich will vor dem Mittagessen ein tüchtiges Stück von den vierzig Morgen gepflügt haben.‹ Und dann wandte er sich zu ihr. ›Und du, Sal, mach', daß du an deine Töpfe kommst.‹ Und dann schnaufte er und gab ihr einen Kuß. Und ihr könnt mir glauben, daß ich froh war – aber das merkte er mir an und rief: ›Also los, Jim!‹ Und ich machte, daß ich hinauskam.«

»Warten Kinder auf dich?« fragte der Fremde.

»Nein, Sal starb, ehe eins kam. Deshalb bin ich hier.«

Belden zündete sich nachdenklich die Pfeife an, die gar nicht ausgegangen war. Dann erhellten sich seine Züge, und er fragte:

»Und du, Fremder – verheiratet?«

Statt zu antworten, öffnete der Mann seine Uhr, löste sie von dem Riemen, der ihm als Uhrkette diente, und reichte sie dem andern. Belden trat an die Tranlampe, betrachtete kritisch das Uhrgehäuse, stieß leise einen bewundernden Fluch aus und reichte die Uhr Louis Savoy. Mit zahlreichen »Donnerwettern!« reichte dieser die Uhr schließlich Prince, und man sah, daß dessen Hände zitterten, und daß seine Augen einen seltsam sanften Ausdruck annahmen. Und so ging sie von einer rauhen Hand in die andere – diese kolorierte Photographie einer Frau, von eben der lieblichen Art, wie solche Männer sie sich in ihrer Phantasie denken, mit einem Kind an der Brust. Die das Wunder noch nicht gesehen hatten, waren wild von Neugier; die es gesehen, schweigsam und nachdenklich. Sie konnten dem Hunger, dem Schrecken des Skorbuts, einem plötzlichen Tode zu Wasser und zu Lande ins Auge sehen, aber das kolorierte Bild einer unbekannten Frau mit ihrem Kinde machte sie alle zu Frauen und Kindern.

»Ich habe den Kleinen nie gesehen – es ist ein Junge, schrieb sie, und zwei Jahre alt«, sagte der Fremde, als er den Schatz zurückerhielt. Einen Augenblick betrachtete er das Bild zögernd, dann schloß er die Kapsel schnell und wandte sich ab, aber nicht schnell genug, um die hervorbrechenden Tränen zu verbergen.

Malemute Kid führte ihn zu einer Koje und hieß ihn sich niederlegen.

»Wecke mich Punkt vier. Vergiß es ja nicht«, lauteten seine letzten Worte, und einen Augenblick später atmete er tief im Schlaf der Erschöpfung.

»Donnerwetter, das ist ein Kerl«, meinte Prince. »Drei Stunden Schlaf nach fünfundsiebzig Meilen, und dann wieder los auf die Spur. Wer ist er, Kid?«

»Jack Westondale. Ist seit drei Jahren hier und hat noch nichts gewonnen, außer dem Ruf, daß er wie ein Pferd arbeitet, sonst hat er nur ein Pech nach dem andern gehabt. Ich kenne ihn nicht selbst, aber Sitka Charley hat mir von ihm erzählt.«

»Es muß hart sein, daß ein Mann mit einer so reizenden Frau seine besten Jahre in diesem gottverlassenen Loch verbringen soll, wo ein Jahr so viel ist wie zwei anderswo in der Welt.«

»Sein Fehler ist, daß er einfach ein zu toller Draufgänger und dabei zu eigensinnig ist. Zweimal hat er alles auf eine Karte gesetzt und alles verloren.«

Die Unterhaltung wurde durch den lärmenden Bettles unterbrochen, denn die elegische Stimmung begann zu schwinden. Und bald vergaß man die einförmigen Jahre mit der einfachen Kost und der ewigen Mühsal und überließ sich einer lauten Heiterkeit. Nur Malemute Kid schien nicht mitgerissen zu werden. Immer wieder sah er ängstlich auf seine Uhr. Schließlich nahm er Fausthandschuhe und Biberfellmütze, verließ den Raum und begann in der Vorratskammer zu rumoren.

Er konnte auch die festgesetzte Zeit nicht abwarten, sondern weckte seinen Gast eine Viertelstunde zu früh. Der junge Riese war ganz steif geworden, und er mußte ihn kräftig reiben, um ihn auf die Füße zu bringen. Dann wankte der Mann mit Mühe aus der Hütte, wo er seine Hunde angeschirrt und alles zum Aufbruch bereit fand. Die Gesellschaft wünschte ihm einen guten baldigen Erfolg, Vater Roubeau gab ihm einen schnellen Segen, und dann gingen die andern wieder in die Hütte: kein Wunder, denn es ist nicht angenehm, sich einer Kälte von vierundsiebzig Grad Fahrenheit

unter Null mit unbeschützten Händen und Ohren auszuset-
zen.

Malemute Kid brachte ihn bis zur Hauptschlittenbahn,
schüttelte ihm herzlich die Hand und gab ihm gute Ratschlä-
ge.

»Du wirst hundert Pfund Lachsrogen auf dem Schlitten
finden«, sagte er. »Für die Hunde ist das ebensoviel wie hun-
dertfünfzig Pfund Fisch, und in Pelly bekommst du kein
Hundefutter, wie du vielleicht dachtest.« Der Fremde fuhr
zusammen, seine Augen funkelten, aber er unterbrach ihn
nicht. »Du kriegst nicht ein Gramm Nahrung für dich oder
die Hunde, ehe du Five Fingers erreichst, und das sind gut
zweihundert Meilen. Achte auf das offene Wasser auf dem
Thirty-Mile-Fluß. Und nimm den Richtweg über den Le-
Barge-See.«

»Woher weißt du es? Die Nachricht kann mir doch noch
nicht zuvorgekommen sein.«

»Ich weiß nichts und will auch nichts wissen. Aber das
Gespann, dem du nachjagst, hat dir nie gehört. Sitka Charley
hat es letztes Frühjahr verkauft. Aber er sagte einmal, daß du
dich mit mir messen könntest, und ich glaube ihm. Dein
Gesicht gefällt mir. Und – also, zum Kuckuck, sieh, daß du
ans Salzwasser kommst und zu deiner Frau und –«

Hier zog Kid sich den Handschuh ab und reichte ihm seinen Geldbeutel.

»Nein, das brauche ich nicht«, und die Tränen gefroren
auf seinen Wangen, als er krampfhaft Malemute Kids Hand
preßte.

»Schone die Hunde nicht. Sobald einer zurückbleibt,
schneide ihn los und kaufe dir einen neuen, was du auch dafür
geben mußt. Du kriegst welche in Five Fingers, Little Salmon
und in Hootalinqua. Und nimm dich vor nassen Füßen in
acht«, war sein letzter Rat. »Mach' bei jeder Rast ein Feuer
und wechsle die Strümpfe.«

*

Keine fünfzehn Minuten später verkündete Schellengeläut
die Ankunft neuer Gäste. Die Tür öffnete sich, und ein Mann
von der berittenen Polizei des Nordwest-Territoriums trat,

von zwei halbblütigen Hundeführern gefolgt, ein. Wie Westondale waren auch sie schwer bewaffnet und schienen erschöpft zu sein. Die Mischlinge waren die Fahrt gewohnt, und sie hielten sich noch gut; der junge Polizist aber war arg mitgenommen. Die Hartnäckigkeit seiner Rasse hielt ihn jedoch aufrecht.

»Wann ist Westondale gefahren?« fragte er. »Er hat hier doch Aufenthalt gemacht, nicht wahr?« Es war eine überflüssige Frage, denn die Fährte antwortete nur zu deutlich.

Malemute Kid hatte Belden einen Blick zugeworfen, der verstand den Wink und antwortete ausweichend: »Das ist schon eine ganze Weile her.«

»Hör', Mann, raus jetzt mit der Wahrheit«, sagte der Polizist warnend.

»Du möchtest ihn wohl gern fassen. Hat er in Dawson zu viel Radau gemacht?«

»Er hat Harry McFarland vierzigtausend geraubt und sich einen Scheck auf Seattle gekauft; und wer kann die Auszahlung verhindern, wenn wir ihn nicht einholen? Wann ist er weitergefahren?«

Nicht ein Blick verriet die allgemeine Spannung, denn Malemute Kid hatte das Beispiel gegeben, und der junge Polizist begegnete deshalb überall nur unbeweglichen Gesichtern.

Er trat rasch auf Prince zu und richtete seine Frage an ihn; aber obgleich der Kanadier ein peinliches Gefühl hatte, als er das ernste offene Gesicht seines Landsmannes sah, erzählte er doch nur etwas ganz Unwesentliches vom Zustand der Wege.

Da fragte er Vater Roubeau, und der konnte nicht lügen. »Vor einer Viertelstunde«, antwortete der Priester. »Aber er und seine Hunde haben sich vier Stunden ausgeruht.«

»Fünfzehn Minuten Vorsprung und ausgeruht! Herrgott!« Der arme Bursche wankte halb bewußtlos vor Erschöpfung und Enttäuschung zurück und murmelte etwas von einer zehnstündigen Fahrt von Dawson, und daß die Hunde nicht weiter könnten.

Malemute Kid zwang ihn, einen Becher Punsch zu trinken. Dann wandte sich der junge Mann zur Tür und befahl den Hundeführern, ihm zu folgen. Aber die Wärme und die

Aussicht auf Ruhe war zu verlockend, und sie erhoben kräftige Einwände. Kid verstand ihr französisches Patois und folgte gespannt ihrer Unterhaltung.

Sie schworen, daß die Hunde nicht weiter könnten, daß Siwash und Babette erschossen werden müßten, ehe sie die erste Meile hinter sich hätten, daß es mit den andern kaum besser ginge, und daß es für alle Teile das beste wäre, sich auszuruhen.

»Leih mir fünf Hunde!« bat der Polizist Malemute Kid.

Aber Kid schüttelte den Kopf.

»Ich gebe dir einen Scheck über fünftausend auf Kapitän Constantine – hier sind meine Papiere – ich habe Vollmacht, nach Gutdünken zu ziehen.«

Dieselbe stumme Weigerung.

»Dann requiriere ich sie im Namen der Königin.«

Kid lächelte ungläubig, indem er einen Blick auf sein wohlversehenes Arsenal warf, und der Engländer, der seine Ohnmacht einsah, wandte sich zum Gehen. Als die Hundeführer aber immer noch Einwände erhoben, fuhr er wütend auf sie los und schalt sie Weiber und Köter. Das dunkle Gesicht des älteren Mischlings wurde blutrot vor Zorn, er richtete sich auf und schwor, aushalten zu wollen, bis ihm die Haut in Fetzen von den Füßen hinge; und dann würde es ihm ein besonderes Vergnügen machen, den Anführer in den Schnee zu werfen.

Der junge Polizist ging mit Aufgebot seiner ganzen Energie, ohne zu wanken, zur Tür und schützte eine Kraft vor, die er gar nicht besaß. Aber alle sahen es und wußten diese stolze Anspannung zu schätzen. Er konnte jedoch nicht ganz verbergen, daß sein Gesicht vor Schmerz zuckte. Reifbedeckt lagen die Hunde zusammengerollt im Schnee, und es war fast unmöglich, sie auf die Beine zu bekommen. Die armen Tiere heulten unter den Peitschenhieben. Die Führer waren wütend und blutdürstig, sie konnten den Schlitten auch erst in Gang bekommen, als Babette, der Leithund, abgeschnitten war.

»Ein dreckiger Schurke und Lügner!« »Der Blitz soll ihn treffen!« »Ein Dieb!« »Schlimmer als ein Indianer!« Es war klar, daß sie zornig waren – erstens über die Art und Weise, wie sie hinters Licht geführt worden waren, zweitens im Namen der verletzten Moral des Nordlandes, wo Ehrlichkeit die höchste Tugend des Mannes ist. »Und wir haben dem Banditen noch geholfen, als wir schon wußten, was er getan hat.« Alle Augen richteten sich anklagend auf Malemute Kid, der sich aus der Ecke erhob, wo er es Babette bequem gemacht hatte, und schweigend den Rest des Punsches in die Becher schenkte.

»Es ist eine kalte Nacht, Jungens – eine bitterkalte Nacht«, begann er, etwas abweichend, seine Verteidigung. »Ihr habt alle schon Schlittenreisen gemacht und wißt, was das heißt. Tritt keinen Hund, wenn er fertig ist. Ihr habt nur die eine Seite der Sache gesehen. Ein ehrlicherer Mann als Jack Westondale hat nie aus demselben Napf wie ihr oder ich gegessen. Voriges Jahr im Frühling gab er seine ganzen Ersparnisse, vierzigtausend, Joe Castrell, damit er Land von der Regierung für ihn kaufte. Heute wäre er Millionär gewesen. Aber was tut Joe Castrell, während Westondale in Circle City blieb, um einen skorbutkranken Freund zu pflegen? Geht zu McFarland und verspielt das Ganze. Am nächsten Tage lag er tot im Schnee. Und der arme Jack hatte gedacht, im Winter heimzureisen, zu seiner Frau und dem Jungen, den er noch nie gesehen hatte! Denkt daran, er nahm genau, was sein Kompagnon verlor – vierzigtausend. Na, jetzt ist er weg, und was wollt ihr nun dabei machen?«

Kid blickte sich im Kreise um, sah, daß der Zorn sich legte, und hob seinen Becher. »Und nun wollen wir anstoßen auf den Mann, der auf der Fahrt ist. Möge sein Proviant reichen, mögen seine Hunde frisch bleiben und seine Streichhölzer nie naß werden. Gott sei mit ihm, gebe ihm Glück und –«

»Nieder mit der berittenen Polizei!« rief Bettles, und sie stießen mit vollen Bechern an.

Das Vorrecht des Priesters

Dies ist die Geschichte von einem Mann, der seine Frau nicht zu schätzen wußte; und ferner von einer Frau, die ihm zu viel Ehre erwies, indem sie sich ihm schenkte. Nebenbei betrifft sie einen Jesuitenpater, der, soviel man wußte, noch nie eine Lüge gesagt hatte. Er gehörte, und zwar unzertrennlich, zum Yukonland; die Anwesenheit der beiden andern hingegen war ganz zufällig. Sie gehörten nur zu den vielen heimatlosen Existenzen, die mit der Woge des Goldstroms trieben oder ihr folgten.

Edwin und Grace Bentham waren solche Existenzen. Sie waren auch lange hinterher gekommen; der Klondikestrom von 97 hatte sich längst den großen Fluß hinabgewälzt und war in der ausgehungerten Stadt Dawson steckengeblieben. Als der Yukon den Laden zumachte und unter einer drei Fuß dicken Eisdecke zur Ruhe ging, befand sich das heimatlose Paar an den Fünf-Finger-Schnellen, während es noch viele Tagesreisen nach Norden bis zur Holzstadt waren.

Nicht wenig Vieh war an dieser Stelle im Laufe des Frühlings geschlachtet worden, und der Abfall bildete einen großen Haufen. Die drei Mitreisenden Edwin Benthams und seiner Frau betrachteten diesen Haufen, dachten ein wenig nach, kamen zu dem Ergebnis, daß dies eine Goldmine sei, und entschlossen sich zu bleiben. Den ganzen Winter hindurch verkauften sie Knochen und gefrorene Häute an fast ausgehungerte Hundegespanne. Sie verlangten einen bescheidenen Preis, einen Dollar das Pfund, unsortiert. Als die Sonne sechs Monate später wiederkehrte und der Yukon erwachte, schnallten sie ihre schweren Geldkatzen um und reisten zurück ins Südland, wo sie heute noch leben und ungeheuer lügen über das Klondike, das sie nie gesehen haben.

Edwin Bentham war ein träger Bursche, und wenn er seine Frau nicht gehabt hätte, würde er sich freudig den Hundefraß-Spekulanten angeschlossen haben. Aber sie reizte seine Eitelkeit, erzählte ihm, wie groß und stark er sei, wie ein Mann wie er alle Hindernisse überwinden und mit Glanz das Goldene Vlies heimbringen müsse. So biß er denn die Zähne zusammen, verkaufte seinen Anteil an den Knochen und Häuten für einen Schlitten und einen Hund und wandte seine Schneeschuhe gen Norden. Es ist überflüssig zu bemerken, daß die Schneeschuhe Grace Benthams seine Fährte nie erkalten ließen. Im Gegenteil, ehe sie sich drei Tage geplagt hatten, war es der Mann, der hinterherkam, und die Frau, die voranging und den Weg bahnte. Wenn sie jemand begegneten, wurde die Schlachtordnung selbstverständlich sofort geändert. So kam es, daß seine Männlichkeit von denen; die wie Gespenster in der Einsamkeit vorbeigingen, keinem Zweifel unterzogen wurde. Es gibt solche Männer in der Welt.

Wie ein Mann und eine Frau ihrer Art sich überhaupt gefunden haben, ist für diese Erzählung bedeutungslos. Wie immer in solchen Dingen: Wer zu genau nachforscht, kann leicht den schönen Glauben an die ewige Zweckmäßigkeit verlieren.

Edwin Bentham war ein Knabe, der irrtümlich den Körper eines Mannes erhalten hatte – ein Knabe, der einem Schmetterling mit Vergnügen die Flügel ausrupfen oder in irrer Angst vor einem energischen Burschen zusammenkriechen konnte, der halb so groß wie er selber war. Er war ein egoistisches, verzogenes Kind von der Größe eines Erwachsenen und mit einem Firnis von Kultur und Form, der ihn eben noch den Schein wahren ließ. Ja, das ist es, er war Klubmann und Gesellschaftsmensch – von der Sorte, die die Salons schmückt und mit Entfaltung unbeschreiblicher Anmut und Fertigkeit die größten Gleichgültigkeiten sagt; von der Natur, die dick aufträgt und über Zahnschmerzen weint; der einer Frau das Leben zu einer schlimmeren Hölle macht, als der gewissenloseste Wüstling, der je auf verbotenen Weiden graste. Wir stoßen täglich auf diese Menschen; aber wir sehen sie selten, wie sie eigentlich sind. Wenn man sie nicht heiratet, ist die beste Art, sie kennenzulernen, daß man aus demselben Napf wie sie ißt und unter dieselbe Decke wie sie kriecht. Und zwar – sagen wir – eine Woche, länger ist nicht nötig

Grace Bentham wirkte zart und mädchenhaft; wer sie kannte, sah in ihr eine Seele, der gegenüber die eigene Persön-

lichkeit gleichsam einschrumpfte, die aber trotzdem alle Anmut des Ewigweiblichen bewahrt hatte. Das war die Frau, die
ihren Mann vorwärts gen Norden trieb, die ihm den Weg
bahnte, wenn keiner es sah, und die in der Stille über ihren
schwachen, weiblichen Körper weinte.

So zog denn dieses seltsame Paar nach Fort Selkirk und
dann achtzig Meilen weit durch trostlose Wüsten zum Stuart.
Und als das kurze Tageslicht sie verließ und der Mann sich
schluchzend in den Schnee warf, war es die Frau, die ihn auf
den Schlitten band, die Zähne vor Schmerzen in den müden
Gliedern zusammenbiß und dem Hunde half, ihn bis zu Malemute Kids Hütte zu schleppen. Malemute Kid war nicht zu
Hause, aber Meyers, der deutsche Händler, briet große Elch-
koteletts und bereitete ihnen ein Bett aus frischen Kiefern-
zweigen.

*

Lake, Langham und Parker waren sehr aufgeregt, was ja
auch kein Wunder war.

»Ach, Sandy! Kannst du ein Klavier von einem Nachttopf
unterscheiden, dann komm mal und pack' mit an!« Diese
Aufforderung ertönte aus der Vorratskammer, wo Langham
mit großen Stücken gefrorenen Elchfleisches hantierte.

»Rühr' dich nicht vom Kochtopf!« kommandierte Parker.

»Hör', Sandy, sei nett, lauf ins Missouri-Lager und leih' ein
bißchen Kaneel!« bat Lake.

»Oh! Oh! Halt! Zum Donnerwetter, wie —« Aber das Pol-
tern von Kisten und Elchkeulen in der Vorratskammer ließ
ihn unvermittelt abbrechen.

»Geh los, Sandy, in einer Minute bist du im Missouri-
Lager —«

»Laß ihn«, unterbrach Parker ihn. »Wie soll ich den Ku-
chenteig rühren, wenn der Tisch nicht abgeräumt ist?«

Sandy hielt unentschlossen inne, bis ihm plötzlich einfiel,
daß er Langhams »Bursche« war. Da warf er mit einer Ent-
schuldigung das schmutzige Wischtuch hin und beeilte sich,
seinem Herrn zu helfen. Diese vielversprechenden Sprößlinge
wohlhabender Eltern waren mit vielem Geld und jeder mit
seinem »Burschen« ins Nordland gekommen, um Lorbeeren

zu ernten. Zum Glück für ihr Seelenheil befanden sich die beiden andern Burschen auf der Suche nach einem sagenhaften Quarzlager am Weißen Flusse. So kam es, daß Sandy sein leises Grinsen vor drei lebensfrohen gestrengen Herren verbergen mußte, da jeder seine eigenen ausgesprochenen Ideen von der Kochkunst hatte. Zweimal an diesem Morgen hatte das Barometer im Lager auf Erdbeben gestanden, das nur durch ungeheures Entgegenkommen des einen oder des andern Kochkünstlers abgewendet worden war. Endlich aber war ihr gemeinsames Werk, ein wirklich verlockendes Mittagessen, fertig geworden. Da setzten sie sich zu einem Sechsundsechzig zu dreien nieder, um jedem künftigen Streit den Boden zu entziehen. Der Gewinner sollte das Recht haben, eine äußerst wichtige Expedition zu unternehmen. Dieses Los fiel Parker zu, der sich seinen Scheitel zog, Handschuhe und Bärenfellmütze nahm und nach Malemute Kids Hütte hinüberging. Als er zurückkehrte, begleiteten ihn Grace Bentham und Malemute Kid. Grace tat es sehr leid, daß ihr Mann die Gastfreundschaft der jungen Leute nicht genießen konnte, denn er war fortgezogen, um sich die Minen am Henderson Creek anzusehen. Malemute Kid war noch ein bißchen steif, weil er einen Weg zum Stuart gestampft hatte. Meyers war auch eingeladen worden, hatte aber abgesagt, weil er von Versuchen in Anspruch genommen war, Brot aus Hopfen zu backen.

Nun, den Mann konnten sie entbehren, aber die Frau – sie hatten den ganzen Winter keine Frau gesehen, und ihre Anwesenheit bedeutete einen neuen Abschnitt in ihrem Leben. Sie waren Akademiker und Gentlemen, diese drei jungen Leute, die sich nach alledem sehnten, was sie so lange hatten entbehren müssen. Vielleicht spürte Grace Bentham einen ähnlichen Hunger, jedenfalls bedeutete die erste lichte Stunde nach so viel Finsternis viel für sie.

Aber die prachtvolle Vorspeise, die man dem in der Nähe liegenden See verdankte, war kaum auf den Tisch gesetzt, als es kräftig klopfte.

»Ach! Wollen Sie nicht eintreten, Herr Bentham?« sagte Parker, der nachsah, wer gekommen war.

»Ist meine Frau hier?« entgegnete der würdige Ehemann barsch.

»Aber ja. Wir haben Bescheid bei Herrn Meyers hinterlassen.« Parker girrte in seinen sanftesten Tönen, wunderte sich aber im stillen, was das zu bedeuten hätte.

»Wollen Sie nicht eintreten, wir erwarteten Sie jeden Augenblick und haben Ihnen einen Platz reserviert, und der erste Gang ist gerade angerichtet.«

»Komm doch, lieber Edwin«, zwitscherte Grace Bentham von ihrem Platz am Tische.

Parker trat beiseite.

»Ich frage nach meiner Frau«, wiederholte Bentham heiser, und der Ton schmeckte unangenehm nach Besitzerrecht.

Parker schnappte nach Luft, er hätte dem ungehobelten Gast am liebsten mit einem Faustschlag ins Gesicht geantwortet, beherrschte sich jedoch mit einiger Mühe. Alle hatten sich erhoben. Lake verlor die Fassung und ertappte sich dabei, wie er sagen wollte: »Müssen Sie gehen?«

Dann begann der Aufbruch. »Es war so nett von Ihnen« – »Tut mir schrecklich leid« – »Wirklich schade« – »Vielen Dank« – »Netter Weg nach Dawson« – usw.

Auf diese Weise half man dem Lamm in die Jacke und führte es seinem Schlachter zu. Dann schlug die Tür zu, und alle starrten wehmütig auf den verlassenen Platz.

»Verflucht noch mal!« Langham litt noch unter seiner früheren Erziehung, und seine Flüche waren matt und eintönig. »Verflucht noch mal!« wiederholte er mit dem Gefühl, daß der Ausdruck unzureichend war, ohne jedoch einen männlicheren finden zu können.

Es muß eine gescheite Frau sein, die die vielen Schwächen eines untauglichen Mannes verdecken, seine schwankende Natur durch ihren eignen unbezwinglichen Willen stützen, ihm ihren Ehrgeiz einflößen und ihn zu großen Taten treiben kann. Und es muß gewiß eine gescheite und taktvolle Frau dazu sein, die dies alles so fein tun kann, daß der Mann Ehre davon hat und im Innersten glaubt, daß er, und er allein, alles schaffe.

Das eben war es, was Grace Bentham sich vorgenommen hatte. Kaum mit wenigen Pfund Mehl und verschiedenen Empfehlungen in Dawson angekommen, begann sie auch schon ihren großen Säugling in den Vordergrund zu schieben. Sie war es, die das steinerne Herz des rohen Barbaren schmolz, der über das Schicksal der P. C. Kompanie gebot, und ihm einen Kredit entlockte. Aber die Papiere lauteten offiziell auf Edwin Bentham. Sie war es, die ihren Säugling die Flüsse hinauf und hinab, über Deiche und Wasserscheiden, auf Dutzenden wilder Züge schleppte. Und doch redeten alle von der Energie dieses Bentham. Sie war es, die die Karten studierte, die Minenarbeiter ausforschte und ihm Geographie und lokale Kenntnisse in den leeren Schädel hämmerte, bis jeder seine fabelhaften Kenntnisse von Land und Leuten bewunderte. Selbstverständlich sagte man auch, daß seine Frau tüchtig sei, aber nur wenige kluge Köpfe verstanden sie ganz zu schätzen und bemitleideten sie.

Sie tat die Arbeit; er erntete Ehre und Lohn. Im Nordwest-Territorium kann eine verheiratete Frau weder ein Flußbett noch eine Grube oder einen Claim auf ihren Namen einregistrieren lassen; deshalb ging Edwin Bentham zum Goldkommissar und sicherte sich den Claim Nummer dreiundzwanzig, zweite Reihe, auf dem Franzosenhügel. Als der April kam, wuschen sie tausend Dollar täglich aus, mit der Aussicht auf noch viele solche Tage.

Am Fuße des Franzosenhügels floß der Eldorado vorbei, und an seinem Ufer stand die Hütte Clyde Whartons. Er wusch zwar noch nicht täglich seine tausend Dollar aus, aber seine Haufen von Goldsand wuchsen von Tag zu Tag, und die Zeit mußte kommen, da diese Haufen durch seine Pfanne rinnen und ihm im Laufe von einem Dutzend Tagen mehrere hunderttausend Dollar bringen mußten. Er saß oft in seiner Hütte, rauchte seine Pfeife und träumte – aber nicht von Goldstaub und Goldsand. Sie trafen sich häufig, da die Wege zu ihren Claims sich kreuzten, und im Frühling des Nordlands gibt es viel zu reden; aber nicht ein einziges Mal verrieten sie ihre Gefühle, weder durch einen Blick noch durch ein unüberlegtes Wort.

So war es anfangs. Eines Tages aber wurde Edwin Bentham brutal. So sind alle Knaben. Außerdem begann er jetzt, da er ein großer Mann am Franzosenhügel geworden war, sehr eingebildet zu werden und zu vergessen, daß er alles seiner Frau zu verdanken hatte. An diesem Tage hörte Wharton davon, suchte Grace Bentham auf und redete wirres Zeug. Das machte sie sehr glücklich, obwohl sie nichts davon hören wollte und ihm das Versprechen abnahm, nicht mehr so zu ihr zu sprechen. Ihre Stunde hatte noch nicht geschlagen.

Aber die Sonne kam auf ihrer Wanderung nach dem Norden, die Finsternis der Mitternacht wurde zu dem bleigrauen Schimmer der Dämmerung, der Schnee schmolz, das Eis war von Wasser bedeckt, und die Schmelze begann. Tag und Nacht glitt der gelbe Sand durch die schnellen Pfannen und zahlte den starken Männern aus dem Süden sein Lösegeld. Und in dieser geschäftigen Zeit schlug Grace Benthams Stunde.

Für uns alle schlägt einmal eine solche Stunde – das heißt für die von uns, die nicht zu phlegmatisch sind. Einige Menschen sind gut, nicht aus eingewurzelter Liebe zur Tugend, sondern aus reiner Faulheit. Wer von uns schon schwache Augenblicke gehabt hat, wird das verstehen.

Edwin Bentham wog am Schanktisch in Forks Wirtschaft Goldstaub ab – reichlich viel von seinem Goldstaub ging diesen Weg –, als seine Frau die Böschung herabkam und in Clyde Whartons Hütte schlüpfte. Wharton hatte sie nicht erwartet, aber das tat nichts zur Sache, und viel Elend und müßiges Beraten wäre vermieden worden, hätte Vater Roubeau sie nicht gesehen und wäre vom Hauptweg eingebogen.

»Mein Kind –«

»Halt, Vater Roubeau! Obwohl ich nicht von Ihrem Glauben bin, habe ich doch Achtung vor Ihnen; aber treten Sie nicht zwischen diese Frau und mich!«

»Wissen Sie, was Sie tun wollen?«

»Ob ich es weiß! Und wenn Sie Gott der Allmächtige wären und mich ins ewige Feuer werfen wollten, so würde ich mich Ihnen doch in dieser Sache widersetzen.«

Wharton hatte Grace auf einen Stuhl gesetzt und stand kampfbereit vor ihr.

»Sitzen Sie ruhig auf dem Stuhl und bleiben Sie ruhig«, fuhr er, zum Jesuiten gewandt, fort. »Jetzt will ich zuerst Ihnen etwas sagen. Nachher können Sie sprechen.«

Vater Roubeau verbeugte sich höflich und gehorchte. Er war ein sanfter Mann und hatte gelernt, seine Zeit abzuwarten. Wharton schob einen Stuhl neben den der jungen Frau und preßte ihre Hand in der seinen.

»So hast du mich lieb und willst mich mitnehmen?« Ihr Gesicht leuchtete von Vertrauen zu dem Mann, bei dem sie Zuflucht gesucht hatte.

»Weißt du nicht, Liebste, was du vorhin sagtest? Selbstverständlich will ich –«

»Aber wie kannst du das? – Das Auswaschen?«

»Glaubst du, das hielte mich? Schlimmstenfalls übergebe ich alles Vater Roubeau. Ich kann es ihm anvertrauen, den Goldstaub bei der Bank der Kompanie einzuzahlen.«

»Daran zu denken! – Ich will ihn nie wiedersehen.«

»Gott segne dich!«

»Aber so fortzugehen – – Ach, Clyde, ich kann nicht! Ich kann nicht!«

»So, so; natürlich kannst du. Laß das nur meine Sorge sein. Sobald wir alles geordnet haben, brechen wir auf und –«

»Aber wenn er zurückkehrt?«

»Ich zerschmettere jeden –«

»Nein, nein! Keinen Kampf, Clyde! Versprich mir das.«

»Also schön! Dann sage ich nur den andern, daß sie ihn rausschmeißen sollen. Sie haben gesehen, wie er dich behandelt hat, und sie haben nicht allzuviel für ihn übrig.«

»Das darfst du nicht. Du darfst ihm nichts Böses tun.«

»Wie? Soll ich zugucken, wenn er hereinkommt und dich vor meinen Augen holt?«

»Nei–ein«, flüsterte sie und streichelte ihm die Hand.

»Dann überlaß es mir und kümmere dich nicht darum. Ich werde dafür sorgen, daß ihm nichts geschieht. Ein Wunder, daß er dir nichts getan hat! Wir gehen nicht wieder nach Dawson. Ich bitte ein paar Jungens, ein Boot auszurüsten und den Yukon hinaufzufahren. Wir kreuzen die Wasserscheide und flößen den Indianfluß hinunter, um sie zu treffen. Dann —«

»Und dann?«

Sie lehnte ihren Kopf an seine Schulter. Ihre Stimme sank zu einem sanften Flüstern, jedes Wort war eine Liebkosung. Der Jesuit rückte nervös hin und her.

»Und dann?« wiederholte sie.

»Ja, dann staken wir uns hinauf, immer höher, und umgehen die White-Horse-Schnellen und den Bax-Cañon.«

»Ja?«

»Und dann kommen der Sixty-Mile-Fluß, die Seen Chilcoot, Dyea und endlich das Meer.«

»Aber, Liebster, ich kann ja kein Boot staken.«

»Du kleines Gänschen! Ich nehme Sitka Charley mit; er kennt jedes Fahrwasser, jeden Lagerplatz und ist der beste Reisende, den ich je getroffen habe; er ist Indianer. Du hast nichts zu tun, als mitten im Boot zu sitzen, zu singen, Cleopatra zu spielen und mit den – nein, wir haben Glück; es ist zu früh für Moskitos.«

»Und dann, Antony?«

»Und dann mit dem Dampfer nach San Franzisko und in die Welt hinaus! Nie wieder zurück in dies verfluchte Loch. Denk'! Die ganze Welt steht uns offen! Ich verkaufe alles. Oh, wir sind reich! Das Waldworth-Syndikat gibt mir eine halbe Million für das, was noch im Boden steckt, und doppelt soviel habe ich bei der P. C. Kompanie zugute. Wir reisen zur Ausstellung nach Paris. Wir reisen nach Jerusalem, wenn du willst. Wir kaufen uns einen italienischen Palast, und du sollst Cleopatra spielen, soviel es dir Spaß macht. Nein, Lucretia sollst du sein, Acte, oder wonach dein Herzchen sich sonst sehnt. Aber du darfst nicht, du darfst wirklich nicht —«

»Das Weib Cäsars muß über jeden Vorwurf erhaben sein.«

»Natürlich, aber —«

»Aber ich werde nicht deine Frau, nicht wahr, Liebster?«

»Das meinte ich nicht.«

»Aber deshalb wirst du mich doch ebenso lieb haben und nie denken – ach! ich weiß, du bist ja doch wie die andern Männer; du wirst meiner überdrüssig und – und –«

»Wie kannst du nur so was sagen? Ich –«

»Versprich es mir.«

»Ja, ja; ich verspreche es.«

»Du sagst das so leichthin, Liebster; aber wie kannst du es wissen? – oder ich? Ich habe so wenig zu geben, und doch ist es so viel. Ach, Clyde! Versprich mir, daß du mich nie verläßt!«

»So, so! Du mußt nicht schon zu zweifeln beginnen. Bis der Tod uns scheidet!«

»Denk' dir! Das sagte ich einmal zu ihm – zu ihm, und jetzt?«

»Und jetzt, mein kleines Lieb, sollst du dir nicht mehr den Kopf darüber zerbrechen. Natürlich werde ich dich nie, nie – und –«

Und zum erstenmal begegneten sich ihre zitternden Lippen.

Vater Roubeau hatte durch das Fenster Ausschau gehalten, konnte es aber jetzt vor Spannung nicht mehr aushalten. Er räusperte sich und drehte sich um.

»Jetzt sind Sie an der Reihe, Vater!« Whartons Gesicht glühte nach seiner ersten Umarmung. In seiner Stimme war ein triumphierender Klang, als er jetzt vor dem andern zurücktrat. Er zweifelte nicht an dem Ausfall, und das tat Grace auch nicht, denn ein Lächeln umspielte ihren Mund, als sie sich jetzt zum Priester umwandte.

»Mein Kind,« begann er, »mein Herz blutet um Sie. Es ist ein schöner Traum, aber es kann nicht sein.«

»Und warum nicht, Vater? Ich habe ›ja‹ gesagt.«

»Sie wissen nicht, was Sie tun. Sie haben nicht an den Eid gedacht, den Sie vor Gott dem Manne ablegten, der Ihr Gatte ist. Meine Pflicht ist es, Ihnen die Heiligkeit eines solchen Versprechens klarzumachen.«

»Und wenn ich alles einsähe und mich doch weigerte?«

»Dann wird Gott —«

»Was für ein Gott? Mein Mann hat einen Gott, den ich nicht anbeten will. Es muß viele solche geben.«

»Kind! Sagen Sie so etwas nicht! Ach, Sie meinen es gar nicht so. Ich verstehe Sie ja, ich habe selbst solche Augenblicke gehabt.« Seine Gedanken gingen in sein Vaterland Frankreich zurück, und ein sehnsüchtiges, wehmütiges Antlitz trat zwischen ihn und die Frau, die vor ihm stand.

»Hat Gott mich denn verlassen, Vater? Ich bin nicht schlechter als andere Frauen. Mir ist es elend bei ihm ergangen. Warum soll es noch schlimmer werden? Warum darf ich nicht nach dem Glück greifen? Ich kann, ich will nicht zu ihm zurückkehren!«

»Wollen Sie lieber Gott verlassen? Kehren Sie zurück. Werfen Sie Ihre Bürde auf ihn, und die Finsternis wird sich lichten. Ach, mein Kind —«

»Nein, es hat keinen Zweck; ich muß liegen, wie ich mich gebettet habe. Ich gehe meinen Weg weiter. Und wenn Gott mich straft, so muß ich es eben tragen. Das verstehen Sie nicht. Sie sind kein Weib.«

»Meine Mutter war ein Weib.«

»Aber —«

»Und Christus war von einem Weibe geboren.«

Sie antwortete nicht. Eine Stille trat ein. Wharton zerrte ungeduldig an seinem Schnurrbart und warf einen Blick auf den Weg hinaus. Grace stützte den Ellbogen auf den Tisch, ihr Gesicht zeigte Entschlossenheit. Das Lächeln war verschwunden. Vater Roubeau änderte seine Taktik.

»Haben Sie Kinder?«

»Einmal wünschte ich es – aber jetzt – nein, Gott sei Dank, nicht.«

»Sie haben eine Mutter?«

»Ja.«

»Die Sie liebt?«

»Ja«, flüsterte sie.

»Und einen Bruder? – Aber nein, er ist ein Mann. Aber eine Schwester?«

Sie nickte, und ihr Haupt sank herab.

»Die jünger ist? Wieviel?«

»Sieben Jahre.«

»Und Sie haben sich alles wohl überlegt? Haben an sie gedacht? An Ihre Mutter? Und Ihre Schwester? Sie steht auf der Schwelle des Alters, da sie erwachsen sein wird, und das, was Sie jetzt tun werden, hat vielleicht viel für sie zu bedeuten. Könnten Sie jetzt vor sie hintreten, ihr in das frische junge Gesicht blicken, ihre Hand in der Ihren halten oder Ihre Wange an die ihre legen?«

Bei seinen Worten erwachten tausend Erinnerungen in ihr, sie rief: »Nein! Nein!« und wich zurück wie die Wolfshunde vor der Peitsche.

»Aber all das müssen Sie bedenken, und lieber jetzt als später.«

Seine Augen, die sie aber nicht sehen konnte, drückten unendliches Mitleid aus, seine gespannten, bebenden Züge aber waren unnachsichtig. Sie hob den Kopf vom Tische, drängte die Tränen zurück und kämpfte, um sich zu beherrschen.

»Ich gehe fort. Sie werden mich nie wiedersehen, und Sie werden mich vergessen. Für Sie werde ich tot sein. Und – ich gehe mit Clyde – heute noch.« Es schien unwiderruflich. Wharton trat auf sie zu, aber der Priester hielt ihn durch einen Wink zurück.

»Sie haben sich Kinder gewünscht?«

Sie nickte.

»Und darum gebetet?«

»Oft.«

»Und haben Sie daran gedacht, was würde, wenn Sie jetzt Kinder bekämen?« Vater Roubeaus Augen weilten einen Augenblick auf dem Mann am Fenster.

Ein lichter Schimmer glitt über ihr Gesicht. Dann ging ihr die Bedeutung seiner Worte auf. Sie hob flehend die Hand, aber er fuhr fort.

»Können Sie sich ein unschuldiges Kind in Ihren Armen vorstellen? Einen Knaben? Gegen ein Mädchen ist die Welt nicht so hart. Ach, Ihre Seele würde von Bitternis erfüllt werden! Und könnten Sie stolz auf Ihren Knaben sein und sich über ihn freuen, wenn Sie andere Kinder sähen –?«

»Oh, haben Sie Mitleid! Schweigen Sie!«

»Ein armer Ausgestoßener –«

»Nein! Nein! Ich will umkehren!« Sie lag zu seinen Füßen.

»Ein Kind, das ohne einen bösen Gedanken aufwächst, und eines Tages schleudert ihm die Welt ihre Verachtung ins Gesicht!«

»Ach, mein Gott! Mein Gott!«

Sie umklammerte seine Knie. Der Priester seufzte und hob sie auf. Wharton wollte sie an sich reißen, aber sie schob ihn zurück.

»Komm mir nicht nahe, Clyde! Ich gehe wieder zurück!«

Die Tränen strömten ihr über die Wangen, ohne daß sie sie zurückzudrängen versuchte.

»Nach allem, was geschehen ist? Das kannst du nicht! Ich gebe es nicht zu!«

»Rühr' mich nicht an!« Sie wich zitternd zurück.

»Aber ich will es! Du bist mein! Hörst du? Du bist mein!« Er wandte sich zornig gegen den Priester. »Was für ein Narr war ich, daß ich Sie Ihre glatten Worte sprechen ließ! Danken Sie Gott, daß Sie kein gewöhnlicher Mann sind, sonst – . Aber das Vorrecht des Priesters muß gewahrt werden, nicht wahr? Sie haben es gewahrt, und jetzt verlassen Sie mein Haus, oder ich vergesse, wer und was Sie sind!«

Vater Roubeau verbeugte sich, ergriff ihre Hand und zog sie zur Tür. Aber Wharton trat ihnen in den Weg.

»Grace! Du hast gesagt, daß du mich liebst?«

»Ja.«

»Und jetzt?«

»Jetzt auch.«

»Sag' es noch einmal.«

»Ich liebe dich, Clyde; ich liebe dich.«

»Da sehen Sie, Pfaff!« rief er. »Sie haben es gehört. Und da wollen Sie sie zurückschicken, daß sie ein Leben in Lüge, ein Leben wie die Hölle mit diesem Manne führt?«

Aber Vater Roubeau schob die Frau in das Hinterzimmer und verschloß die Tür.

»Kein Wort!« flüsterte er Wharton zu und setzte sich auf den ersten besten Stuhl. »Vergessen Sie nicht, es ist ihretwegen«, fügte er hinzu.

Der Raum hallte wider von einem derben Pochen an die Tür; dann wurde die Klinke herabgedrückt, und Edwin Bentham trat ein.

»Haben Sie meine Frau nicht gesehen?« fragte er, sobald sie sich begrüßt hatten.

Zwei Köpfe wurden geschüttelt.

»Ich sah ihre Spur bei der Hütte«, fuhr er prüfend fort. »Und die bog vom Hauptwege ab und führte geradeswegs hierher.«

Seine Zuhörer sahen aus, als ginge sie das alles nichts an.

»Und ich – und ich dachte –«

»Daß sie hier wäre!« donnerte Wharton.

Der Priester brachte ihn durch einen Blick zum Schweigen. »Haben Sie Ihre Spur hier zur Hütte führen sehen, mein Sohn?« Der schlaue Vater Roubeau – als er vor einer Stunde denselben Weg gekommen war, hatte er sorgfältig alle Spuren verwischt.

»Ich habe nicht nachgesehen – ich – .« Sein Auge haftete mißtrauisch auf der Tür zum andern Zimmer und wandte sich dann fragend auf den Priester. Der schüttelte den Kopf; aber der Zweifel schien in der Luft zu liegen.

Vater Roubeau betete ein kurzes stilles Gebet und erhob sich.

»Wenn Sie mir nicht glauben, bitte – .« Er tat, als wolle er die Tür öffnen.

Ein Priester konnte nicht lügen. Edwin Bentham hatte das zu oft gehört, um es nicht zu glauben. »Nein, natürlich, Vater Roubeau«, sagte er schnell. »Ich wußte nicht, wo meine Frau hingegangen war, und dachte, sie sei vielleicht – ich nehme an, sie ist zu Frau Stanton nach French Gulch gegangen. Schönes Wetter, nicht wahr? Haben Sie das Neueste gehört? Das Mehl ist auf vierzig Dollar den Zentner, und es heißt, daß die Chechaquas scharenweise den Fluß heraufgekommen. Aber ich muß fort, auf Wiedersehen.«

Die Tür schlug zu, und durch das Fenster sahen sie ihn den Weg nach French Gulch einschlagen.

*

Wenige Wochen später, eben nach dem Hochwasser im Juni, ruderten zwei Männer ein Kanu mitten in den Strom und machten es an einem treibenden Stamm fest. Der zog wie ein Schlepper das kleine Boot an straffer Leine hinter sich her. Vater Roubeau hatte Order erhalten, das Oberland zu verlassen und zu seinen dunklen Kindern in Minook zurückzukehren. Bei denen hatten sich die weißen Männer niedergelassen, und die opferten jetzt von ihrer Zeit zu wenig dem Fischfang und zuviel einer gewissen Gottheit, die vorübergehend in unzähligen schwarzen Flaschen wohnte. Malemute Kid hatte auch im Unterlande zu tun, und so reisten sie zusammen.

Nur ein Mann im ganzen Nordlande kannte Paul Roubeau, und das war Malemute Kid. Vor ihm allein warf der Priester sein heiliges Gewand ab und stand in seiner Blöße da. Und warum nicht? Diese beiden Männer kannten sich. Hatten sie nicht den letzten Bissen Fisch, die letzte Prise Tabak, den letzten und geheimsten Gedanken miteinander geteilt — am öden Strande der Beringssee, in den aufreibenden Labyrinthen des Großen Deltas, auf der schrecklichen Winterreise von Point Barrow nach Porcupine?

Vater Roubeau hatte die sauer verdiente Pfeife im Munde, paffte mächtig und starrte in die Sonne, die von Dunst verschleiert rot und unheimlich am Rande des nördlichen Horizontes schwelte. Malemute Kid zog die Uhr. Es war Mitternacht.

»Kopf hoch, Alter!« Kid nahm offenbar einen abgerissenen Faden wieder auf. »Eine solche Lüge wird Gott sicher vergeben. Laß mich dir die Worte eines Mannes sagen, der immer ins Schwarze trifft:

›Hat sie ein Wort nur gesagt, so denk': dein Mund ist
    versiegelt,
Und gebrandmarkt ist er, der das Geheimnis nicht
    barg.
Kommt einst Herward in Not, und ihn rettet die
    schwärzeste Lüge,

Lüg', solange du kannst, und solange dich einer nur hört.«<

Vater Roubeau nahm die Pfeife aus dem Munde und überlegte. »Der Mann spricht die Wahrheit, aber das ist es nicht, was meine Seele beunruhigt. Die Lüge und die Strafe dafür stehen bei Gott; aber – aber –«

»Was denn? Deine Hände sind rein.«

»Nein, Kid. Ich habe viel darüber nachgedacht, und das eine bleibt. Ich wußte Bescheid und schickte sie doch zurück.«

Das klare Singen eines Rotkehlchens ertönte vom bewaldeten Ufer, ein Rebhuhn rief in der Ferne, ein Elch stapfte lärmend in den Strom, aber die beiden Männer rauchten schweigend weiter.

Die Weisheit der Reise

Sitka Charley hatte das Unmögliche erreicht. Andere Indianer mögen vielleicht ebensoviel von der Weisheit der Reise gekannt haben, er allein aber kannte die Weisheit des weißen Mannes, die Ehre und das Gesetz der Reise. Aber das hatte er nicht an einem einzigen Tage gelernt. Die Eingeborenen sind schwer zu belehren, und es gehören viele Einzelheiten und viele Wiederholungen dazu, bis sie zum Verständnis gelangt sind. Sitka Charley hatte von Kindheit an mit den weißen Männern verkehrt, und als er selbst ein Mann wurde, hatte er sein Schicksal an das ihre geknüpft und sich ein für allemal von seinem eigenen Volke losgesagt. Und obwohl er sich vor ihnen beugte, ja, ihre Macht fast verehrte und über sie grübelte, mußte er doch auch jetzt noch ihren geheimen Lebensquell, die Ehre und das Gesetz erraten. Und erst, nachdem die Jahre Zeugnis auf Zeugnis gehäuft hatten, verstand er sie. Obgleich er ein Fremder war, verstand er die weißen Männer besser als sie sich selbst; er war ein Indianer und hatte das Unmögliche erreicht.

Und hieraus war eine gewisse Verachtung für sein eigenes Volk entstanden – eine Verachtung, die er aus Gewohnheit verhehlte, die aber jetzt in einem Strom von Flüchen und Schimpfworten in vielen Sprachen über die Köpfe Kah-Chuctes und Gowhees losbrach. Sie krochen vor ihm wie knurrende Wolfshunde, zu feige, um auf ihn loszugehen, zu wolfsartig, um nicht die Zähne zu fletschen. Sie waren nicht schön. Das war Sitka Charley übrigens auch nicht. Das Fleisch hatte nicht für ihre Gesichter gereicht; ihre vorstehenden Backenknochen waren von schrecklichen Narben gefurcht, die in der starken Kälte abwechselnd aufrissen und zufroren, während in ihren Augen eine von Verzweiflung und Hunger genährte Flamme unheimlich brannte. Auf Männer, über denen nicht Ehre und Gesetz waltet, kann man sich in einer solchen Lage nicht verlassen. Das wußte Sitka Charley, und deshalb hatte er sie vor zehn Tagen gezwungen, ihre Büchsen nebst der übrigen Lagerausrüstung zurückzulassen. Nur er und Kapitän Eppingwell hatten die ihren behalten.

»Los, macht Feuer an«, kommandierte er, indem er die kostbare Streichholzschachtel sowie die dazu gehörenden Streifen trockener Birkenrinde hervorzog.

Die beiden Indianer machten sich verdrossen daran, trockene Zweige und Reisig zu sammeln. Sie waren schwach und blieben oft, schwindlig vom Bücken, stehen oder wankten stöhnend zur Feuerstätte zurück, während ihre Knie wie Kastagnetten gegeneinanderschlugen. Jedesmal, wenn sie zurückkamen, ruhten sie sich einen Augenblick aus, als wären sie krank und todmüde. Zeitweise drückten ihre Augen den geduldigen Stoizismus des stummen Duldens aus; dann wieder schienen sie sich in wilden Schreien Luft machen zu wollen: »Ich, ich, ich will leben!« – dem Grundton alles Lebens.

Ein leichter Wind wehte von Süden, biß in ihren Körper und trieb ihnen die Kälte in Gestalt von Feuernadeln durch Pelz und Fleisch bis ins Mark. Sobald das Feuer lustig brannte und einen feuchten Kreis rings im Schnee auftaute, zwang Sitka Charley daher seine widerwilligen Genossen, mit ihm eine Schutzwand zu errichten. Es war eine recht primitive Angelegenheit – eine Decke wurde in einem Winkel von ungefähr fünfundvierzig Grad an der Windseite vor dem Feuer aufgehängt, dadurch wurde der eisige Wind abgehalten und die Wärme auf die vor der Decke Zusammengekauerten zurückgeworfen. Dann wurde eine Schicht grüner Zweige auf dem Schnee ausgebreitet, damit ihre Körper nicht mit ihm in Berührung gerieten. Als das getan war, machten Kah-Chucte und Gowhee sich daran, ihre Füße zu pflegen. Die gefrorenen Mokassins waren arg mitgenommen. Das scharfe Eis auf dem Flusse hatte sie zerschnitten. Ihre Siwash-Socken befanden sich in derselben Verfassung, und als sie aufgetaut und ausgezogen waren, erzählten die weißen, toten Zehen in ihren verschiedenen Abstufungen des Erfrierens ihre einfache Geschichte von der Reise.

Sitka Charley überließ sie ihrer Fußpflege und schritt denselben Weg, den er gekommen war, zurück. Auch er sehnte sich danach, am Feuer zu sitzen und für seinen verkommenen Körper zu sorgen, aber die Ehre und das Gesetz der Reise verboten es ihm. Mühselig arbeitete er sich über den gefrorenen Fluß hinüber. Jeder Schritt mußte erzwungen werden, jeder Muskel empörte sich. An verschiedenen Stellen, die erst kürzlich zugefroren waren, mußte er mit Aufbietung aller seiner Kräfte über den morschen, unter ihm schaukelnden Boden eilen. Hier war der Tod leicht und schnell; aber er bekämpfte die Versuchung, seinem Leben ein Ende zu machen.

Seine zunehmende Angst schwand, als er zwei Indianer um eine Biegung des Flusses kommen sah. Sie wankten und stöhnten wie Männer unter schweren Lasten, und doch wogen die Packen auf ihren Schultern nur wenige Pfund. Er forschte sie eifrig aus, und ihre Antworten schienen ihn zu beruhigen. Er eilte weiter. Dann kamen zwei weiße Männer, die eine Frau stützten. Auch sie gingen wie trunken, und ihre Körper zitterten vor Ermattung. Aber die Frau stützte sich nur leicht auf sie und wollte offenbar durch eigene Kraft vorwärtskommen. Bei ihrem Anblick huschte ein Freudenschimmer über Sitka Charleys Gesicht. Er verehrte Frau Eppingwell. Er hatte viele weiße Frauen gesehen, aber sie war die erste, die die Reise mit ihm machte. Als Kapitän Eppingwell ihm das Wagnis vorschlug und ihm anbot, in seine Dienste zu treten, hatte er ernst den Kopf geschüttelt; denn es war ein unbekannter Weg durch die trostlosen Wüsten des Nordlandes, und er wußte, daß es eine der Reisen werden würde, die die menschliche Seele auf die äußerste Probe stellen. Als er aber erfuhr, daß der Kapitän seine Gattin mitnehmen wollte, schlug er es rundweg ab, etwas mit der Sache zu tun zu haben. Wäre es noch eine Frau seiner eigenen Rasse gewesen, so hätte er sich nichts daraus gemacht. Aber diese Frauen aus dem Südlande, nein, nein, die waren zu weich, zu zart für ein solches Unternehmen.

Sitka Charley kannte indessen nicht Frauen dieser Art. Vor fünf Minuten hätte er sich nicht träumen lassen, daß er die Leitung der Expedition übernehmen würde; als sie aber mit ihrem wundersamen Lächeln und ihrem klaren reinen Englisch kam und die Sache ohne Umschweife mit ihm erörterte, hatte er sofort eingewilligt. Hätte sich in ihren Augen ein Anflehen um Mitleid gezeigt, hätte ihre Stimme gezittert, hätte sie sich auf ihre weiblichen Rechte berufen – er wäre augenblicklich kalt und hart wie Stahl geworden. Aber ihre tiefen forschenden Augen, ihre klare Stimme, ihr völliger Freimut und die Art, wie sie ihn ohne weiteres als ihresgleichen behandelte, hatte ihm seine Kaltblütigkeit geraubt. Er fühlte, daß er es hier mit einer neuen Art von Weib zu tun hatte, und ehe sie viele Tagereisen Genossen gewesen, hatte er verstanden, warum die Söhne solcher Frauen Land und Meer beherrschten, und warum die Söhne von Frauen seiner eigenen Rasse ihnen nicht widerstehen konnten. Weich und zart! Tag auf Tag beobachtete er sie, ermattet, abgezehrt, unüberwindlich, wie sie war, immer wieder klangen ihm die Worte vor den Ohren: Weich und zart! Er wußte, daß ihre Füße für ebene Pfade und sonnige Länder geschaffen waren, daß sie nicht die Schmerzen des mokassinbekleideten Nordens, nicht die Küsse von den kalten Lippen des Frostes kannten, und er sah sie und wunderte sich, wie leicht sie durch den mühseligen Tag glitten.

Immer fiel ein Lächeln, ein ermutigendes Wort selbst für den elendsten Träger ab. Je finsterer der Weg wurde, desto härter und kräftiger schien sie zu werden, und als Kah-Chucte und Gowhee, die damit geprahlt hatten, Weg und Steg wie ein Kind die Fellballen im Wigwam zu kennen, als die beiden gestanden, daß sie nicht wüßten, wo sie wären, da war sie es, die zu den Flüchen der Männer Worte der Verzeihung sprach. Sie hatte ihnen vorgesungen in jener Nacht, bis sie die Müdigkeit weichen fühlten und bereit waren, mit neuer Hoffnung der Zukunft entgegenzugehen. Und als die Lebensmittel auf die Neige gingen und jede Ration unter scharfer Kontrolle ausgeteilt wurde, hatte sie sich gegen die Verschwörung ihres Mannes und Sitka Charleys empört und einen Anteil gefordert, der weder größer noch kleiner als der der andern war. Sitka Charley war stolz darauf, daß er diese Frau kannte. Sein Leben hatte größeren Reichtum, größere Fülle erhalten, als sie hineintrat. Bisher war er sein eigener Gesetzgeber gewesen, war weder rechts noch links auf den Wink eines Menschen gegangen; er hatte sich nach seinen eigenen Vorschriften gebildet und war zum Manne geworden, ohne sich um eine andere als die eigene Meinung zu kümmern. Zum erstenmal fühlte er, wie etwas von draußen das Beste in ihm anrief. Ein anerkennender Blick aus diesen forschenden Augen, ein dankbares Wort der klaren Stimme, nur ein schwaches Kräuseln ihrer Lippen zu diesem wundersamen Lächeln, und er wanderte viele Stunden in Gesellschaft der Götter. Es erweckte in ihm auf eine neue Art das Gefühl, ein Mann zu sein. Zum erstenmal genoß er bewußt seine Führereigenschaften, und er und sie fachten immer wieder den sinkenden Mut der Genossen an.

*

Die Gesichter der zwei Männer und der Frau leuchteten auf, als sie ihn sahen, denn schließlich war er doch der Stab, auf den sie sich stützten. Aber Sitka Charley verbarg mit seiner gewöhnlichen Strenge unterschiedlos Befriedigung und Mißfallen hinter einem steinernen Gesicht, fragte sie, wie es ginge, erzählte ihnen, wie weit es noch bis zum Lagerfeuer war, und schritt weiter. Dann stieß er auf einen einzelnen Indianer, der ohne Gepäck, mit zusammengebissenen Lippen und mit starren Augen, angehinkt kam, gequält von Schmerzen in einem Fuße, in dem das Leben einen hoffnungslosen Kampf mit dem Tode kämpfte. Man hatte jede Rücksicht auf ihn genommen, aber in der äußersten Not müssen die Schwachen und Unglücklichen zugrunde gehen, und Sitka Charley hielt die Tage des Mannes für gezählt. Er konnte sich kaum noch aufrecht halten, und Sitka Charley ermutigte ihn durch einige rauh-freundliche Worte. Dann kamen noch zwei Indianer, denen er die Aufgabe erteilt hatte, Joe, dem dritten Weißen in der Gesellschaft, zu helfen. Sie hatten ihn verlassen. Mit einem Blick sah Sitka Charley, daß sie sprungbereit waren, und wußte, daß sie jetzt endlich seine Herrschaft abgeschüttelt hatten. Es überraschte ihn deshalb auch nicht, als er die Jagdmesser funkeln sah, die sie aus der Scheide zogen bei seinem Befehl, umzukehren und den Verlassenen zu holen. Es war ein kläglicher Anblick, wie diese drei kraftlosen Männer in der gewaltigen Wüste ihr bißchen Kraft zusammennahmen. Die Zwei fuhren vor dem wütenden Schlag des Dritten mit der Büchse zurück und kehrten dann wie geprügelte Hunde zur Koppel zurück. Zwei Stunden später erreichten sie, von Sitka Charley angetrieben, mit dem taumelnden Joe das Feuer, wo die übrigen Mitglieder der Expedition sich im Schutz der Decke zusammengekauert hatten.

»Ein paar Worte, Kameraden, ehe wir schlafen«, sagte Sitka Charley, als sie ihre knappen Rationen ungesäuerten Brotes verzehrt hatten. Er sprach mit den Indianern in ihrer eigenen Sprache, nachdem er den Weißen bereits die Mitteilung gemacht hatte. »Ein paar Worte, Kameraden, zu eurem eigenen Besten, damit ihr vielleicht am Leben bleiben könnt. Ich will euch das Gesetz lehren. Wer es bricht, dessen Tod komme über sein eigenes Haupt. Wir haben die Hügel des Schweigens passiert und werden bald dem Hauptlauf des Stuart folgen. Es kann ein Schlaf, es können mehrere, es können auch viele sein. Aber einmal werden wir zu den Männern am Yukon kommen, die Lebensmittel im Überfluß haben. Es ist am besten, wenn wir das Gesetz halten. Heute haben Kah-Chucte und Gowhee, denen ich befahl, den Weg zu bahnen, vergessen, daß sie Männer sind; sie sind wie ängstliche Kinder davongelaufen. Nun ja, sie vergaßen; so laßt auch uns vergessen. Aber von jetzt an müssen sie daran denken. Tun sie es nicht« – er berührte wie zufällig die Büchse und fuhr barsch fort: »Morgen sollen sie das Mehl tragen und dafür sorgen, daß der weiße Mann Joe nicht zurückbleibt. Das Mehl ist abgemessen. Sollte morgen abend auch nur eine Unze fehlen – ihr versteht mich? Auch andere haben heute vergessen. ›Elchkopf‹ und ›Drei-Lachse‹ haben den weißen Mann Joe im Schnee liegenlassen. Das darf nicht wieder geschehen. Bei Tagesanbruch sollen sie vorangehen und den Weg bahnen. Nun habt ihr das Gesetz gehört. Seht, daß ihr es nicht brecht.«

*

Es überstieg Sitka Charleys Kraft, die Karawane zusammenzuhalten. Von »Elchkopf« und »Drei-Lachse«, die die Vorhut bildeten und den Weg bahnten, bis zu Kah-Chucte, Gowhee und Joe war es eine Meile. Jeder stolperte vorwärts, fiel nieder oder ruhte sich aus, wie es ihm paßte. Der Marsch war ein Vorwärtskommen mit einer Reihe unregelmäßiger Halte. Jeder benutzte die letzten Reste seiner Kräfte, um sich weiterzuschleppen, bis er nicht mehr konnte. Aber wie durch ein Wunder war immer noch ein kleiner Rest übrig. Jedesmal, wenn ein Mann fiel, hatte er die feste Überzeugung, daß er sich nicht mehr erheben könnte; und doch erhob er sich, erhob sich immer wieder. Der Körper unterlag, aber der Wille siegte; jeder Sieg aber war eine Tragödie. Der Indianer mit dem erfrorenen Fuß, der sich nicht mehr aufrecht halten konnte, kroch jetzt auf Händen und Knien. Er ruhte sich selten aus, denn er wußte, was das hieß. Selbst Frau Eppingwells Lippen waren in einem verzerrten Lächeln erstarrt, und ihre Augen standen offen, ohne etwas zu sehen. Oft blieb sie stehen und drückte, atemlos und schwindlig, die Hand gegen das Herz.

Joe, der weiße Mann, litt nicht mehr. Er bettelte nicht mehr, daß man ihn liegen ließe, bat nicht mehr, sterben zu dürfen; er war ruhig und froh in einem schmerzlosen Wahnsinn. Kah-Chucte und Gowhee schleppten ihn brutal mit, blickten ihn wütend an und schlugen ihn. Für sie war dies der Gipfel der Ungerechtigkeit. Ihre Herzen waren voller Haß und nur durch die Furcht gezähmt. Warum mußten sie ihre Kräfte mit seiner Schwäche belasten? Es zu tun, bedeutete den Tod; es nicht zu tun – sie erinnerten sich Sitka Charleys Gesetz und seiner Büchse.

Als das Tageslicht schwand, fiel Joe immer öfter, und so schwer war er wieder auf die Beine zu bringen, daß sie immer mehr zurückblieben. Zuweilen setzten sie sich alle in den Schnee. So schwach waren die Indianer jetzt. Und doch trugen sie Leben, Kraft und Wärme auf dem Rücken. In den Mehlsäcken war alles, was sie brauchten, um das Leben zu erhalten. Immer wieder mußten sie daran denken, und es war nicht merkwürdig, daß geschah, was geschah. Auf einem mächtigen, umgestürzten Baum mit Tausenden von Zweigen, die darauf warteten, als Brennholz benutzt zu werden, waren sie niedergesunken. In der Nähe war eine Lache auf dem Eise. Kah-Chucte sah auf das Brennholz und sah auf das Wasser, und dasselbe tat Gowhee; dann sahen sich beide an. Es wurde kein Wort gesprochen. Gowhee schlug Feuer, Kah-Chucte füllte einen Zinnbecher mit Wasser und setzte ihn aufs Feuer.

Joe schwatzte drauflos in einer Sprache, die sie nicht verstanden. Sie verrührten Mehl in dem warmen Wasser, bis es zu einem dünnen Teig wurde, und tranken viele Becher davon. Joe boten sie nichts davon an, aber er machte sich auch nichts daraus. Er machte sich aus nichts etwas, nicht einmal aus seinen Mokassins, die angesengt wurden und qualmten.

Feiner Schnee stäubte über sie, sanft, liebkosend, und hüllte sie in sein weiches, weißes Laken. Und doch hätten ihre Füße noch Menschenpfade beschritten, würde das Schicksal nicht die Wolken beiseitegefegt und die Luft gereinigt haben. Nein, zehn Minuten Aufschub hätten Rettung bedeutet. Sitka Charley blickte zurück, sah die Rauchsäule von ihrem Feuer und erriet, was geschehen war. Und er sah nach vorn auf die, die treu waren, und auf Frau Eppingwell.

»Ihr habt also vergessen, daß ihr Männer seid, Kameraden? Schön. Ausgezeichnet. So brauchen wir weniger Mägen zu stopfen.«

Sitka Charley band, während er sprach, den Mehlsack zu, warf ihn sich auf den Rücken und schnallte ihn fest. Er trat Joe, bis die Schmerzen die Glückseligkeit des armen Teufels durchdrangen, und er, schwankend und taumelnd, auf die Füße kam. Dann schleppte er ihn auf den Weg und setzte ihn in Bewegung. Die beiden Indianer versuchten zu entkommen.

»Halt, Gowhee! Und auch du, Kah-Chucte! Hat das Mehl euren Beinen solche Kraft verliehen, daß sie vor dem schnellen Blei davonlaufen können? Denkt nicht daran, dem Gesetz zu entgehen. Zeigt euch ein letztes Mal als Männer und freut euch, daß ihr mit vollem Magen sterben könnt. Kommt, stellt euch Schulter an Schulter an den Baum!«

Die beiden Männer gehorchten, ruhig, furchtlos; denn einen Mann erschreckt nur das Künftige, nicht das Gegenwärtige.

»Du, Gowhee, hast Frau und Kinder und ein Zelt aus Tierfellen in Chippewyan. Wie bestimmst du darüber?«

»Gib ihr, was der Kapitän mir versprochen hat – die Decken, die Perlen, den Tabak, den Kasten, der das merkwürdige Geräusch macht. Sag', daß ich auf der Reise starb, aber sag' nicht, wie.«

»Und du, Kah-Chucte, der weder Frau noch Kinder hat?«

»Ich habe eine Schwester, die Frau des Faktors in Koshim. Er schlägt sie, und sie ist nicht glücklich. Gib ihr, was mir nach der Vereinbarung zukommt, und sag' ihr, sie möge lieber zu ihrem eigenen Volk zurückkehren. Solltest du den Mann treffen und es dir einfallen, so wäre es eine gute Tat, wenn er stürbe. Er schlägt sie, und sie fürchtet sich.«

»Seid ihr es zufrieden, nach dem Gesetz zu sterben?«

»Wir sind es!«

»Dann lebt wohl, meine guten Kameraden. Mögt ihr, ehe der Tag um ist, in warmen Wohnungen und an wohlgefüllten Töpfen sitzen.«

Während er noch sprach, hob er die Büchse und ein vielfaches Echo durchbrach die Stille. Kaum war es verklungen, als andere Büchsen in der Ferne antworteten. Sitka Charley fuhr zusammen. Mehr als ein Schuß hatte geknallt, und doch gab es nur noch eine Büchse in der Gesellschaft. Er sandte den Männern, die so still dalagen, einen hastigen Blick und lächelte höhnisch über die Weisheit der Reise. Dann eilte er fort, den Männern von Yukon entgegen.

Das Weib eines Königs

Als das Nordland noch sehr jung war, dachte sowohl der einzelne wie die Gesamtheit sehr einfach über Recht und Gerechtigkeit. Wenn die Abenteurer aus dem Süden müde wurden, sich selbst ihr Essen zu kochen, allein am Herde zu sitzen und über ihre traurige Einsamkeit zu grübeln, beschlossen sie aus Mangel an etwas Besserem den verlangten Preis zu bezahlen und sich Frauen unter den Eingeborenen zu nehmen. Für die Frauen war das ein Vorgeschmack des Paradieses, denn man muß gestehen, daß die weißen Abenteurer zärtlicher zu ihnen waren und sie weit besser behandelten, als indianische Männer es getan hätten. Natürlich waren die weißen Männer selbst auch zufrieden, und die Indianer im übrigen auch. Nachdem sie ihre Töchter und Schwestern für baumwollene Decken und alte Gewehre verkauft und ihre warmen Felle für dünnen Kattun und schlechten Whisky verschachert hatten, starben die Söhne des Schmutzes prompt und heiter an galoppierender Schwindsucht und andern schnell wirkenden Krankheiten, die untrennbar mit dem Segen einer überlegenen Zivilisation verknüpft sind.

In diesen Zeiten arktischer Einfachheit geschah es, daß Cal Galbraith, der das Land durchreiste, am Lower krank wurde. Es war eine angenehme Abwechslung im Leben der guten Schwestern vom Heiligen Kreuz, die ihm Unterkunft und Pflege gewährten; aber sie ließen sich nicht träumen, welch heißes Elixier sie ihm in die Adern gossen, wenn ihre weichen Hände ihn berührten und sie freundlich um ihn geschäftig waren. Cal Galbraith wurde von unruhigen, seltsamen Gedanken erfüllt, die ihn ganz in Anspruch nahmen, bis seine Augen auf Madeline, die Missionsmagd, fielen. Er ließ sich jedoch nichts merken, sondern wartete geduldig seine Zeit ab. Mit dem kommenden Frühling wuchsen seine Kräfte, und als die Sonne wieder in einem großen goldenen Bogen über den Himmel ging und das Land von Freude und Leben erfüllt wurde, brach er auf, obwohl sein Körper noch schwach war.

Madeline, die Missionsmagd, war eine Waise. Ihr weißer Vater hatte eines Tages das Unglück gehabt, im Schnee einem alten Grislybären zu begegnen, es war schnell mit ihm zu Ende gewesen. Dann hatte ihre indianische Mutter, die jetzt keinen Mann mehr hatte, der für den Wintervorrat sorgen konnte, den verzweifelten Versuch gemacht, sich mit fünfzig Pfund Mehl und halb soviel Speck bis zur nächsten Lachszeit durchzuschlagen. So kam es, daß die kleine Chook-ra bei den guten Schwestern blieb und von nun an bei einem andern Namen genannt wurde.

Aber Madeline stand nicht ganz allein in der Welt; ihr nächster Verwandter war ein verkommener Onkel, der seine Gesundheit mit riesigen Mengen vom Whisky des weißen Mannes ruinierte. Er kämpfte täglich, um sich auf dem Pfade der Nüchternheit zu halten, aber leider fanden seine Füße immer wieder den kürzeren Weg zum Grabe. Wenn er nüchtern war, litt er unerträgliche Qualen. Ein Gewissen hatte er nicht. An diesen alten Herumtreiber wandte sich Cal Galbraith, und bei der folgenden Unterhaltung wurden viele Worte und viel Tabak verbraucht. Auch Versprechungen wurden gemacht; und schließlich nahm der alte Heide einige Pfund getrockneten Lachs und sein Birkenrindenkanu und paddelte nach der Mission vom Heiligen Kreuz.

Die Welt wird nie erfahren, welche Versprechungen er machte, und welche Lügen er erzählte – die Schwestern schwatzen nicht; als er aber zurückkehrte, hatte er ein Messingkruzifix auf der Brust und seine Nichte Madeline im Kanu. Am Abend gab es eine große Hochzeit und einen solchen Potlach, daß an den beiden folgenden Tagen niemand im Dorf an Fischfang dachte.

Am Morgen aber schüttelte Madeline den Staub des Lowers von ihren Mokassins und fuhr mit ihrem Manne in einem flachen Boot den Fluß hinauf bis zu einem unter dem Namen Lowerdorf bekannten Platze. Und in den folgenden Jahren war sie ihm eine gute Gattin, die seine Mühsal teilte und ihm sein Essen kochte. Und sie hielt die Zügel straff, bis er lernte, wie ein Pferd zu arbeiten und auf seinen Goldstaub zu achten. Schließlich machte er einen reichen Fund und baute sich ein Haus in Circle City; und er war so glücklich, daß die Leute, die ihn in seinem Hause besuchten, die Köpfe schüttelten und ihn sehr beneideten.

Aber das Nordland begann sich zu entwickeln, und die Anfänge eines Gesellschaftslebens zeigten sich. Bisher hatte das Südland nur seine Söhne geschickt; jetzt spie es eine neue Schar aus, und diesmal waren es Töchter; nicht Schwestern und Gattinnen, aber doch Frauen, die den Männern neue Dinge in die Köpfe setzten und den Ton in der ihnen eigenen Art und Weise hoben. Die Squaws versammelten sich nicht mehr zum Tanz, ihr lautes Lachen lief nicht mehr durch die Reihen beim guten alten Virginia Reel, und sie sangen nicht mehr den lustigen »Dan Tucker«. Mit dem ihnen angeborenen Stoizismus ergaben sie sich in ihr Schicksal und sahen von ihren Hütten aus klaglos ihre Herrschaft in die Hände ihrer weißen Schwestern übergehen.

Und wieder kam eine Einwanderung aus dem fruchtbaren Südlande über die Berge. Diesmal waren es Frauen, die die Macht im Lande bekamen. Ihr Wort war Gesetz; ihr Gesetz war eisern. Sie sahen mit zornigen Blicken auf die indianischen Frauen, während die andern, zuerst eingewanderten Frauen stiller wurden und demütig wanderten. Es gab Feiglinge, die über den Pakt, den sie mit den Töchtern des Landes geschlossen hatten, erröteten, Menschen, die plötzlich ihre dunkelhäutigen Kinder verabscheuten. Aber es gab auch andere – Männer –, die ihrem ersten Schwur treu blieben und stolz auf sie waren. Als es Brauch wurde, daß die Leute sich von ihren eingeborenen Frauen scheiden ließen, erwies Cal Galbraith sich als Mann; aber dafür bekam er auch die Verachtung derer zu fühlen, die zuletzt gekommen waren und am wenigsten von den Dingen verstanden, die aber jetzt die Macht im Lande hatten.

Eines Tages kamen Gerüchte, daß im Oberlande, weit hinter Circle City, Gold gefunden war. Hundeschlitten brachten die Neuigkeit nach Salt Water, kostbare Schiffe trugen die Beute über den Stillen Ozean, Drähte und Kabel sangen die Nachricht, und die Welt hörte zum erstenmal vom Klondike und von Yukon.

Cal Galbraith hatte die ganzen Jahre still für sich gelebt. Er war Madeline ein guter Gatte gewesen, und sie hatte ihn gesegnet. Jetzt aber überkam ihn gleichsam ein Gefühl des Unbefriedigtseins, eine unklare Sehnsucht nach Menschen seiner eigenen Rasse, nach dem Leben, von dem er ausgeschlossen war – eine nicht ungewöhnliche Sehnsucht, die Männer zuweilen fühlen, eine Sehnsucht, sich frei zu machen und das Leben von neuem zu versuchen. Dazu kamen den Fluß herab wilde Gerüchte über das wunderbare Dorado, glühende Beschreibungen dieser Stadt aus Blechhäusern und Zelten und wunderbare Geschichten von Glücksfällen der Chechaquas, die jetzt das ganze Land überschwemmten. Circle City war tot. Die Welt war den Fluß hinaufgezogen und dort zu einer neuen und sehr merkwürdigen Welt geworden.

Cal Galbraith, der fern von den Ereignissen saß, wurde von Unruhe und von der Lust gepackt, mit eigenen Augen zu sehen. Und im Frühling ließ er sich eines Tages eine große Menge Goldstaub auf der Goldwage der Kompanie abwiegen und einen Wechsel auf Dawson ausstellen. Er beauftragte Dixon mit der Aufsicht über seine Mine, küßte Madeline zum Abschied, versprach, wiederzukommen, ehe das erste Eis sich auf dem Yukon zeigte, und fuhr dann mit dem Dampfer den Fluß hinauf.

Madeline wartete – wartete die drei hellen Monate. Sie versorgte die Hunde, beschäftigte sich viel mit dem kleinen Cal, sah den Sommer schwinden und die Sonne ihre lange Reise nach Süden antreten. Und sie betete viel, wie sie es bei den Schwestern vom Heiligen Kreuz gelernt hatte. Der Herbst kam und damit das erste Eis auf dem Yukon. Die Könige von Circle City kehrten zu ihrer Winterarbeit in den Minen zurück. Wer aber nicht kam, war Cal Galbraith. Tom Dixon mußte indessen einen Brief bekommen haben, denn seine Leute begannen Brennholz für sie einzufahren. Die Kompanie mußte ebenfalls einen Brief erhalten haben, denn die Hundeschlitten der Kompanie kamen angefahren mit dem Besten, was an Vorräten zu haben war, füllten Madelines Speisekammer, und ihr wurde mitgeteilt, daß sie unbegrenzten Kredit hätte.

Zu allen Zeiten sind die Männer stets die hauptsächlichen Urheber vom Kummer der Frauen gewesen. Diesmal hielten die Männer ihren Mund über das, was sie von einem der Ihren, der sich in der Ferne befand, wußten, obwohl sie im stillen erbost auf ihn waren; aber die Frauen wetteiferten in dieser Beziehung nicht mit ihnen. Und durch sie erfuhr Madeline denn ohne unnötigen Aufschub, was man Merkwürdiges über Cal Galbraith und unter anderm auch über eine gewisse griechische Tänzerin erzählte, die mit den Männern spielte wie Kinder mit Seifenblasen. Nun war Madeline Indianerin, und zudem hatte sie keine Freunde, an die sie sich um Rat wenden konnte. Sie betete und schmiedete Pläne, und da sie nicht lange brauchte, um ihre Entschlüsse zu fassen, und sie auch sofort auszuführen pflegte, schirrte sie noch in derselben Nacht die Hunde an, zurrte den kleinen Cal gut auf dem Schlitten fest und fuhr in aller Stille fort.

Der Yukon war noch offen; aber es kam immer mehr Eis, und mit jedem Tage wurde die Fahrrinne schmaler. Keiner, der es nicht selbst versucht hat, kann sich vorstellen, was sie auf diesen hundert Meilen erduldete, die sie am Ufer entlang auf dem Eise fuhr, welche Arbeit und Mühsal es war, die zweihundert Meilen Packeis zu überwinden, nachdem der Fluß endgültig zugefroren war. Aber Madeline war Indianerin, sie schaffte es, und eines Nachts klopfte es an Malemute Kids Tür. Er schirrte ein Gespann äußerst verkommener und verhungerter Hunde ab, hob einen kleinen Burschen, dem es sehr gut ging, vom Schlitten, legte ihn in sein Bett und wandte dann seine Aufmerksamkeit einer von der Reise tödlich ermatteten Frau zu. Er zog ihr die steifgefrorenen Mokassins von den Füßen, hörte zu, was sie erzählte, und stach ihr die Spitze seines Messers in die Füße, um zu sehen, wie weit sie erfroren waren.

Trotz seines barschen Wesens war Malemute Kid im Grunde so weichherzig, daß der bissigste Wolfshund Vertrauen zu ihm faßte und das härteste Herz sich ihm anvertraute. Nicht, daß er sich darum bemüht hätte. Die Herzen öffneten sich ihm von selbst wie die Blumen der Sonne. Man sagte, daß selbst der Priester, Vater Roubeau, ihm gebeichtet hätte, und Männer und Frauen des Nordlandes klopften an seine Tür – eine Tür, die stets offen stand.

In Madelines Augen war er unfehlbar. Sie kannte ihn seit der Zeit, als sie zum erstenmal mit den Stammesgenossen ihres Vaters in Berührung getreten war. Und in ihrer halb barbarischen Vorstellung war Malemute Kid ein Mann, in dem alle Weisheit der Zeit gipfelte, und für den selbst die Zukunft nicht verschleiert war.

Es gab falsche Ideale im Lande. Die öffentliche Meinung von Dawson urteilte jetzt in vielen Dingen anders, als sie früher getan. Die schnelle Entwicklung des Nordlandes hatte vieles mit sich gebracht, das nicht gut war. Malemute Kid wußte das, und er wußte genau, was für ein Mensch Cal Galbraith war. Aber er wußte auch, daß ein übereiltes Wort viel Unheil anrichten konnte, und er wollte dem Mann gern eine tüchtige Lehre erteilen und ihn dazu bringen, daß er sich schäme. Am folgenden Abend wurde Stanley Prince, der junge Mineningenieur, zur Beratung hinzugezogen, und ebenso Jack Harrington mit seiner Geige. In derselben Nacht spannte Bettles, der aus alter Zeit Malemute Kids Schuldner war, die Hunde vor den Schlitten und fuhr ungesehen in der Dunkelheit nach dem Stuart.

»Also: eins – zwei – drei, eins – zwei – drei. Und nun der andere Fuß! Nein, – so!« Prince machte die Schritte, als führe er einen Kotillon an.

»Noch einmal: eins – zwei – drei, ein – zwei – drei. Der andere Fuß! Jetzt ging es besser. Versuchen Sie es noch einmal. Sehen Sie nicht auf Ihre Füße. Eins – zwei – drei, eins – zwei – drei. Kürzere Schritte! Sie hängen jetzt nicht an der Schlittenstange. Versuchen Sie 's noch einmal. So! Das war gut. Eins – zwei – drei, eins – zwei – drei!«

Immer wieder tanzten Prince und Madeline in einem ewigen Walzer. Tisch und Stühle waren an die Wand gerückt, um Platz zu schaffen. Malemute Kid hockte, das Kinn auf die Knie gestützt, auf dem Bett und sah mit großem Interesse zu. Jack Harrington saß neben ihm, kratzte die Geige und folgte den Tanzenden mit den Blicken.

Es war eine merkwürdige Situation, in der sich die drei Männer mit dieser Frau befanden. Am rührendsten war vielleicht die rein geschäftsmäßige Art und Weise, wie sie die Sache anfaßten. Kein Boxer trainiert ernster für einen bevorstehenden Kampf, kein Wolfshund legt sich kräftiger ins Geschirr, als Madeline tat. Aber es war auch ein ausgezeichnetes Material, mit dem sie arbeiteten, denn im Gegensatz zu andern Frauen ihrer Rasse hatte Madeline nie schwere Lasten auf langen Reisen zu tragen brauchen. Dazu war sie prachtvoll gewachsen, geschmeidig wie eine Weidengerte und von einer Anmut, die sie nur noch nicht zur Entfaltung gebracht hatte. Diese Anmut war es eben, die die Männer aus ihr herausarbeiten wollten.

»Das Schlimme ist eben, daß sie ganz falsch tanzen gelernt hat«, sagte Prince zu den beiden auf dem Bett, als er seine atemlose Schülerin auf den Tisch gesetzt hatte. »Gelehrig ist sie schon; aber es wäre besser gewesen, wenn sie nie einen Tanzschritt gelernt hätte. Nur etwas verstehe ich nicht, Kid.« Prince ahmte eine eigentümliche Schulter- und Kopfbewegung nach, die Madeline beim Gehen zu machen pflegte.

»Ein Glück für sie, daß sie in der Mission erzogen ist«, antwortete Malemute Kid. »Das Gepäck, weißt du — der Kopfriemen. Andern Indianerinnen geht es schlechter, sie hat seit ihrer Verheiratung keine Lasten mehr getragen. Freilich hat sie viel mit ihrem Manne durchgemacht. Sie waren bei der Hungersnot in Forty Mile.«

»Aber können wir das wegkriegen?«

»Weiß nicht. Vielleicht könnten weite Spaziergänge mit ihren Lehrern helfen. Irgendwie wird es schon werden, nicht wahr, Madeline?«

Sie nickte zuversichtlich. Wenn Malemute Kid, der alles wußte, es sagte, nun ja, dann war es auch wahr. Mehr war darüber nicht zu sagen.

Sie war zu ihnen getreten voller Eifer, wieder anzufangen. Harrington besichtigte sie ganz wie ein Rennpferd, um ihre Chancen zu berechnen.

Das Ergebnis schien ihn nicht zu enttäuschen, denn er fragte mit plötzlichem Interesse: »Was kriegte dein alter Schlingel von Onkel für dich?«

»Eine Büchse, eine Decke, zwanzig Flaschen Whisky. Die Büchse war entzwei.« Sie sagte das mit einem Ausdruck tiefer Verachtung, als ob die geringe Einschätzung ihres Wertes sie unangenehm berührte.

Sie sprach ein gutes Englisch mit vielen besonderen Ausdrücken ihres Mannes; aber man spürte noch einen leichten indianischen Akzent, die Neigung aller Indianer zu merkwürdigen Gaumenlauten. Auch dieses Fehlers hatten ihre Führer sich angenommen, und zwar mit nicht geringem Erfolg. In der nächsten Pause entdeckte Prince ein neues Hindernis.

»Ich sage dir, Kid, wir machen es ganz falsch. Ganz falsch. Sie lernt es nicht in Mokassins. Steck' ihre Füße in Ballschuhe, und dann laß sie auf einem gebohnerten Fußboden los – dann wirst du sehen!«

Madeline hob einen Fuß und betrachtete zweifelnd ihre unförmigen Mokassins. Letzten Winter hatte sie mit dieser Fußbekleidung viele Nächte in Circle City sowie in Forty Mile getanzt, ohne daß es sie gehindert hätte. Jetzt aber – nun ja, wenn etwas nicht stimmte, mußte Malemute Kid es wissen.

Und Malemute Kid wußte es, und er hatte ein gutes Auge für Maße. So nahm er denn Mütze und Fäustlinge und ging den Flügel hinunter, um Frau Eppingwell einen Besuch abzustatten. Deren Mann, Clove Eppingwell, spielte als Beamter des ausgedehnten Gouvernements eine große Rolle im öffentlichen Leben. Ihren kleinen, feinen Fuß hatte Kid eines Abends auf dem großen Gouvernementsball bemerkt, und da er wußte, daß sie nicht weniger liebenswürdig als schön war, so wurde es ihm leicht, sie um einen kleinen Dienst zu bitten. Als er zurückkehrte, zog Madeline sich einen Augenblick in das Hinterzimmer zurück. Als sie wieder eintrat, war Prince wie erschlagen.

»Donnerwetter!« stöhnte er. »Wer hätte das gedacht! Die kleine Hexe! Meine Schwester –«

»Ist ein englisches Mädchen«, fiel Malemute Kid ein, »mit einem englischen Fuß. Dies Mädel gehört einer Rasse mit kleinen Füßen an. Die Mokassins hatten sie gerade so breit gemacht, wie gut ist, während sie ihr anderseits, als sie klein war, nicht vom Laufen mit den Hunden verdorben wurden.« Aber diese Erklärung dämpfte Princes Bewunderung durchaus nicht. Der geschäftliche Instinkt Harringtons regte sich in ihm, und als er den reizend geformten Fuß und den feinen Knöchel sah, mußte er an die schäbige Bezahlung, »eine Büchse, eine Decke, zwanzig Flaschen Whisky« denken.

Madeline war das Weib eines Königs. Eines Königs, dessen Schätze ihm jederzeit Dutzende moderner Zierpüppchen kaufen konnten; und doch hatte sie nie im Leben etwas anderes an den Füßen getragen als rotgegerbtes Elchleder. Im ersten Augenblick sah sie erschrocken auf die dünnen Satinschuhe; aber bald verstand sie die Bewunderung in den Augen der Männer zu deuten. Ihr Gesicht errötete vor Stolz. Einen Augenblick war sie von ihrer eigenen weiblichen Anmut berauscht, dann murmelte sie mit noch größerer Verachtung: »Und eine Büchse, die entzwei war!«

Der Tanzunterricht nahm seinen Fortgang. Täglich machte Malemute Kid mit ihr weite Spaziergänge, die der Aufgabe gewidmet waren, ihre Haltung und ihren Gang zu verbessern und sie zu lehren, kleine Schritte zu machen. Sie liefen nicht Gefahr, erkannt zu werden, denn Cal Galbraith und die wenigen andern von den »Alten« waren in der Menge, die neu ins Land strömte, wie verschwunden. Außerdem ist die Kälte im Nordland schneidend, und die wenig abgehärteten Frauen aus dem Süden pflegten Leinwandmasken vor den Gesichtern zu tragen, um ihre Wangen gegen die Kälte zu schützen. So, wie die Frauen gekleidet gingen, ganz in Parkas aus Eichhörnchenfellen eingepackt und mit verhüllten Gesichtern, hätte eine Mutter an ihrer Tochter vorbeigehen können, ohne sie zu erkennen.

Der Unterricht machte reißende Fortschritte. War es zuerst nur langsam gegangen, so ging es von dem Augenblick an, als Madeline die weißen Satinschuhe angezogen und dadurch zum Bewußtsein ihrer Weiblichkeit gekommen war, ungeheuer schnell. In diesem Augenblick wurde ihr Stolz, die Tochter eines weißen Vaters zu sein, geboren und vermehrte ihr bisheriges natürliches Selbstgefühl. Bisher hatte sie sich für eine Frau von fremder Rasse, von niedrigerer Kaste angesehen, die von der Gnade ihres Herrn lebte. Ihr Mann war ihr wie ein Gott erschienen, der sie zu sich erhoben hatte, ohne ein Verdienst von ihrer Seite. Aber nie, selbst nicht, als der kleine Cal geboren wurde, hatte sie vergessen, daß sie nicht seinem Volke angehörte. Wie er ein Gott war, so waren die Frauen seines Volkes Göttinnen. Vielleicht hätte sie Vergleiche zwischen sich und ihnen gezogen; nie aber hätte sie sich ihnen gleichgestellt. Möglicherweise hätte eine nähere Bekanntschaft ihrer Bewunderung Abbruch getan. Zuletzt hätte sie indessen doch diese rastlosen weißen Männer verstanden und richtig beurteilt. Bewußte Analyse war allerdings etwas, das über ihren Verstand ging. Aber ihr weiblicher Scharfsinn sagte ihr, was in solchen Dingen richtig war. An dem Abend, als sie die Satinschuhe anzog, hatte sie in den Augen der drei Freunde offene unverstellte Bewunderung gesehen, und zum erstenmal hatte sie sich andern Frauen gleichgefühlt. Es war nur ein Fuß, ein Knöchel, aber es lag in der Natur der Sache, daß es nicht bei diesem Vergleich allein bleiben konnte. Sie erkannte, daß sie auf gleicher Stufe mit ihnen stand, und damit verschwand die Göttlichkeit ihrer weißen Schwestern. Alles in allem waren die wohl auch nur Frauen, und warum sollte sie sich nicht auf dieselbe Höhe wie sie erheben. Sie sah klar, was ihr fehlte, und aus diesem Bewußtsein ihrer Schwäche sproß ihre Stärke. Und mit solchem Eifer arbeitete sie, daß ihre drei Freunde oft bis tief in die Nacht über dieses ewige Mysterium der Frau sprachen.

So näherte man sich dem Bußtage. Mit unregelmäßigen Zwischenräumen schickte Bettles vom Stuart, um sich nach dem Wohlergehen des kleinen Cal zu erkundigen. Es war bald die Zeit, da sie wieder daheim erwartet wurden. Mehr als ein Besucher, der draußen Tanzmusik und die Schritte Tanzender gehört hatte, fand, wenn er eintrat, nur Harrington, der die Geige strich, und die beiden andern, die den Takt schlugen und mit großem Lärm die Ausführung irgendeines Tanzschrittes erörterten. Madeline war nie zu sehen; sie flüchtete stets ins Hinterzimmer.

An einem solchen Abend kam auch Cal Galbraith. Es waren gerade gute Nachrichten vom Stuart gekommen, und Madeline hatte sich selbst übertroffen – nicht nur in ihrer Haltung und Anmut, sondern auch in weiblicher Koketterie. Es hatte ein kleines Scharmützel gegeben, aus dem sie mit Glanz hervorgegangen war, und dann hatte sie sie, hingerissen von dem Rausch des Augenblicks und dem Gefühl ihrer eigenen Macht, mit dem erstaunlichsten Erfolg herumkommandiert, gequält, ihnen geschmeichelt und sie protegiert. Instinktiv, unfreiwillig hatten sie sich gebeugt: nicht vor ihrer Schönheit, ihrer Größe oder ihrem Witz, sondern vor diesem Unbestimmbaren der Frau, dem der Mann sich beugt, obwohl er nicht sagen kann, was es ist. Es war, als zitterte die Luft drinnen von Freude, als sie und Prince im letzten Tanz dieses Abends herumwirbelten. Harringtons Geige ertönte unbeschreiblich klangvoll, während Malemute Kid ganz verlassen mit dem Besen dasaß und sich im Takte der Musik wiegte.

In diesem Augenblick wurde kräftig an die Tür geklopft, und gleichzeitig sahen sie, wie die Klinke herabgedrückt wurde. Es war indessen nicht das erstemal, daß dies geschah. Harrington ließ sich nicht aus dem Takt bringen, Madeline schoß durch die offene Tür in die Hinterstube, der Besen unters Bett, und als Cal Galbraith und Louis Savoy die Köpfe hereinsteckten, sahen sie Malemute Kid und Prince miteinander einen wilden Schottischen durch die Stube tanzen.

Im allgemeinen kann man sagen, daß Indianerinnen nicht so leicht ohnmächtig werden; aber Madeline war einer Ohnmacht so nahe wie nur je in ihrem Leben. Eine Stunde lang lag sie zusammengekauert auf dem Boden und lauschte auf das laute Sprechen der Männer, das wie ferner Donner rollte. Wie bekannte Töne einer Kindheitsmelodie strömte jede Betonung, jede Eigenart in der Stimme ihres Mannes auf sie ein, jagte ihr das Blut zum Herzen und ließ ihre Knie zittern, daß sie schließlich in halber Ohnmacht an der Tür lehnte. Als ihr Mann sich verabschiedete, konnte sie kaum noch hören oder sehen.

»Wann gedenkst du nach Circle City zu gehen?« fragte Malemute Kid schlicht.

»Hab' noch nicht drüber nachgedacht«, erwiderte er. »Glaube nicht, ehe das Eis bricht.«

»Und Madeline?«

Cal errötete bei der Frage und schlug schnell die Augen nieder. Malemute Kid würde ihn verachtet haben, hätte er den Mann nicht so gut gekannt. Jetzt wandte sich sein Zorn gegen die Frauen und Töchter, die ins Land gekommen waren und, nicht zufrieden damit, den Platz der eingeborenen Frauen eingenommen zu haben, auch die Gedanken der Männer verunreinigt und Schande über sie gebracht hatten.

»Ich denke, daß es ihr gut geht«, antwortete der König von Circle City hastig in einem Ton, als wolle er sich verteidigen. »Tom Dixon ist mein Verwalter und sorgt, daß ihr nichts abgeht.«

Malemute Kid legte ihm die Hand auf den Arm und brachte ihn plötzlich zum Schweigen. Sie waren hinausgegangen. Über ihnen strahlte das Nordlicht gleich einer launischen Schönheit in den wunderbarsten Farben. Zu ihren Füßen lag die schlafende Stadt. Weit in der Ferne hörten sie das Bellen eines einsamen Hundes. Der König begann wieder zu sprechen; aber Malemute Kid drückte ihm die Hand, um ihn zum Schweigen zu bringen. Der Lärm verstärkte sich. Einer nach dem andern begannen die Hunde zu heulen, bis ein vielstimmiger Chor die Nacht erfüllte. Wer zum erstenmal diesen Höllengesang hört, dem ist es, als vernehme er das erste und größte Geheimnis des Nordlandes. Wer es oft gehört hat, dem klingt es wie feierliches Glockenläuten über toter Hoffnung, vergeudeten Kräften. Denn es liegen darin das Geheimnis vom Erbe des Nordlandes, die Klagen gefolterter Seelen, die Leiden zahlloser Geschlechter — es ist die Messe für die verirrten Seelen der Welt.

Cal Galbraith zitterte leicht, als das Gebell in einem halberstickten Schluchzen erstarb. Kid las seine Gedanken wie in einem offenen Buch und wanderte mit ihm zurück durch all die schweren Tage der Not und Krankheit; stets war Madeline geduldig an seiner Seite gewesen, hatte Gefahren und Leiden mit ihm geteilt, nie zweifelnd, nie klagend. Vor seinem inneren Auge sah er Dutzende von strengen, unerbittlichen Bildern, und die Vergangenheit legte ihm ihre Hand aufs Herz. Es war ein kritischer Augenblick. Malemute Kid fühlte sich versucht, seinen letzten Trumpf auszuspielen; die Lehre war aber noch nicht hart genug, und er hielt sich zurück. Einen Augenblick später hatten sie sich die Hände gedrückt. Der König schritt den Hügel hinunter, und man hörte nur das Knirschen des Schnees unter seinen perlengestickten Mokassins.

Die niedergeschlagene Madeline war eine ganz andere als das heitere Geschöpfchen, dessen Macht vor einer Stunde so ansteckend gewesen, dessen heiße Wangen und strahlende Augen ihre Lehrer alles hatten vergessen lassen. Schwach und kraftlos saß sie auf dem Stuhl, ganz wie Prince und Harrington sie hingesetzt hatten. Malemute Kid stutzte. Das ging nicht gut. Wenn der Augenblick kam, da sie ihrem Mann begegnete, mußte sie mit der Überlegenheit einer Königin auftreten können. Es war durchaus notwendig, daß es mit der ganzen Routine einer weißen Frau geschah, sonst wurde der Sieg kein Sieg. Das sagte er ihr streng, ohne seine Worte zu mildern, und weihte sie in die Schwächen seines eigenen Geschlechts ein, bis sie verstand, welche Toren die Männer im Grunde waren, und warum der Wille ihrer Frauen ihnen Gesetz war.

Wenige Tage vor dem Bußtag stattete Malemute Kid Frau Eppingwell einen Besuch ab. Sie durchsuchte sofort ihre ganze Garderobe, machte einen längeren Abstecher in die Manufakturwarenabteilung der P. C. Kompanie und begleitete dann Malemute Kid heim, um Madeline kennenzulernen. Nun folgte eine Zeit, wie die Hütte sie noch nie gesehen hatte, und die Folgen von all dem Zuschneiden, Anprobieren, Nähen und Schneidern und vielen andern merkwürdigen, bisher unbekannten Dingen war, daß die drei männlichen Verschworenen den größten Teil der Zeit in der Verbannung leben mußten. Dann öffnete die »Oper« ihnen freundlich ihre Pforten, und oft steckten sie die Köpfe zusammen und tranken mit so seltsamen Reden, daß Leute, die sonst nichts zu tun hatten, unbekannte Flüsse mit unberechenbaren Reichtümern ahnten, und daß verschiedene Chechaquas und schließlich auch einer von den Alten ihre Reiseausrüstung hinter dem Schanktisch verstauten, um ihnen sofort folgen zu können.

Frau Eppingwell war eine tüchtige Frau, und als sie am Bußtag Madeline ihren Beschützern übergab, war eine Verwandlung mit ihr vorgegangen, daß sie sich beinahe vor ihr fürchteten. Prince legte ihr einen Hudson-Bai-Schal um die Schulter mit einer übertriebenen Ehrerbietung, die echter war, als sie aussah. Malemute Kid, dessen Arm sie genommen hatte, fand es nicht ganz leicht, seine alte Vormundschaft wieder aufzunehmen. Jack Harrington trottete, immer die Liste der Kaufsumme im Kopfe, hinterher und tat auf dem ganzen Wege zur Stadt nicht einmal den Mund auf. Als sie an die Hintertür der Oper kamen, nahmen sie Madeline den Schal von der Schulter und breiteten ihn über den Schnee aus. Sie schlüpfte aus Princes Mokassins und trat in ihre neuen Satinschuhe. Der Maskenball hatte gerade seinen Höhepunkt erreicht. Sie zögerte; aber die Männer öffneten die Tür, führten sie hinein und gingen dann ums Haus herum, um selbst durch die Vordertür einzutreten.

»Wo ist Freda?« fragten die Alten, während die Chechaquas ebenso energisch fragten, wer Freda war. Der Ballsaal summte von ihrem Namen. Er war auf aller Lippen. Ergraute Pioniere, Tagelöhner in den Minen, aber stolz auf ihren Altersrang, machten sich vor den Jüngeren wichtig und logen wortreich – es ist das Vorrecht der alten Klondikepioniere, es mit der Wahrheit nicht so genau zu nehmen – oder warfen ihnen indignierte Blicke wegen ihrer Unwissenheit zu. Es befanden sich vielleicht vierzig Könige des Oberlandes und Unterlandes auf dem Tanzboden, und jeder von ihnen glaubte sich auf der rechten Fährte und hielt unerschrocken Beutel voller Goldstaub auf seinen Favoriten. Dem Mann an der Wage, der die Beutel abzuwiegen hatte, wurde ein zweiter zu Hilfe geschickt, während mehrere von den Spielern, die die Gesetze des Spiels in- und auswendig kannten, Listen über die Kandidaten aufstellten.

Welche Maske war Freda? Immer wieder glaubte man die griechische Tänzerin entdeckt zu haben, aber jede Entdeckung verursachte eine Panik unter den Spielern und veranlaßte nur den wilden Abschluß neuer Wetten unter denen, die ihrer Sache sicher zu sein glaubten. Auch Malemute Kid beteiligte sich an der Jagd; sein Eintritt war von den Anwesenden, die ihn alle wie einer kannten, mit großem Hallo begrüßt worden. Kid hatte ein gutes Auge für die Eigenart einer Bewegung, ein feines Ohr für den Tonfall einer Stimme, und seine Wahl fiel auf ein Wesen, das als strahlendes »Nordlicht« erschienen war. Aber die griechische Tänzerin war selbst für seinen Scharfsinn zu gut verborgen. Der größte Teil der Goldgräber schien auf die »Russische Prinzessin« zu raten, die die Anmutigste im Saale war und daher keine andere sein konnte als Freda Moloof.

Während einer Quadrille erhob sich ein Getöse der Befriedigung. Sie war entdeckt. Auf früheren Bällen hatte Freda beim Finale einige unvergleichliche, ganz originelle Tanzschritte gemacht. Und jetzt hatte die »Russische Prinzessin« genau so getanzt. »Hab' ich's nicht gesagt!« ertönte es im Chor, daß die Decke zitterte. Aber da bemerkte man, daß das »Nordlicht« und noch eine Maske, »Der Geist Polens«, auf ganz die gleiche Weise tanzten; und als jetzt noch die beiden Zwillings-»Regenbogen« und eine »Eiskönigin« ihrem Beispiel folgten, wurde den Männern an der Wage noch einer zu Hilfe geschickt.

Als die Erregung ihren Höhepunkt erreicht hatte, kam Bettles, der eine Reise gemacht hatte, wie ein Schneesturm über sie. Seine bereiften Brauen wurden zu einem Wasserfall, als er herumwirbelte; sein noch gefrorener Schnurrbart schien mit Diamanten besetzt zu sein und warf das Licht in allen Regenbogenfarben zurück, und seine schnellen Füße glitten über Eisstücke, die von seinen Mokassins und seinen wollenen Socken rasselten. Ein Nordlandsball ist eine recht formlose Angelegenheit, bei der die Männer der Flüsse und Fahrten alle Prüderie fahren lassen, wenn sie sie überhaupt je besessen haben; nur in den offiziellen Kreisen werden noch einige Formen gewahrt. Hier machte sich kein Standesunterschied geltend. Millionäre und arme Teufel, Hundetreiber und berittene Polizisten reichten den »Damen der feinen Welt« den Arm, sausten mit ihnen im Kreis herum und machten die seltsamsten Sprünge. Primitiv in ihren Vergnügungen, lärmend und ungeschliffen, wurden sie doch nie plump, sondern waren eher von einer rauhen Ritterlichkeit, die ebenso echt wie die formvollendetste Höflichkeit war.

In seiner Suche nach der griechischen Tänzerin richtete Cal Galbraith es so ein, daß er bei der Quadrille der »Russischen Prinzessin« gegenüberstand, gegen die sich der allgemeine Verdacht gerichtet hatte. Als er aber mit ihr getanzt hatte, war er bereit, all seine Millionen zu wetten, daß sie nicht Freda war, anderseits aber auch, daß sein Arm schon um ihren Arm gelegen hatte. Wann oder wo, konnte er nicht sagen, aber das überraschende Gefühl, einen wohlbekannten Menschen vor sich zu haben, machte einen solchen Eindruck auf ihn, daß er sich vornahm, um jeden Preis herauszubekommen, wer sie war. Malemute Kid hätte ihm helfen können, statt daß er ein paarmal mit der »Prinzessin« tanzte und leise und eindringlich mit ihr sprach. Am unverdrossensten aber machte Jack Harrington der »Russischen Prinzessin« den Hof. Einmal zog er Cal Galbraith beiseite, brachte kühne Vermutungen vor, wer sie sein möchte, und erklärte ihm, daß er sicher gewinnen würde. Das reizte den König von Circle City so, daß er – ein Mann ist ja von Natur nicht monogam – sowohl Madeline wie Freda über dieser neuen Suche vergaß.

Es sprach sich bald herum, daß die »Russische Prinzessin« nicht Freda war. Die Spannung wuchs. Dies war ein neues Rätsel. Sie kannten Freda und konnten sie nicht finden; hier aber hatten sie eine gefunden, die sie nicht kannten. Selbst die Frauen konnten sich nicht denken, wer sie sein mochte, und dabei kannten sie doch jede Tänzerin im ganzen Lager. Viele hielten sie für eine Frau aus der Beamtenclique, die einmal ein bißchen über die Stränge schlug. Nicht wenige versicherten, daß sie vor der Demaskierung verschwinden würde. Andre wieder waren ebenso überzeugt, daß sie die Berichterstatterin des »Kansas City Star« war, die für neunzig Dollar die Spalte über sie schreiben wollte. Und die Männer an der Wage arbeiteten im Schweiße ihres Angesichts.

Um ein Uhr begaben sich alle Paare auf den Tanzboden. Unter Gelächter und Scherzen, wie sorglose Kinder, begannen sie sich zu demaskieren. Immer wieder erklangen Ausrufe des Staunens, als Maske auf Maske fiel. Das strahlende »Nordlicht« war, wie sich zeigte, die große Negerin, die für die Leute wusch und an fünfhundert Dollar monatlich damit verdiente. Die Zwillings-»Regenbogen« hatten Schnurrbärte und wurden als Kompagnons, Minenkönige von Eldorado erkannt. An vorderster Stelle tanzte Cal Galbraith mit dem »Geist Polens«, und ihm gegenüber Jack Harrington mit der »Russischen Prinzessin«. Alle andern hatten sich demaskiert, aber die griechische Tänzerin hatte man noch nicht gefunden. Alle Augen richteten sich auf die Gruppe. Cal Galbraith lüftete auf die allgemeinen Zurufe die Maske seiner Dame. Das wundervolle Gesicht und die strahlenden Augen Fredas leuchteten ihnen entgegen. Der Lärm, der sich erhob, legte sich plötzlich wieder; jeder wollte das Rätsel der »Russischen Tänzerin« lösen. Ihr Gesicht war aber immer noch verborgen, und Jack Harrington rang mit ihr.

Die andern schwebten in höchster Spannung. Er zerknüllte ihr rücksichtslos das prächtige Kleid, und dann – brachen die Zuschauer in Lachen aus. Der Scherz war köstlich. Sie hatten die ganze Nacht mit einer der verachteten Eingeborenen getanzt.

Die aber, die sie kannten, und das waren viele, hörten plötzlich zu lachen auf, und es wurde still im Saal. Cal Galbraith trat zornig mit langen Schritten auf Madeline zu und redete sie in der Chinooksprache an. Sie bewahrte indessen ihre Fassung, bemerkte scheinbar gar nicht, daß sie das Ziel aller Blicke war, und antwortete ihm auf englisch. Sie zeigte weder Furcht noch Zorn, und Malemute Kid lachte im stillen vor Freude über ihren Gleichmut. Der König war überrumpelt und geschlagen; seine einfache Siwashfrau hatte sich ihm überlegen gezeigt.

»Komm!« sagte er dann schließlich. »Komm nach Hause.«

»Du mußt entschuldigen,« antwortete sie, »aber ich habe mich mit Herrn Harrington zum Abendbrot verabredet. Außerdem habe ich noch viele Tänze versprochen.«

Harrington bot ihr den Arm, um sie fortzuführen. Er zeigte nicht die geringste Furcht, dem König den Rücken zu kehren, denn Malemute Kid stand jetzt ganz in der Nähe. Der König von Circle City war wie vor den Kopf geschlagen. Zweimal fuhr seine Hand nach dem Gürtel, und zweimal schickte Malemute Kid sich an, einzuschreiten; Harrington und Madeline aber schritten ruhig zur Tür hinaus in den Speisesaal, wo eingemachte Austern zu fünf Dollar das Gedeck serviert wurden. Ein Seufzer der Erleichterung ging durch die Menge, dann folgte man ihnen paarweise. Freda maulte und ging mit Cal Galbraith hinein. Aber sie hatte ein gutes Herz und eine scharfe Zunge und verdarb ihm den Appetit an den Austern. Was sie sagte, ist nicht weiter von Bedeutung, aber er wurde abwechselnd rot und blaß und verfluchte sich immer wieder im stillen.

Ein Gewirr von Stimmen erfüllte den Raum, aber plötzlich wurde es still: Cal Galbraith erhob sich und trat an den Tisch seiner Frau. Seit der Demaskierung waren Unsummen auf den Ausfall der Sache gesetzt worden. Was jetzt geschah, wurde von jedem einzelnen mit atemloser Spannung beobachtet. Harringtons blaue Augen waren ruhig, aber unter dem Tischtuch balancierte ein ›Smith and Wesson‹ auf seinen Knien, Madeline sah wie zufällig und scheinbar interesselos auf.

»Darf – darf ich den nächsten Walzer mit dir tanzen?« stotterte der König.

Das Weib des Königs blickte auf ihre Tanzkarte und neigte einwilligend den Kopf.

Eine Odyssee des Nordens

Die Schlitten sangen ihr ewiges Klagelied, begleitet vom Knirschen der Geschirre und dem Läuten der Schellen des Leithundes; aber Männer und Hunde waren müde und gaben keinen Ton von sich. Es war eine schwere Fahrt durch den frischgefallenen Schnee, sie kamen weither, und die von steinharten Blöcken aus gefrorenen Elchhäuten schwer belasteten Kufen bissen sich mit fast menschlicher Hartnäckigkeit in der losen Oberfläche fest. Die Dunkelheit brach herein, aber es sollte heute kein Lager aufgeschlagen werden. Der Schnee fiel leise durch die ganz stille Luft, nicht in Flocken, sondern in winzigen, wunderbar geformten Eiskristallen. Es war warm – nur 10 Grad Fahrenheit unter Null –, und das galt den Männern für nichts. Meyers und Bettles hatten ihre Ohrenklappen hochgeschlagen, und Malemute Kid hatte sogar die Fausthandschuhe ausgezogen.

Die Hunde waren früh am Nachmittag ermattet gewesen, begannen sich aber jetzt wieder zu erholen. Die schlausten verrieten eine gewisse Unruhe – sie zerrten ungeduldig an den Strängen, schnauften und spitzten die Ohren. Sie ärgerten sich über ihre schlafferen Brüder und trieben sie, wenn sich die Gelegenheit bot, an, indem sie ihnen tückisch nach den Hinterbeinen schnappten. Jene, derart aufgemuntert und angespornt, halfen wieder die anderen antreiben. Endlich stieß der Leithund des ersten Schlittens ein Freudengeheul aus, streckte sich, daß sein Bauch fast den Schnee berührte, und warf sich eifrig ins Geschirr. Die andern folgten seinem Beispiel. Die Stränge strafften sich, die Schlitten schossen vorwärts, und die Männer klammerten sich an die Steuerstangen fest und zogen hastig die Füße hoch, damit sie nicht unter die Kufen kamen. Die Müdigkeit des Tages war wie weggeblasen, und sie feuerten die Hunde durch Zurufe an. In rasendem Galopp sausten sie durch die zunehmende Dunkelheit.

»Hü! Hü!« schrien die Männer abwechselnd, wenn ihre Schlitten vom Wege abkamen und sich wie Boote im Winde auf die Seite legten, daß sie nur auf einer Kufe liefen.

Dann kam der Endspurt, einige hundert Ellen weit, bis zu dem erleuchteten Pergamentfenster, das anheimelnd von der gemütlichen Hütte, dem prasselnden Yukonofen und den dampfenden Teetöpfen erzählte. Aber die Hütte war von Fremden besetzt. Sechzig heisere Mäuler kläfften herausfordernd im Chor, und ebenso viele zottige Körper stürzten sich Hals über Kopf auf die Hunde, die den ersten Schlitten zogen. Die Tür öffnete sich, ein Mann in dem scharlachroten Mantel der Nordwest-Polizei watete bis zu den Knien durch den Schnee zu den rasenden Tieren und übte ruhig und unparteiisch nach allen Seiten mit dem dicken Ende der Hundepeitsche Justiz. Dann drückten die Männer sich die Hände, und so wurde Malemute Kid in seiner eigenen Hütte von einem Fremden willkommen geheißen.

Stanley Prince, der ihn hätte empfangen sollen, und der die Verantwortung für den Yukonofen und den erwähnten heißen Tee trug, war durch seine Gäste ganz in Anspruch genommen. Es waren ungefähr ein Dutzend, und zwar eine so unbeschreibliche Bande, wie sie je der Königin bei der Handhabung der Gesetze und Austeilung ihrer Post behilflich gewesen waren. Obgleich sie vielen verschiedenen Rassen angehörten, hatte das gemeinsame Leben doch einen bestimmten Typ unter ihnen entwickelt, einen trockenen, kräftigen Typ mit gestählten Muskeln und sonnenverbrannten Gesichtern, lebensfroh, freimütig, helläugig und zuverlässig. Sie fuhren mit den Hunden der Königin, versetzten die Herzen ihrer Feinde in Angst und Schrecken, aßen ihre karge Kost, waren glücklich. Sie hatten das Leben kennengelernt, hatten Taten verrichtet und Romane erlebt, ohne daß sie sich dessen bewußt gewesen wären.

Sie fühlten sich vollkommen wie zu Hause. Zwei von ihnen waren in Malemute Kids Koje gekrochen, wo sie dieselben Lieder sangen, die ihre französischen Vorfahren gesungen hatten, als sie als erste nach dem Nordwesten gekommen waren und sich indianische Frauen dort genommen hatten. Bettles' Koje hatte eine ähnliche Einquartierung erhalten, und drei oder vier lustige Voyageurs wühlten mit den Zehen in den Decken, während sie zuhörten, wie einer der andern von der Zeit erzählte, als er in der Boodlebrigade unter Wolseley bei den Kämpfen vor Karthum gedient hatte. Und als er müde war, erzählte ein Cowboy von Höfen, von Königen, hohen Herren und Damen, die er gesehen hatte, als er mit Buffalo Bill durch die Hauptstädte Europas gezogen war. In einer Ecke saßen zwei Mischlinge, alte Kameraden von einem verlorenen Feldzuge, setzten Geschirr instand und erzählten von den Tagen, als der Aufruhr im Südwesten flammte und Louis Riel König war.

Rauhe Scherze flogen hin und her, und wilde Abenteuer zu Lande und zu Wasser wurden als etwas ganz Alltägliches erzählt, dessen man sich nur irgendeines lustigen oder merkwürdigen Umstandes halber erinnerte. Prince wurde mitgerissen von diesen ungekrönten Helden, die die Geschichte des Landes hatten werden sehen, und in deren Augen das Große, Romantische nur etwas ganz Alltägliches war, das nun einmal zum Leben gehörte. Er ließ seinen kostbaren Tabak mit verschwenderischer Verachtung die Runde machen, eingerostete Erinnerungen wurden dann gelöst und auch vergessene Odysseen ihm zu Ehren wieder ins Leben gerufen.

Als die Unterhaltung schließlich stockte, die Reisenden sich die letzte Pfeife stopften und die Schlafsäcke auseinanderrollten, wandte Prince sich an seine Kameraden, um Näheres zu erfahren.

»Nun, über den Cowboy weißt du ja Bescheid«, antwortete Malemute Kid, indem er seine Mokassins aufzuschnüren begann; »und es ist nicht schwer zu sehen, daß in den Adern seines Bettgenossen englisches Blut rollt. Die übrigen sind samt und sonders Nachkommen der Coureurs du bois mit Gott weiß wie vielerlei anderm Blut gemischt. Die beiden, die sich an die Tür gelegt haben, sind regelrechte Mischlinge oder Bois brulés. Der Kerl mit der Schärpe um den Leib – beachte seine Augenbrauen und die Form seiner Kiefer – zeigt klar und deutlich, daß sich ein Schotte in das verräucherte Zelt seiner Mutter verirrt hat. Und der hübsche Bursche dort, der sich den Mantel unter den Kopf legt, ist französisches Halbblut – du hast ihn sprechen hören; er kann die beiden Indianer, die sich neben ihn gelegt haben, nicht leiden. Du weißt:

als die Mischlinge sich unter Riel erhoben, hielten die Vollindianer Frieden, und seitdem können sie sich nicht mehr ausstehen.«

»Aber was ist der mürrische Bursche am Ofen für einer? Ich möchte drauf schwören, daß er kein Englisch kann. Er hat den ganzen Abend nicht den Mund aufgemacht.«

»Da irrst du dich. Er spricht gut genug Englisch. Hast du seine Augen nicht gesehen, als er zuhörte? Ich sah sie. Aber er hat nicht das geringste mit den andern gemein. Als sie ihren Jargon sprachen, konntest du merken, daß er nichts verstand. Ich möchte selbst gern wissen, was für einer er ist. Laß uns sehen, es herauszubekommen!«

»Leg' ein paar Stücke Holz auf!« befahl Malemute Kid, indem er die Stimme hob und den Mann, von dem die Rede war, anblickte.

Er gehorchte augenblicklich.

»Hat irgendwo Disziplin gelernt«, meinte Prince leise.

Malemute Kid nickte, zog sich die Strümpfe aus und begab sich vorsichtig zwischen den Schlafenden hindurch zum Ofen. Dort hängte er seine nassen Strümpfe zwischen zwei Dutzend andere.

»Wann gedenkt ihr in Dawson zu sein?« fragte er prüfend.

Der Mann blickte ihn forschend an, ehe er antwortete. »Fünfundsiebzig Meilen, nicht wahr? In zwei Tagen vielleicht.«

Ein ganz leichter Akzent war eben zu spüren, aber er sprach glatt und ohne nach Worten zu suchen.

»Schon früher im Land gewesen?«

»Nein.«

»Nordwest-Territorium?«

»Ja.«

»Da geboren?«

»Nein.«

»Na, wo bist du denn her, zum Donnerwetter? Du bist keiner von denen da.« Malemute Kid zeigte auf die Hundekutscher mit einer Handbewegung, die sich auch auf die beiden Polizisten, die sich in Princes Koje gelegt hatten, erstreckte. »Wo bist du her? Ich habe früher schon mal Gesichter wie das deine gesehen, weiß nur nicht, wo.«

»Ich kenne dich«, antwortete der Mann gleichgültig und lenkte damit plötzlich den Strom von Malemute Kids Fragen ab.

»Woher? Mich je gesehen?«

»Nein; aber deinen Genossen, den Priester, Pastilik. Schon lange her. Ihn geben mich Proviant. Ich nicht bleiben lange. Du hören ihn reden über mich.«

»Ach, du bist der, der die Otternfelle für die Hunde verkaufte!«

Der Mann nickte, klopfte seine Pfeife aus, rollte sich in den Schlafsack und gab damit zu erkennen, daß er keine Lust zu weiterer Unterhaltung hatte. Malemute Kid blies die Tranlampe aus und kroch unter die Decke.

»Also, was ist er?«

»Weiß nicht – hat abgewinkt – schließt die Schale wie eine Auster. Aber er ist ein Bursche, der einen schon neugierig machen kann. Ich hab' von ihm gehört. Die ganze Küste redete vor acht Jahren über ihn. Eine Art Mysterium, weißt du. Er kam mitten im Winter vom Norden viele tausend Meilen weit irgendwoher an der Küste der Beringsee und hatte eine Eile, als ob der Teufel hinter ihm her wäre. Keiner hat je erfahren, wo er herkam; aber es muß weit gewesen sein. Es ging ihm dreckig, als er von den schwedischen Missionaren an der Golovinbucht Proviant kriegte und sich nach dem Weg nach Süden erkundigte. Das hörten wir später. Dann verließ er den Weg an der Küste und fuhr quer über den Norton-Sund. Schreckliches Wetter, Schneesturm und Gegenwind – aber er kam durch, wo Tausende ihr Leben gelassen hätten, verfehlte St. Michael und kam schließlich in Pastilik an. Hatte alle Hunde bis auf zwei verloren und war mehr tot als lebendig.

»Er hatte solche Eile, daß Vater Roubeau ihn verproviantieren mußte, aber Hunde konnte er ihm nicht verschaffen, denn er wartete selbst auf meine Rückkehr, um wegkommen zu können. Unser Odysseus war indessen zu klug, um ohne Hunde zu reisen, und so lungerte er mehrere Tage mißmutig herum. Auf seinem Schlitten hatte er ein Bündel der schönsten Otternfelle, Seeottern, weißt du, die ihr Gewicht in Gold wert sind. In Pastilik wohnte ein alter Shylock von einem russischen Händler, der so viel Hunde hatte, daß er sie am liebsten ersäuft hätte. Na, sie schacherten nicht lange, als aber der merkwürdige Mensch weiter nach Süden jagte, hatte er ein Gespann, das sich sehen lassen konnte. Der Shylock seinerseits hatte die Otternfelle. Ich sah sie, sie waren prachtvoll. Wir berechneten, daß die Hunde ihm mindestens fünfhundert Dollar das Stück eingebracht hatten. Und glaub' ja nicht, daß der merkwürdige Mensch nicht wußte, was Seeottern wert waren; er war irgendein Indianer, aber das bißchen, was er redete, zeigte, daß er unter Weißen gelebt hatte.

»Als die See eisfrei wurde, hörten wir von der Nunivakinsel, daß er dort Proviant eingenommen hätte. Dann verloren wir seine Spur, und dies ist das erste, was ich seit acht Jahren von ihm höre. Aber wo kam der Mensch her? Und was hatte er dort getan? Und warum war er fortgereist? Er ist Indianer, ist Gott weiß wo gewesen und hat Disziplin gelernt, was für einen Indianer ungewöhnlich ist. Wieder ein Nordlandrätsel, das du lösen magst, Prince.«

»Danke ergebenst, aber ich habe schon genügend«, erwiderte er.

Malemute Kid schnarchte schon; aber der junge Mineningenieur lag mit offenen Augen da und starrte in die dichte Finsternis, wartete, daß sich die seltsame Erregung, die ihm in allen Adern pochte, legen sollte, und als er endlich eingeschlafen war, arbeitete sein Hirn weiter, und nun wanderte auch er durch das weiße Unbekannte, kämpfte sich mit den Hunden über die unendlichen Wege und sah Männer als Männer leben, arbeiten und sterben.

*

Am nächsten Morgen brachen die Hundetreiber und Polizisten mehrere Stunden vor Tagesanbruch nach Dawson auf. Aber die Mächte, die über die Interessen Ihrer Majestät wachen und das Schicksal ihres geringsten Geschöpfes lenken, ließen ihren Postboten nur wenig Ruhe; eine Woche darauf zeigten sie sich wieder am Stuart, schwer mit Briefen für Salt

Water beladen. Nur ihre Hunde waren durch frische ersetzt worden, aber das waren ja auch Hunde.

Die Männer hatten erwartet, daß sie sich mehrere Tage Ruhe gönnen könnten. Außerdem war dies Klondike ja ein neuer Teil des Nordlandes, und sie hätten wohl gern ein wenig von der goldenen Stadt gesehen, wo der Goldstaub wie Wasser floß und in den Tanzlokalen Spiel und Gesang nie aufhörten. Aber sie trockneten ihre Strümpfe und rauchten ihre Abendpfeifen fast mit demselben Behagen wie bei ihrem letzten Besuch, obwohl dieser oder jener aufsässige Geist noch daran denken mochte, zu desertieren und über die unbekannten Berge nach Osten und dann durch das Mackenzie-Tal nach den Schauplätzen ihrer alten Tage im Chippewyan-Land zu gelangen. Zwei oder drei beschlossen sogar, nach Beendigung ihrer Dienstzeit auf diesem Wege heimzukehren, und begannen sofort, diesbezügliche Pläne zu schmieden, wobei sie von dem halsbrecherischen Vorhaben ungefähr sprachen wie ein Städter von seinem nächsten Sonntagsausflug in den Wald.

Der mit den Otternfellen schien von einer inneren Unruhe gepackt zu sein, obwohl er sich nur wenig für die Diskussion interessierte. Schließlich zog er Malemute Kid beiseite und redete eine Weile leise auf ihn ein. Prince blickte neugierig zu ihnen hinüber, und die Sache wurde ihm noch rätselhafter, als sie ihre Mützen und Fausthandschuhe nahmen und hinausgingen. Als sie wiederkamen, stellte Malemute Kid seine Goldwage auf den Tisch, wog sechzig Unzen ab und tat sie in den Beutel des merkwürdigen Menschen. Dann schloß sich der erste Hundetreiber der Beratung an, und es wurden gewisse Vereinbarungen mit ihm getroffen. Am nächsten Tage zog die Gesellschaft weiter den Fluß hinauf; aber der Mann mit den Otternfellen erhielt mehrere Pfund Proviant und kehrte in der Richtung nach Dawson um.

»Ich wußte nicht, was ich machen sollte«, antwortete Malemute Kid auf Princes Frage. »Der arme Kerl wollte aus irgendeinem Grunde den Dienst quittieren – wenigstens schien ihm sehr darum zu tun zu sein, obwohl er nicht damit herausrücken wollte, was los war. Du weißt, es ist ganz wie in der Armee; er hat sich auf zwei Jahre verpflichtet, und die einzige Möglichkeit, freizukommen, ist, daß er sich loskauft. Er konnte nicht desertieren und dann hier in der Gegend bleiben, und er war eben darauf versessen, hierzubleiben. Er habe seinen Entschluß gefaßt, sagte er, als er nach Dawson gekommen sei. Aber dort habe er keinen Bekannten getroffen, er besitze nicht einen Cent, und ich sei der einzige Mensch, mit dem er zwei Worte gesprochen habe. So sprach er denn mit dem Vizegouverneur und traf seine Vereinbarung mit ihm für den Fall, daß er das Geld von mir bekommen könnte – leihweise, weißt du. Sagte, er wolle es mir im Laufe eines Jahres abzahlen und mich, wenn ich es wünschte, auf die Fährte nach einem großen Reichtum setzen. Hatte es nie gesehen, wußte aber, daß es großer Reichtum war.

»Und da! Ja, als er mich draußen hatte, weinte er fast. Bat und flehte. Warf sich vor mir in den Schnee, bis ich ihn wieder hochzog. Schwatzte dummes Zeug wie ein Verrückter. Schwor, es sei ein Ziel, auf das er seit Jahren lossteuerte, und er könne es nicht ertragen, wenn es jetzt schief ginge. Ich fragte ihn, was für ein Ziel das sei, aber er wollte es nicht sagen. Er fürchtete, sie könnten den Einfall haben, ihn auf dem zweiten Teil der Reise abzusetzen, und dann bekäme er Dawson zwei Jahre lang nicht zu sehen, und es wäre zu spät. Nie in meinem Leben habe ich einen Menschen gesehen, der so auf etwas versessen war. Und als ich ihm sagte, daß ich ihm das Geld geben wollte, mußte ich ihn wieder aus dem Schnee ziehen. Ich sagte ihm, er könnte es als meinen Anteil an dem Unternehmen ansehen. Aber glaubst du, daß er darauf einging! Nein. Er schwor, er wolle mir alles geben, was er fände, mich reich machen wie einen Geizhals in seinen Träumen, und lauter solches Zeugs. Ein Mann, der sein Leben und seine Zeit wagt, wo ein anderer nur sein Geld wagt, findet es gewöhnlich hart genug, wenn er die Hälfte von dem, was er findet, abgeben soll. Aber hier steckt etwas anderes dahinter, Prince; merk' dir, was ich sage. Wir werden noch von ihm zu hören bekommen im Lande –«

»Und wenn nicht?«

»Dann wird mein besseres Ich einen tüchtigen Stoß bekommen, und ich werde um einige sechzig Unzen ärmer sein.«

*

Die kalte Jahreszeit mit den langen Nächten war gekommen, und die Sonne begann ihr altes Spiel an der südlichen Schneelinie, ehe man etwas von Malemute Kids Anteil hörte. Da hielt an einem rauhen Morgen Anfang Januar ein Zug schwerbeladener Hundeschlitten vor seiner Hütte am Stuart. Der Mann mit den Otternfellen war da, und mit ihm kam ein Mann, wie die Götter ihn jetzt fast zu erschaffen vergessen haben. Wo immer von Draufgängertum die Rede war, wo immer man Geld für nichts rechnete, da wurde der Name Axel Gundersons genannt, und wenn die Leute abends am Lagerfeuer saßen und von Kraft und Entschlossenheit redeten, da fiel sicher auch sein Name. Und wenn die Unterhaltung einschlief, so flammte sie wieder auf, sobald die Frau erwähnt wurde, die sein Geschick teilte.

Wie gesagt: als die Götter Axel Gunderson erschufen, hatten sie sich erinnert, was sie in alten Zeiten vermocht, und ihn so erschaffen, wie die Männer waren, als die Erde jung war. Volle sieben Fuß ragte er empor in seiner malerischen Kleidung, die ihn als einen Eldorado-König bezeichnete. Brust, Hals und Kleider waren die eines Riesen, und um diese dreihundert Pfund Knochen und Muskeln tragen zu können, waren seine Schneeschuhe auch reichlich drei Fuß länger als die anderer Männer. Großzügig, mit buschigen Brauen, gewaltigen Kiefern und scharfen Augen vom blassesten Blau war sein Gesicht, das von einem Manne erzählte, der kein Gebot als das eigene kannte. Wie gelbe Seide von der Farbe reifen Korns umgab das bereifte Haar sein Gesicht und fiel ihm bis auf den Bärenpelz. Wie er jetzt an der Spitze der Hunde auf den schmalen Weg zur Hütte einbog, erinnerte etwas an ihm an die See; und er schlug mit dem dicken Ende der Hundepeitsche an Malemute Kids Tür wie ein nordischer Seeräuber auf einem Zuge nach Süden an das Burgtor gedonnert haben mag, um eingelassen zu werden.

Prince entblößte seine frauenhaften Arme und begann den Schwarzbrotteig zu kneten, wobei er manchen Seitenblick auf die drei Gäste warf – aber es waren auch Gäste, wie sie vielleicht nur einmal in einem Menschenalter unter einem Dache zusammenkommen. Der merkwürdige Mensch, dem Malemute Kid den Namen Odysseus gegeben hatte, hielt ihn immer noch in seinem Bann. Aber sein Hauptinteresse galt doch Axel Gunderson und dessen Frau. Sie war von der Reise etwas mitgenommen, denn sie hatte seit der Zeit, als ihr Mann zu Reichtum gekommen war, ein verwöhntes Leben in warmen behaglichen Wohnungen gelebt, und sie war müde. Sie ruhte an seiner breiten Brust, wie eine zarte Blume sich an eine Mauer lehnt, während sie zögernd Malemute Kid auf seine gutmütigen Scherze antwortete und Princes Blut seltsam pochen ließ, wenn ein Blick aus ihren tiefen, schwarzen Augen ihn zufällig streifte. Denn Prince war ein Mann, und ein gesunder und kräftiger dazu, und er hatte seit vielen Monaten kaum eine Frau gesehen. Allerdings war sie älter als er und Indianerin. Aber sie war anders als alle eingeborenen Frauen, die er je gesehen hatte. Sie war bereist – war unter anderm in seinem Lande gewesen, wie er aus der Unterhaltung erfuhr. Und sie kannte die meisten Dinge, die Frauen seiner eigenen Rasse kannten, und vieles dazu, dessen Kenntnis man von ihnen nicht erwarten konnte. Sie verstand es, eine Mahlzeit aus an der Sonne getrocknetem Fisch und ein Bett im Schnee zu bereiten; und dabei peinigte sie sie doch mit aufreibenden Einzelheiten von Diners mit vielen Gängen und brachte für einen Augenblick ihre Seelen in Aufruhr, indem sie die Namen von Gerichten nannte, die sie in alten Zeiten gekannt, jetzt aber fast vergessen hatten. Sie kannte Elch, Bär und den kleinen Blaufuchs sowie das Leben der wilden Seetiere im Norden; sie wußte von Wäldern und Flüssen, was man von ihnen wissen konnte; was man aus der Fährte von Männern, Vögeln und Tieren in der feinen Schneekruste lesen konnte, das las sie wie aus einem offenen Buche, und doch sah Prince Anerkennung in ihren Augen, als sie die »Gesetze des Lagers« las. Diese Gesetze waren von dem unersättlichen Bettles zu einer Zeit, als sein Blut heiß wallte, verfaßt worden, und die

Bestimmungen zeichneten sich namentlich durch ihren einfachen, treffenden Humor aus. Prince pflegte sie stets nach der Wand umzudrehen, ehe Damen kamen; aber wer konnte ahnen, daß diese Eingeborene –? Nun, jetzt war es zu spät.

Das also war die Frau Axel Gundersons, sie, deren Name und Ruf zusammen mit dem ihres Gatten durch das ganze Nordland gegangen war. Bei Tisch neckte Malemute Kid sie mit der Sicherheit eines alten Freundes, und Prince fiel in den Ton ein, sobald er über die erste Verlegenheit der neuen Bekanntschaft hinweggekommen war. Aber sie hielt sich ausgezeichnet in dem ungleichen Kampf, während ihr Mann sich, weniger sicher im Wortstreit, darauf beschränkte, zu applaudieren. Er war sehr stolz auf sie. Alles, was er tat, jeder seiner Blicke erzählte, wieviel sie für ihn bedeutete. Der Mann mit den Otternfellen aß schweigend, in dem lustigen Kampfe vergessen, und erhob sich lange, ehe die andern fertig waren, um zu den Hunden hinauszugehen. Und doch allzufrüh nahmen seine Reisegefährten Handschuhe und Parkas und folgten ihm.

Seit vielen Tagen hatte es nicht geschneit, und der Schlitten glitt auf dem harten Yukonwege so leicht dahin, als wäre es blankes Eis gewesen. Odysseus führte den ersten Schlitten; mit dem zweiten kamen Prince und Axel Gundersons Frau, während Malemute Kid und der gelbhaarige Riese den dritten lenkten.

»Es ist die reine Spekulation, Kid«, sagte er; »aber ich glaube daran. Er ist nie dagewesen, macht aber einen guten Eindruck und hat eine Karte, von der ich schon vor vielen Jahren, als ich im Kootenay-Lande war, hörte. Ich hätte dich gern mitgenommen; aber er ist ein merkwürdiger Gesell, und er schwur direkt, daß er die ganze Sache aufgeben würde, wenn noch jemand hineingezogen würde. Wenn ich aber wiederkomme, erhältst du den ersten Wink, und ich stecke dir einen Claim gleich neben meinem ab und gebe dir außerdem die Hälfte von den Bauplätzen.

»Nein, nein«, rief er, als der andere ihn unterbrechen wollte. »Ich will die Sache durchführen, und dazu brauche ich zwei Köpfe. Wenn es geht, wie es soll, nun, warum soll es nicht ein zweites Cripple Creek werden, Mann; hörst du? Ein zweites Cripple Creek! Da ist Quarz, weißt du, kein Sand, der ausgewaschen werden muß, und wenn wir die Geschichte richtig anfangen, kriegen wir das Ganze – Millionen über Millionen. Ich habe früher schon von dem Platz gehört, und du auch. Wir werden eine Stadt bauen – Tausende von Arbeitern – gute Wasserwege – Dampferlinien – große Frachtschiffe – Dampfer mit geringem Tiefgang für die Hauptroute – und vielleicht müssen wir an eine Eisenbahn denken – Sägemühlen – elektrische Lichtanlage – eigenes Bankwesen – Handelsgesellschaften – Syndikate. Nicht wahr? Wenn du nur den Mund hältst, bis ich wiederkomme.«

Die Schlitten kamen an eine Stelle, wo der Weg die Mündung des Stuart kreuzte. Es war ein unendliches Eis- und Schneemeer, dessen unermeßliche Fläche sich im unbekannten Osten verlor. Die Schneeschuhe wurden von den Schlitten genommen. Axel Gunderson drückte ihm zum Abschied die Hand und ging voraus; seine großen Schneeschuhe versanken gut einen halben Fuß tief in der dünnen weichen Oberfläche und stampften den Schnee so fest, daß die Hunde nicht einsinken konnten. Seine Frau ging hinter dem letzten Schlitten und zeigte bald, daß sie langjährige Übung in der Handhabung des unbequemen Fußzeugs hatte. Die Stille wurde von ihren heiteren Abschiedsgrüßen durchbrochen, die Hunde heulten, der mit den Otternfellen gab einem widerspenstigen Hunde einen Peitschenhieb. Eine Stunde darauf sah der Zug wie ein schwarzer Bleistift aus, der in langer gerader Linie über einen mächtigen Foliobogen kroch.

Viele Wochen später waren Malemute Kid und Prince eines Abends damit beschäftigt, Schachaufgaben nach der ausgerissenen Seite einer alten Zeitschrift zu lösen. Kid war soeben von seinen Bonanza-Besitzungen heimgekehrt und gönnte sich eine kurze Ruhepause vor Beginn einer langen Elchjagd. Prince war auch fast den ganzen Winter fortgewesen und hatte sich nach der friedlichen Ruhe in der Hütte gesehnt.

»Setz' den Springer dazwischen und melde Schach. Nein, das geht nicht! Sieh, der nächste Zug —«

»Was hast du davon, wenn du den Bauern zwei Felder vorsetzt? Er muß schräg schlagen, und wenn der Läufer dann aus dem Wege ist —«

»Aber warte mal! Dann gibt es hier eine Lücke —«

»Nein, er ist gedeckt. Mach' weiter. Du wirst sehen, es hilft.«

Es war sehr interessant. Zweimal wurde an die Tür geklopft, ehe Malemute Kid »Herein!« rief. Die Tür sprang auf. Etwas wankte herein. Prince sah nur einen Schimmer davon und sprang auf. Das Entsetzen in seinen Augen ließ Malemute Kid sich umdrehen, und auch er war bestürzt, obwohl er schon manches Schlimme gesehen hatte. Das Ding wankte blind auf sie zu. Prince zog sich zurück, bis er den Nagel erreichte, an dem sein »Smith and Wesson« hing.

»Herrgott! Was ist das?« flüsterte er Malemute Kid zu.

»Weiß nicht. Sieht aus wie ein Fall von viel Kälte und wenig Essen«, antwortete Malemute Kid, indem er sich nach der entgegengesetzten Seite zurückzog.

»Paß auf, vielleicht ist er verrückt«, warnte er, nachdem er die Tür geschlossen hatte.

Das Ding näherte sich dem Tische. Die klare Flamme der Tranlampe fing seinen Blick. Das erheiterte es, und es brachte einige unheimliche, schnarrende Töne hervor, die Lustigkeit bedeuten sollten. Dann aber warf er sich — denn es war ein Mann — plötzlich vor, zerrte an seinen Lederhosen und begann ein Lied zu singen, wie Seeleute tun, wenn sie am Gangspill arbeiten und die See ihnen in die Ohren heult:

»Yan—kee kam den Fluß herunter.
Zieh! Du Räuberbande! Zieh!
Kennt ihr den Kaptän, ihr Jungens?
Zieh! Du Räuberbande! Zieh!
Jon—a—than Jones von Süd—Caho—li—in—a,
Zieh! Du Räuber — —«

Er brach plötzlich ab, wankte knurrend wie ein Wolf zum Speiseschrank, und ehe sie dazwischentreten konnten, zerriß er mit den Zähnen ein Stück rohen Speck. Malemute Kid rang schwer mit ihm; aber seine Wahnsinnsstärke verließ den Mann ebenso plötzlich, wie sie gekommen war, und ermattet ließ er seine Beute fahren. Sie nahmen ihn zwischen sich und setzten ihn auf einen Stuhl, wo er, mit dem Körper halb über dem Tische liegend, zusammensank. Eine kleine Dosis Whisky kräftigte ihn soweit, daß er einen Löffel in die Zuckerdose tauchen konnte, die Malemute Kid vor ihm hingestellt hatte. Als sein Hunger einigermaßen gestillt war, reichte Prince ihm schaudernd einen Becher dünne Fleischbrühe.

Die Augen des Geschöpfes glühten in einem düsteren Feuer, das bei jedem Bissen aufflammte und wieder erlosch. Es war nur sehr wenig Haut in seinem Gesicht, das eingesunken und ausgezehrt war und nur wenig Ähnlichkeit mit menschlichen Zügen hatte.

Kälte und Frost hatten sich tief eingefressen, jeder neue Frost hatte seinen Schorf über einer halbgeheilten älteren Narbe hinterlassen. Diese trockene, harte Oberfläche war von dunkler, blutiger Farbe und von tiefen zackigen Rissen gefurcht, aus denen das bloße rote Fleisch hervorsah. Seine Pelzkleidung war schmutzig und zerlumpt, und die Haare waren an einer Seite abgesengt, so daß man sehen konnte, wo er am Feuer gelegen hatte. Malemute Kid zeigte auf eine Stelle, wo das gegerbte Leder Stück bei Stück in Streifen geschnitten war – das grausige Zeugnis des Hungers.

»Wer – bist – du?« fragte Kid langsam und deutlich.

Der Mann hörte nicht.

»Wo kommst du her?«

»Yan–kee kam den Fluß herunter«, lautete die Antwort mit zitternder Stimme.

»Zweifellos ist der Ärmste den Fluß heruntergekommen«, sagte Malemute Kid und schüttelte ihn, um etwas Verständliches aus ihm herauszubringen. Aber der Mann jammerte bei der Berührung auf und griff sich im Schmerz mit der Hand an die Seite. Er erhob sich langsam und lehnte sich halb über den Tisch.

»Sie lachte mich aus – so – mit Haß in den Augen; und sie – wollte – nicht kommen –«

Seine Stimme erlosch, und er wollte hintenüberfallen, als Malemute Kid ihn am Handgelenk packte und rief: »Wer? Wer wollte nicht kommen?«

»Sie, Unga. Sie lachte und stach nach mir, so und so. Und dann —«

»Ja?«

»Und dann —«

»Was dann?«

»Dann lag er sehr still im Schnee, lange. Er liegt – noch – im – Schnee.«

Die beiden Männer sahen sich unschlüssig an.

»Wer liegt im Schnee?«

»Sie, Unga. Sie sah mich an mit Haß in den Augen, und dann —«

»Ja, ja.«

»Und dann nahm sie das Messer, so; und einmal, zweimal – sie war schwach. Ich kam sehr langsam weiter. Und da ist viel Gold. Sehr viel Gold.«

»Wo ist Unga?« Malemute Kid wußte nur, daß sie vielleicht eine Meile von hier sterbend liegen konnte. Er schüttelte den Mann heftig und wiederholte immer wieder: »Wo ist Unga? Wer ist Unga?«

»Sie – liegt – im – Schnee.«

»Weiter!« Kid preßte ihm heftig das Handgelenk.

»Da – wollte – ich – im – Schnee – bleiben – aber – ich – hatte – eine – Schuld – zu – bezahlen – es – war – schwer – ich – hatte – eine – Schuld – zu – bezahlen – eine Schuld – zu – bezahlen – ich – hatte —« Der stammelnde Wortstrom stockte, während er in die Tasche griff und einen Hirschlederbeutel herausholte. »Eine – Schuld – zu – bezahlen – . Fünf – Pfund – Gold – Mal – e – mute – Kid – Ich —« Der Kopf sank ermattet auf den Tisch, und Malemute Kid konnte ihn nicht wieder heben.

»Es ist Odysseus«, sagte er ruhig und warf den Beutel mit dem Goldstaub auf den Tisch. »Ich glaube, mit Axel Gunderson und seiner Frau ist es aus. Faß an, wir wollen ihn in die Koje tragen. Er ist Indianer; er kommt schon durch und wird uns dann die Geschichte erzählen.«

Als sie ihm das Zeug vom Leibe schnitten, sahen sie nahe der rechten Brust zwei frische scharfumrandete Messerstiche.

Ich will von den Dingen, die geschehen sind, auf meine eigene Weise sprechen; aber ihr werdet verstehen. Ich will mit dem Anfang beginnen und von mir und der Frau, und hinterher von dem Mann erzählen.«

Der Ofen zog den Mann mit den Otternfellen an, wie er Leute anzieht, die des Feuers beraubt gewesen sind und fürchten, daß diese Gabe der Götter ihnen jederzeit wieder genommen werden könnte. Malemute Kid stocherte die Flamme in der Tranlampe hoch und stellte sie so, daß ihr Schein auf das Gesicht des Erzählers fiel. Prince warf sich auf den Rand des Bettes und leistete ihnen Gesellschaft.

»Ich bin Naaß, ein Häuptling und der Sohn eines Häuptlings, geboren zwischen einem Sonnenuntergang und einem Sonnenaufgang auf den dunklen Wellen im Oomiak meines Vaters. Eine ganze Nacht stritten die Männer an den Paddeln, und die Frauen warfen die Wellen hinaus, die über uns hinwegschlugen, und wir kämpften mit dem Sturme. Der salzige Schaum gefror auf der Brust meiner Mutter, bis ihr Atem mit dem Sturm erlosch. Aber ich – ich hob meine Stimme mit Wind und Sturm und lebte.

»Wir wohnten auf Akatan –«

»Wo?« fragte Malemute Kid.

»Auf Akatan, einer der Aleuten; Akatan, jenseits Chigniks, jenseits Kardalaks, jenseits Unimaks. Wie gesagt, wir wohnten auf Akatan, das mitten im Meere, am Rande der Welt liegt. Wir jagten und fischten auf dem salzigen Meer Fische, Robben und Ottern, und unsere Hütten drängten sich Seite an Seite auf dem schmalen Felsstreif zwischen dem Waldrand und dem gelben Strande, wo unsere Kajaks lagen. Wir waren nicht viele, und die Welt war sehr klein. Es gab andere Länder im Osten – Inseln wie Akatan; daher glaubten wir, daß die ganze Welt aus Inseln bestände, und machten uns weiter keine Gedanken darüber.

Ich war anders als mein Volk. Im Sande des Strandes standen gebogene Spanten und von den Wogen gekrümmte

Planken eines solchen Bootes, wie mein Volk es nie gebaut hatte. Ich weiß noch, daß an der Stelle der Insel, von wo aus man in drei Richtungen den Ozean überblickte, eine Kiefer stand, wie sie sonst nie dort wächst, glatt, gerade und hoch. Es hieß, daß zwei Männer in dem Boot, das jetzt zerschlagen auf dem Strande lag, vom Meere gekommen waren. Sie waren weiß wie ihr und schwach wie die kleinen Kinder, wenn die Robben fortgegangen sind und die Jäger mit leeren Händen heimkommen. Ich weiß diese Dinge von den alten Männern und den alten Frauen, denen ihre Väter und Mütter sie erzählt hatten. Diesen merkwürdigen weißen Männern gefielen unsere Gebräuche anfangs nicht, aber sie wurden stark durch die Fische, die sie aßen, und den Tran und wurden übermütig. Und sie bauten sich jeder eine Hütte und nahmen sich die besten unserer Frauen. Und es kamen Kinder. So wurde der geboren, der der Vater des Vaters meines Vaters werden sollte. Wie gesagt: ich war anders als mein Volk; denn in mir habe ich das starke flammende Blut der weißen Männer, die vom Meere kamen. Es heißt, daß wir andere Gesetze hatten, ehe diese Männer kamen, aber sie waren wild und streitlustig und kämpften mit unsern Männern, bis keiner mehr mit ihnen zu kämpfen wagte. Da machten sie sich zu Häuptlingen, schafften unsere alten Gesetze ab und gaben uns neue, nach denen der Mann der Sohn seines Vaters und nicht der seiner Mutter war, wie wir es bis dahin gewohnt waren. Sie befahlen auch, daß der erstgeborene Sohn alles haben sollte, was früher seinem Vater gehört hatte, und daß die andern Brüder und Schwestern sich behelfen mußten, wie sie konnten. Und auch andere Gesetze gaben sie uns. Sie zeigten uns neue Wege, den Fisch zu fangen und den Bären zu töten, von dem es viele in unsern Wäldern gab, und sie lehrten uns Vorräte für die Hungerzeiten aufzuspeichern. Und diese Dinge waren gut.

Als sie aber Häuptlinge geworden waren, und es keinen Mann mehr gab, der ihrem Zorn zu begegnen wagte, da kämpften diese fremden weißen Männer miteinander. Und der eine, dessen Blut in mir ist, schleuderte seinen Robbenspieß, daß er den Körper des andern um Armeslänge durchfuhr Ihre Kinder und Kindeskinder nahmen den Kampf auf, es herrschte großer Haß unter ihnen, und manche dunkle Tat wurde begangen, bis auf meine Zeit, so daß von jeder Familie immer nur einer lebte, um das Blut fortzupflanzen. Von meinem Blut war ich der einzige. Von denen des andern Mannes gab es nur ein Mädchen, das bei seiner Mutter lebte: Unga. Ihr Vater und der meine kehrten eines Nachts nicht vom Fischfang zurück; später aber trieben sie bei Hochwasser an die Küste, und sie hielten sich eng umschlungen.

Die Leute wunderten sich darüber wegen des alten Hasses zwischen unsern Häusern; und die alten Männer schüttelten die Köpfe und sagten, daß der Kampf fortgesetzt werden würde, wenn sie und ich Kinder bekämen. Das erzählten sie mir als Knabe, bis ich es glaubte und in Unga eine Feindin sah, die die Mutter von Kindern werden sollte, welche mit den meinen kämpften. Tag um Tag dachte ich an diese Dinge, und als ich ein Jüngling wurde, fragte ich, warum es so sein müßte. Und sie antworteten: Wir wissen nicht anders, als daß deine Eltern so taten. Und ich dachte darüber nach, warum die, die kommen sollten, die Kämpfe jener kämpfen sollten, die gegangen waren, und ich konnte keine Gerechtigkeit darin sehen. Aber die Leute sagten, es müsse so sein; und ich war ja nur ein Knabe.

Und sie sagten, ich müßte eilen, daß mein Blut älter und stärker als das ihre würde. Das war leicht, denn ich war Häuptling, und das Volk sah auf zu mir wegen der Gesetze und Taten meiner Väter und wegen meines Reichtums. Jede Jungfrau wäre gern zu mir gekommen; aber ich fand keine, die nach meinem Sinn war. Und die alten Männer und die Mütter der jungen Mädchen forderten mich auf, mich zu beeilen, denn schon damals boten die Jäger Ungas Mutter große Geschenke, und wenn ihre Kinder früher als die meinen stark wurden, dann mußten die meinen sicher sterben.

Aber ich fand keine Jungfrau, bis ich eines Abends vom Fischfang heimkehrte. Die Sonne stand niedrig und schien mir plötzlich in die Augen. Der Wind war frisch, und die Kajaks zogen durch die weißen Wogen. Plötzlich kam Ungas Kajak hinter mir her, und sie sah mich an. Ihr schwarzes Haar flatterte wie eine Nachtwolke, und ihre Wangen waren naß von Meerschaum. Wie gesagt, die Sonne schien mir gerade in die Augen, und ich war ein Knabe. Wie es zugehen mochte, weiß ich nicht, aber plötzlich war mir klar, daß dies die Botschaft zwischen Mann und Weib war. Wie sie dahinschoß, sah sie sich zwischen zwei Ruderschlägen um – wie nur Unga sehen konnte –, und wieder fühlte ich, daß dies die Botschaft zwischen Mann und Weib war. Die Leute riefen laut, als wir den trägen Oomiaks nachsausten und sie bald weit hinter uns ließen. Aber sie ruderte schnell, und mein Herz war wie ein schwellendes Segel, und ich kam ihr nicht näher. Der Wind frischte auf, die See wurde weiß, und springend wie Robben schossen wir auf dem goldenen Pfad der Sonne über das Wasser.«

Naaß hatte sich vorgebeugt, daß er nur noch halb auf seinem Stuhle saß, in der Haltung eines Mannes, der mit der Paddel rudert, als erlebte er die Fahrt von neuem. Irgendwo jenseits des Ofens sah er den schleudernden Kajak und Ungas flatterndes Haar. Die Stimme des Sturmes klang in seinem Ohr, und das Salz biß frisch in seinen Nasenlöchern.

»Aber sie erreichte die Küste und lief lachend über den Sand nach dem Hause ihrer Mutter. Und ein großer Gedanke kam in der Nacht zu mir – ein Gedanke würdig dessen, der Häuptling war über das ganze Volk von Akatan. Als der Mond aufgegangen war, ging ich zum Hause ihrer Mutter und betrachtete die Gaben Yash-Nooshs, die vor der Tür aufgehäuft waren – die Gaben Yash-Nooshs, eines tüchtigen Jägers, der Vater der Kinder Ungas werden wollte. Andere junge Männer hatten alles, was sie besaßen, dort aufgestapelt und wiedergeholt, und jeder junge Mann hatte seinen Haufen größer als den der andern gemacht. Und ich lachte Mond und Sterne an und ging in mein eigenes Haus, wo all mein Reichtum lag. Und ich ging viele Male hin und her, bis mein Haufen um soviel mal größer als der Yash-Nooshs war, wie Finger an einer Hand sind. Da waren Fische, die an der Sonne getrocknet und geräuchert waren; vierzig Felle von Pelzrobben und halb so viele von Ohrenrobben, und jedes Fell war am Maul geschlossen und dickbäuchig von Öl. Und zehn Felle von Bären, die ich getötet hatte, als sie im Frühjahr aus dem Walde gekommen waren. Da waren Perlen und Decken und scharlachfarbenes Tuch, das ich von Leuten eingetauscht hatte, die weiter im Osten wohnten. Und ich sah den Haufen und lachte. Denn ich war Häuptling auf Akatan, und mein Reichtum war größer als der aller meiner jungen Männer, und meine Vorfahren hatten große Taten ausgeführt und Gesetze gegeben und für alle Zeiten ihren Namen in den Mund des Volkes gelegt.

Und als der Morgen kam, ging ich zum Strand hinunter und blickte aus den Augenwinkeln nach dem Hause von Ungas Mutter. Meine Gaben lagen immer noch unberührt da. Und die Frauen lächelten und scherzten miteinander. Ich wunderte mich, denn noch nie war ein solches Gebot gemacht worden, und in der Nacht vermehrte ich den Haufen und legte einen Kajak aus wohlgegerbter Haut daneben, der noch nie auf dem Wasser geschwommen war. Aber am nächsten Morgen war es noch da, so daß alle Männer und Frauen darüber lachten. Ungas Mutter war schlau, und ich war zornig über die Schande, die vor den Augen meines Volkes über mich gekommen war. In der Nacht tat ich so viel hinzu, daß es ein großer Haufen wurde, und zog meinen Oomiak auf den Strand, der den Wert von zwanzig Kajaks hatte. Und am nächsten Morgen war kein Haufe da.

Dann traf ich die Vorbereitungen zur Hochzeit, und das Volk, das zunächst im Osten wohnte, kam wegen des Hochzeitsmahls und des Potlachs. Unga war vier Sonnen älter als ich nach der Weise, wie wir unsere Jahre rechnen. Ich war nur ein Knabe, aber das tat nichts, denn ich war Häuptling und der Sohn eines Häuptlings.

Aber ein Schiff zeigte seine Segel auf der Fläche des Ozeans, und wie der Wind wehte, wurde es größer. Seine Speigatten spien das klare Wasser aus, und die Männer arbeiteten geschäftig an den Pumpen. Vorn stand ein mächtiger Mann, er maß die Tiefe des Wassers und gab Befehle mit einer Stimme wie Donner. Seine Augen hatten die blaßblaue Farbe tiefen Wassers, und sein Kopf trug eine Mähne wie die eines Seelöwen. Sein Haar war gelb wie das Stroh der Ernte im Süden oder wie die Manilaseile, die die Seeleute flechten.

In den letzten Jahren hatten wir in der Ferne Schiffe gesehen, dies aber war das erste, das an die Küste Akatans kam. Das Fest wurde unterbrochen, die Frauen und Kinder flohen in die Häuser, wir Männer aber spannten unsere Bogen und warteten, die Spieße in den Händen. Als aber der Steven des Schiffes den Strand berührte, kümmerten sich die fremden Männer nicht um uns, sie hatten genug mit sich selber zu tun. Als die Ebbe kam, kielholten sie den Schoner und flickten ein großes Loch in seinem Boden. Da kamen die Frauen wieder herausgeschlichen, und das Fest wurde fortgesetzt.

Als die Flut kam, warpten die Seefahrer den Schoner in tiefes Wasser und mischten sich dann unter uns. Sie brachten Geschenke und waren freundlich, und ich ließ Platz für sie machen, und da mein Herz weit war, gab ich ihnen Geschenke wie allen andern Gästen; denn es war mein Hochzeitstag, und ich war Häuptling auf Akatan. Und er, der eine Mähne wie ein Seelöwe hatte, war da, und so groß und stark war er, daß man erwartete, die Erde unter seinen Schritten zittern zu sehen. Er kreuzte die Arme und sah viel und scharf auf Unga. Und er blieb, bis die Sonne verschwand und die Sterne hervorkamen. Da ging er zu seinem Schiff hinunter. Ich aber nahm Unga bei der Hand und führte sie in mein eigenes Haus. Und es gab Singen und viel Lachen, und die Frauen scherzten, wie Frauen bei solchen Gelegenheiten tun. Aber wir machten uns keine Sorgen. Da ließ das Volk uns allein und ging heim.

Der letzte Lärm war verschollen, als der Häuptling der Seefahrer in meine Tür trat. Und er hatte schwarze Flaschen bei sich, und wir tranken und wurden lustig. Denkt daran, daß ich nur ein Knabe war und mein ganzes Leben am Rande der Welt verbracht hatte. Mein Blut wurde zu Feuer und mein Herz so leicht wie der Schaum, der aus der Brandung auf die Klippen fliegt. Unga saß schweigend mit offenen Augen auf den Fellen im Winkel und schien bange zu sein. Und er, der die Mähne des Seelöwen hatte, sah sie scharf und lange an. Dann kamen seine Männer mit Mengen von Gaben, und er häufte so viel Reichtum vor mir auf, wie in ganz Akatan nicht war. Da waren Büchsen, große und kleine, Pulver, Kugeln und Zündhütchen, blanke Beile und Messer aus Stahl und kunstfertige Geräte und seltsame Dinge, wie ich sie noch nie gesehen. Als er mir Zeichen machte, daß das alles mein sei, dachte ich, er sei ein großer Mann in seiner Freigebigkeit. Aber da machte er mir auch Zeichen, daß Unga mit ihm auf sein Schiff gehen sollte, versteht ihr? Unga sollte auf sein Schiff mit ihm gehen. Das Blut meines Vaters flammte plötzlich heiß, und ich schickte mich an, ihn mit meinem Spieß zu durchbohren; aber der Geist der Flaschen hatte das Leben aus meinem Arm gestohlen, und er packte mich am Hals und schlug meinen Kopf gegen die Wand des Hauses. Und da war ich schwach wie ein neugeborenes Kind, und meine Beine wollten mich nicht mehr tragen. Unga schlug und schrie und klammerte sich mit ihren Händen an die Dinge im Hause, bis alles um uns fiel, als er sie zur Tür schleppte. Da nahm er sie in seine großen Arme, und als sie an seinem gelben Haar riß und zerrte, lachte er wie der große Robbenbulle in der Paarungszeit.

Ich kroch an den Strand und rief meine Leute; aber sie fürchteten sich. Nur Yash-Noosh war ein Mann, und ihm schlugen sie mit einem Ruder auf den Kopf, bis er mit dem Gesicht im Sande lag und sich nicht regte. Und singend heißten sie die Segel, und das Schiff fuhr vor dem Winde fort.

Mein Volk sagte, es sei gut, denn jetzt würde es keine Blutrache mehr auf Akatan geben; aber ich sagte kein Wort, wartete bis zur nächsten Vollmondzeit, legte Fleisch und Öl in meinen Kajak und fuhr nach Osten. Ich sah viele Inseln und viele Völker, und ich, der ich am Rande der Welt gelebt hatte, sah, daß sie sehr groß war. Ich sprach mit Zeichen; aber sie hatten keinen Schoner und keinen Mann mit einer Mähne wie ein Seelöwe gesehen, und sie zeigten stets nach Osten. Ich schlief an seltsamen Orten, aß sehr merkwürdige Dinge und sah wunderbare Gesichter. Viele lachten, denn sie glaubten, ich sei schwachköpfig. Zuweilen aber wandten alte Männer mein Gesicht gegen das Licht und segneten mich, und die Augen der jungen Frauen wurden milde, wenn sie mich nach dem fremden Schiff und nach Unga und dem Seefahrer ausfragten.

Und so kam ich durch rauhe Seen und schwere Stürme nach Unalaska. Da lagen zwei Schoner; aber keiner war der, den ich suchte. Ich ging weiter nach Osten, aber die Welt wurde größer, und weder auf den Inseln noch in Unamok wußte jemand von dem Schiff. Und so kam ich eines Tages an ein felsiges Land, wo Männer große Löcher in den Berg gruben. Und dort war ein Schoner, aber nicht der meine, und den belasteten Männer mit den ausgegrabenen Felsstücken. Das fand ich kindisch, denn die ganze Welt war ja aus Felsen gemacht; aber sie gaben mir zu essen und ließen mich arbeiten. Als der Schoner tief genug im Wasser lag, gab der Kapitän mir Geld und sagte, ich könne gehen; aber ich fragte, welchen Weg er ginge, und er wies nach Süden. Ich machte ihm Zeichen, daß ich mit ihm gehen wolle; zuerst lachte er, da er aber Männer brauchte, nahm er mich an Bord. So lernte ich, auf ihre Art zu reden, Segel zu heißen und bei plötzlichen Windstößen zu reffen und am Rade zu stehen. Aber das war mir nicht fremd, denn das Blut meiner Väter war das von Seefahrern.

Ich hatte gedacht, es sei leicht, den zu finden, den ich suchte, wenn ich erst zu seinem eigenen Volke gekommen wäre; als wir aber eines Tages Land in Sicht bekamen und durch eine schmale Fahrrinne von der See in einen Hafen gelangten, dachte ich wohl, so viele Schoner zu sehen, wie Finger an meinen Händen waren, aber meilenweit lagen die Schiffe, dicht gedrängt wie viele kleine Fische, an den Kais, und als ich unter sie ging, um nach einem Manne mit einer Mähne wie ein Seelöwe zu fragen, lachten sie und antworteten mir in vielen Sprachen. Und ich merkte, daß sie in den fernsten Teilen der Welt zu Hause waren.

Ich ging in die Stadt, um das Gesicht jedes Mannes zu sehen, aber sie waren wie Fische, wenn sie in dichten Scharen über die Bänke ziehen, und ich konnte sie nicht zählen. Und der Lärm drang so lange auf mich ein, bis ich nicht mehr hören konnte und mir der Kopf von dem Getümmel schwindelte Ich ging immer weiter durch Länder, die im warmen Sonnenschein sangen, wo die Ernte reich auf den Feldern lag und wo es große Städte gab voller Männer, die wie Frauen

lebten mit falschen Worten im Munde und mit Herzen, die
schwarz von Golddurst waren. Und unterdessen jagte und
fischte mein Volk auf Akatan und war glücklich in dem Gedanken, daß die Welt klein sei.

Aber der Blick von Ungas Augen, als sie vom Fischen
heimkam, begleitete mich stets, und ich wußte, daß ich sie
finden würde, wenn die Zeit gekommen war. Sie wanderte
durch stille Gassen in der Abenddämmerung oder lockte
mich über die fruchtbaren, von Morgentau feuchten Felder,
und es war ein Versprechen in ihren Augen, wie nur Unga es
geben konnte.

So wanderte ich durch tausend Städte. Manche Menschen
waren freundlich und gaben mir zu essen, andere lachten und
wieder andere verfluchten mich. Aber ich hielt meine Zunge
im Zaum, ging merkwürdige Wege und sah seltsame Dinge.
Zuweilen arbeitete ich, ich, ein Häuptling und der Sohn eines
Häuptlings, für Männer – Männer, die roh sprachen, hart wie
Eisen waren und aus dem Schweiß und dem Kummer ihrer
Kameraden Gold schmiedeten. Aber noch hörte ich kein
Wort von denen, die ich suchte, bis ich wieder zur See zurückkehrte wie eine Robbe zu den Paarungsplätzen. Aber es
war ein anderer Hafen in einem andern Lande, das im Norden
lag. Und dort hörte ich von dem gelbhaarigen Seefahrer und
erfuhr, daß er Robbenjäger war und sich gerade jetzt weit fort
auf dem Ozean befände.

So fuhr ich denn auf einem Robbenschoner mit den fau-
len Siwashs und folgte seinem spurlosen Pfad nach Norden,
wo die Jagd damals im Gange war. Und wir waren Monate
voller Mühsal fort, sprachen manche Flotte an und hörten viel
von den wilden Taten dessen, den ich suchte; nicht ein einziges Mal aber kamen wir ihm auf dem Meere nahe. Wir fuhren
nach Norden bis zu den Pribyloffs, töteten die Robben her-
denweise am Strande und schafften ihre warmen Körper an
Bord, bis unsere Speigatten von Speck und Blut troffen und
kein Mann an Deck stehen konnte. Da wurden wir von einem
langsamen Dampfer gejagt, der mit großen Kanonen auf uns
schoß. Aber wir setzten Segel, bis die Seen über Deck spülten
und es rein wuschen, und verloren uns im Nebel.

Es heißt, daß gerade zu der Zeit, als wir mit Furcht im Herzen flohen, der gelbhaarige Seefahrer nach den Pribyloffs kam und die Faktorei überfiel. Ein Teil von seinen Leuten hielt die Angestellten der Kompanie, während die andern zehntausend frische Felle aus dem Salzhaus holten. Ich sage, es heißt so, aber ich glaube es, denn während ich die Küsten entlang reiste, ohne ihm zu begegnen, hallten die nordischen Meere wider von den Erzählungen seiner Verwegenheit und seines Mutes, bis die drei Nationen, die dort Land besaßen, mit ihren Schiffen Jagd auf ihn machten. Und ich hörte von Unga, denn die Kapitäne sangen laut ihr Loblied, und sie war immer bei ihm. Sie hätte die Bräuche seines Volkes gelernt, sagten sie, und sie sei glücklich. Aber ich wußte es besser – ich wußte, daß ihr Herz sich nach ihrem eigenen Volke an der gelben Küste Akatans sehnte.

Dann, nach langer Zeit, kam ich zu dem Hafen zurück, der mit der See durch eine schmale Fahrrinne verbunden ist, und dort erfuhr ich, daß er quer über den großen Ozean gefahren war, um Robben auf der Ostseite des warmen Landes zu jagen, das sich vom Russischen Meer südwärts erstreckt. Ich, der ich Seemann geworden war, fuhr mit Männern seiner eigenen Rasse auf Robbenjagd und folgte ihm. Und in diesem neuen Land waren wenige Schiffe; aber wir hingen uns an die Robbenherden und jagten sie das ganze Frühjahr hindurch nordwärts. Und als die Robbenkühe, die schwer von Jungen waren, über die russische Grenze gingen, wurden unsere Männer ängstlich und knurrten. Denn es gab viel Nebel, und täglich verloren wir Leute in den Booten. Sie wollten nicht mehr arbeiten, und so wandte der Kapitän das Schiff dorthin, wo wir hergekommen waren. Aber ich wußte, daß der gelbhaarige Seefahrer unerschrocken war und die Robbenherden bis zu den russischen Inseln jagen würde, wohin nur wenige Männer gingen. So nahm ich denn in der Finsternis der Nacht, als der Ausguckmann auf dem Vordeck schlief, ein Boot und fuhr allein nach dem warmen langen Land Und ich reiste südwärts, um die wilden kühnen Männer an der Yeddo-Bucht zu treffen. Und die Mädchen von Yoshiwara waren klein und blank wie Stahl und schön anzusehen, aber ich konnte nicht bleiben, denn ich wußte, daß Unga auf dem schaukelnden Deck bei den Paarungsplätzen im Norden trieb.

Die Männer an der Yeddo-Bucht waren von allen Enden der Erde zusammengekommen, und sie kannten weder Gott noch Heim. Sie fuhren unter japanischer Flagge. Mit ihnen ging ich nach den reichen Küsten der Kupferinseln, wo wir viele Felle einsalzten. Und in diesem schweigenden Meer sahen wir niemand, bis wir aufbrechen wollten. Da hob eines Tages ein starker Wind den Nebel, und gerade auf uns zu steuerte ein Schoner, und dicht hinter ihm drohten die finsteren Kanonenmündungen eines russischen Kriegsschiffes. Wir flohen quer im Winde, aber der Schoner kam immer näher und legte drei Fuß zurück, wenn wir nur zwei machten. Und auf der Brücke stand der Mann, der die Mähne des Seelöwen hatte, und er lachte, stark und übermütig, wie er war, und setzte Segel, daß die Reling unter Wasser lag. Und Unga war da – ich erkannte sie im ersten Augenblick –, als aber die Kanonen über das Meer zu reden begannen, schickte er sie nach unten. Wie gesagt, drei Fuß, wenn wir zwei machten, bis wir jedesmal, wenn das Schiff in die See tauchte, sein Ruder sich grün aus dem Wasser heben sahen – und ich legte das Ruder um und erschöpfte meine Seele in Flüchen, während ich dem russischen Schiff den Rücken kehrte. Denn wir wußten, daß er vor uns laufen wollte, so daß er entschlüpfte, während wir gefangen wurden. Sie schossen unsere Masten herunter, daß wir in den Wind drehten wie eine verwundete Möwe; er aber verschwand hinter der Kimmung – er und Unga.

Was konnten wir tun? Die frischen Felle sprachen deutlich genug. So nahmen sie uns denn mit in einen russischen Hafen und später in ein ödes einsames Land, wo sie uns Salz in den Minen graben ließen. Und einige starben – und andere starben nicht.«

Naaß schlug die Decke von seiner Schulter zurück und entblößte das zernarbte und zerrissene Fleisch, das die unverkennbaren Spuren der Knute trug. Prince deckte ihm schnell die Decke wieder über, denn es war kein schöner Anblick.

»Es war eine traurige Zeit dort, und manchmal liefen Leute fort nach Süden; aber sie kamen stets wieder. Darum gingen wir nach Norden, wir, die wir von der Yeddo-Bucht gekommen waren. Wir standen nachts auf und nahmen der Wache die Gewehre weg. Und das Land war sehr groß und hatte Ebenen voller Moore und großer Wälder. Und die Kälte kam mit viel Schnee auf der Erde, und keiner kannte den Weg. Monate voll Mühsal reisten wir durch den endlosen Wald – ich erinnere mich jetzt nicht mehr daran, denn es gab wenig Nahrung, und oft legten wir uns nieder, um zu sterben. Zuletzt aber erreichten wir das kalte Meer, und da waren nur noch drei am Leben, um es zu sehen. Einer von uns war als Kapitän von Yeddo gefahren, und er wußte, wie die großen Länder beieinander lagen, und wußte, wo die Stelle war, von der aus man von einem Lande nach dem andern über das Eis gehen konnte. Und er führte uns – ich weiß nicht, es war so lange –, bis wir noch zwei waren. Als wir hinkamen, trafen wir fünf Männer des Volkes, das in diesem Lande lebt, und sie hatten Hunde und Felle, während wir sehr arm waren. Wir kämpften im Schnee, bis sie starben, und der Kapitän starb, und die Hunde und Felle gehörten mir. Da ging ich über das Eis, das aufgebrochen war, und einmal geriet ich ins Treiben, bis eine westliche Brise mich an die Küste brachte. Und dann die Golovin-Bucht, Pastilik und der Priester. Dann südwärts, südwärts, nach den warmen Ländern, wo ich zuerst gewandert war.

Aber die See brachte nichts mehr ein, und wer auf Robbenjagd ging, hatte wenig Verdienst und großes Risiko. Die Flotte zerstreute sich, und Kapitäne und Mannschaften wußten nichts von dem, den ich suchte. Da ging ich fort vom Ozean, dem immer ruhelosen, und kam in die Länder, wo Bäume, Häuser und Berge stets auf einer Stelle bleiben und sich nie bewegen. Ich reiste weit und lernte viele Dinge, sogar; wie man schreibt und aus Büchern liest. Und es war gut, daß ich das tat, denn mir fiel ein, daß Unga ja diese Dinge kennen mußte, und daß eines Tages, wenn die Zeit gekommen war – wir – ihr versteht, wenn die Zeit gekommen war ...

So trieb ich denn umher, wie die kleinen Fische, die ein Segel im Winde setzen, aber nicht steuern können. Aber meine Augen und meine Ohren waren stets offen, und ich kam mit Männern zusammen, die viel reisten, denn ich wußte, daß sie den, den ich suchte, nur einmal gesehen zu haben brauchten, um sich seiner zu erinnern. Schließlich kam ein Mann geradeswegs aus den Bergen, und er hatte Steine bei sich, die das reine Gold in erbsengroßen Stücken enthielten; er hatte von ihnen gehört, er hatte sie getroffen, er kannte sie. Sie wären reich, sagte er, und lebten an einem Ort, wo sie das Gold aus dem Boden zögen.

Es war ein wildes Land und sehr weit fort; aber nach einer langen Wanderung erreichte ich das Lager, das zwischen den Bergen verborgen lag, wo die Leute Tag und Nacht fern vom Licht der Sonne arbeiteten. Noch war die Zeit nicht gekommen. Ich lauschte, was die Leute sagten. Er sei fortgereist – sie seien fortgereist – nach England wurde gesagt, um Leute mit viel Geld zu überreden, sich zu vereinigen und Gesellschaften zu gründen. Ich sah das Haus, in dem sie gewohnt hatten; es war eher ein Palast, wie man sie in den alten Ländern sieht. Bei Nacht kroch ich durch ein Fenster, um zu sehen, wie er zu ihr war. Ich ging von Zimmer zu Zimmer und dachte, so müßten wohl Könige und Königinnen wohnen, es war alles sehr gut. Und alle sagten, daß er sie wie eine Königin behandle, und viele wollten wissen, von welchem Volke sie wäre, denn es floß anderes Blut in ihren Adern, und sie war nicht wie die Frauen von Akatan sonst, und niemand erkannte sie für das, was sie war. Und sie war eine Königin, ich aber war ein Häuptling und der Sohn eines Häuptlings, und ich hatte einen unermeßlichen Preis in Fellen und Booten und Perlen für sie bezahlt.

Aber warum so viel Worte? Ich war Seemann und kannte die Wege der Schiffe auf dem Meere. Ich folgte ihnen nach England und kam nach andern Ländern. Zuweilen hörte ich Leute von ihnen reden, und zuweilen las ich von ihnen; aber dennoch konnte ich sie nie erreichen, denn sie hatten viel Geld und reisten schnell, und ich war ein armer Mann. Da aber kam Unglück über sie, und ihr Reichtum schwand eines

Tages wie ein Rauchstreifen. Die Zeitungen waren damals voll davon; dann aber redete man nicht mehr davon, und ich wußte, daß sie dorthin zurückgekehrt waren, wo sie mehr Gold aus dem Boden holen konnten.

Als sie jetzt arm geworden, waren sie von der Welt verschwunden; und so wanderte ich nun von Lager zu Lager, ganz nach Norden bis ins Kootenay-Land, wo ich ihre erkaltete Fährte fand. Sie waren dort gewesen und wieder fortgegangen, einige sagten den einen Weg, andere den andern, und wieder andere sagten, sie seien nach dem Yukon-Lande gegangen. Und ich ging diesen Weg, und ich ging jenen; immer reiste ich von Ort zu Ort, bis mir schien, daß ich müde werden mußte von der Welt, die so groß war. Aber in Kootenay machte ich eine lange mühselige Reise mit einem Eingeborenen aus dem Nordwestlande, der sich zum Sterben niederlegte, als die Hungersnot über uns kam. Er war auf einem unbekannten Wege über die Berge im Yukon-Land gewesen, und als er merkte, daß seine Stunde gekommen war, gab er mir eine Karte und das Geheimnis eines Ortes, wo, wie er bei seinen Göttern schwor, viel Gold sein sollte.

Kurz darauf begann alle Welt nach Norden zu ziehen. Ich war ein armer Mann; ich verkaufte mich als Hundetreiber. Das übrige wißt ihr. Ich traf ihn und sie in Dawson. Sie erkannte mich nicht, denn ich war damals nur ein Knabe gewesen, und ihr Leben war reich gewesen, so daß sie nicht Zeit hatte, sich eines Mannes zu erinnern, der einen unermeßlichen Preis für sie bezahlt hatte.

Und dann? Du kauftest mich von meinem Dienst los. Ich kehrte zurück, um alles auf meine eigene Art zurechtzulegen, denn ich hatte sehr lange gewartet, und jetzt, da meine Hand über ihm war, eilte es nicht. Wie gesagt, ich gedachte es auf meine eigene Art und Weise zu tun. Denn ich überdachte alles, was ich in meinem Leben gesehen und gelitten hatte, und dachte an die Kälte und die Hungersnot in dem unendlichen Wald am Russischen Meer. Wie ihr wißt, führte ich ihn nach Osten, wo viele hingegangen, aber wenige zurückgekehrt sind. Ich führte sie bis zu der Stelle, wo die Knochen und

Flüche der Männer auf dem Golde liegen, das nicht ihnen gehören sollte.

Es war weit, und der Weg ungebahnt. Unserer Hunde waren viele, und sie fraßen viel; und unsere Schlitten konnten nicht so viel tragen, wie bis zum Kommen des Frühlings nötig war. Wir mußten zurück sein, ehe der Fluß eisfrei war. Hier und dort legten wir Depots an, damit unsere Schlitten leichter wurden und wir auf dem Rückwege keinen Hunger zu fürchten hatten. Bei McQuestion waren drei Männer, und in ihrer Nähe bauten wir uns ein Versteck; dasselbe taten wir in Mayo, wo zwölf Pellys, die vom Süden über die Wasserscheide gekommen waren, ein Jagdlager errichtet hatten. Dann, als wir weiter nach Osten kamen, sahen wir nur noch den schlafenden Fluß, den unbeweglichen Wald und das weiße Schweigen des Nordlandes. Wie gesagt, es war weit, und der Weg ungebahnt. Zuweilen machten wir an einem ganzen Tage nicht mehr als acht oder zehn Meilen, und nachts schliefen wir wie die Toten. Und nie ahnten sie, daß ich Naaß, der Häuptling von Akatan, war, der Unrecht ahndete.

Wir errichteten jetzt kleinere Depots, und nachts war es ein leichtes, auf dem gebahnten Wege zurückzugehen und sie in einer Weise zu zerstören, daß man die Vielfraße für die Diebe halten mußte. Dann gibt es Stellen, wo der Fluß Gefälle hat und das Wasser unruhig ist; hier staut sich das Eis und wird von unten weggefressen. An einer solchen Stelle brach der Schlitten, den ich fuhr, mit den Hunden ein; und er sowohl wie Unga hielten es für einen unglücklichen Zufall und nicht mehr. Und der Schlitten hatte viel Nahrungsmittel getragen, und die Hunde waren die stärksten gewesen. Aber er lachte, denn er war stark vor Leben, und gab den Hunden, die noch übrig waren, nur wenig zu fressen, bis wir sie einen nach dem andern vom Geschirr losschnitten und ihren Kameraden zu fressen gaben. Wir kämen leicht wieder heim, meinte er, wenn wir uns ohne Hunde und Schlitten von einem Depot zum andern durchäßen; und das war richtig, denn wir hatten nur sehr wenig Proviant, und der letzte Hund starb in den Strängen an dem Abend, als wir das Gold, die Knochen und die Flüche der Männer erreichten.

Um zu der Stelle im Herzen der großen Berge – und die Karte sprach die Wahrheit – zu gelangen, hieben wir Stufen in das Eis an der Felswand. Wir schauten nach einem Tal drüben aus, aber dort war kein Tal, der Schnee breitete sich über alles, eben wie große Ernteflächen, und hier und dort hoben gewaltige Berge ihre weißen Häupter bis zu den Sternen. Und mitten auf dieser seltsamen Ebene, die ein Tal hätte sein sollen, fielen Erde und Schnee senkrecht zum Herzen der Erde ab. Wären wir nicht Seemänner gewesen, so hätte uns bei diesem Anblick geschwindelt; aber wir standen am Rande des Abgrunds und spähten nach einer Möglichkeit aus, um hinab zu gelangen. Und auf einer Seite, aber nur dort, fiel die Wand schräg ab, so daß sie wie ein Schiffsdeck in einer kräftigen Brise lag. Ich weiß nicht, warum es so sein mußte, aber es war so. ›Das ist der Höllenrachen,‹ sagte er, ›laßt uns hinuntergehen.‹ Und wir gingen.

Auf dem Grunde hatte irgend jemand aus Holzklötzen, die er von oben hinuntergeworfen hatte, eine Hütte erbaut. Es war eine sehr alte Hütte, denn Männer waren hier zu verschiedenen Zeiten allein gestorben, und auf den Birkenrindenstücken, die dort lagen, lasen wir ihre letzten Worte und Flüche. Einer war am Skorbut gestorben; einem andern hatte sein Kamerad seinen letzten Proviant und sein Pulver gestohlen und sich dann davongemacht; einem dritten hatte ein Grisly-Bär übel mitgespielt; ein vierter war auf die Jagd gegangen und verhungert – und so weiter, und sie hatten das Gold nicht verlassen können und waren, jeder auf seine Weise, hier gestorben. Und das unnütze Gold, das sie gesammelt hatten, lag wie ein Traum auf dem Boden der Hütte ausgestreut.

Aber dieser Mann, den ich so weit geführt hatte, hatte eine feste Seele und einen klaren Kopf. ›Wir haben nichts zu essen,‹ sagte er, ›und wir wollen nur das Gold sehen und finden, wo es herkommt. Und wieviel dort sein mag. Dann wollen wir schnell weggehen, ehe es uns in die Augen sticht und uns den Verstand stiehlt. Wenn wir es so machen, können wir später mit mehr Proviant wiederkommen und alles in Besitz nehmen.‹ So sahen wir denn die große Ader, die durch die

Wand der Grube ging, wie eine richtige Ader es tun soll; und wir maßen sie und folgten ihr von oben nach unten, teilten die Mine ein und schalmten die Bäume an, um unser Besitzrecht zu bezeichnen. Dann kletterten wir mit Knien, die uns vor Hunger und Krankheit zitterten, und mit Herzen, die uns bis in den Hals hinaufschlugen, zum letztenmal den mächtigen Fels hinauf und machten uns auf den Heimweg.

Das letzte Stück trugen wir Unga zwischen uns, und wir fielen oft, aber schließlich erreichten wir das Depot. Und seht, dort war kein Proviant. Ich hatte meine Sache gut gemacht, denn er glaubte, die Vielfräße hätten es getan, und er verfluchte sie und seine Götter in einem Atemzug. Aber Unga war tapfer und lächelte und legte ihre Hand in die seine, so daß ich mich abwenden mußte, um mich zu beherrschen. ›Wir wollen uns bis morgen am Feuer ausruhen,‹ sagte sie, ›und wir werden Kräfte aus unsern Mokassins gewinnen.‹ So schnitten wir denn den obersten Teil unserer Mokassins in Streifen und kochten sie die halbe Nacht, um sie kauen und verschlingen zu können. Und am Morgen besprachen wir unsere Aussichten. Bis zum nächsten Depot waren es fünf Tagemärsche. Wir konnten es nicht erreichen, wir mußten Wild finden.

›Wir wollen weitergehen und jagen‹, sagte er.

›Ja,‹ sagte ich, ›wir wollen weitergehen und jagen.‹

Und er bestimmte, daß Unga beim Feuer bleiben und ihre Kräfte schonen sollte. Und wir gingen weiter, er, um Elche zu jagen, ich zu dem Depot, das ich heimlich errichtet hatte. Aber ich aß nur wenig, damit ich ihnen nicht zu stark erschien. Und als er nachts zum Lager zurückkehrte, fiel er oft hin. Und ich tat auch, als ob ich sehr schwach wäre, und stolperte über meine Schneeschuhe, als ob jeder Schritt mein letzter sein könnte. Und wir stärkten uns mit unsern Mokassins.

Er war ein großer Mann. Seine Seele hielt seinen Körper bis zum letzten Augenblick aufrecht. Und keine Klage kam über seine Lippen, außer um Ungas willen. Am nächsten Tage folgte ich ihm, damit ich sein Ende nicht verfehlte. Und er legte sich oft nieder, um auszuruhen. In dieser Nacht wäre es fast mit ihm ausgewesen; am Morgen aber fluchte er mit schwacher Stimme und ging wieder fort. Er war wie ein Betrunkener, und ich dachte oft, daß er fertig wäre; aber er hatte die Kraft des Starken, und seine Seele war die eines Riesen, denn er trug seinen Körper den ganzen mühseligen Tag. Und er schoß zwei Schneehühner, wollte sie aber nicht essen. Er brauchte kein Feuer; sie bedeuteten das Leben; aber er dachte nur an Unga und kehrte zum Lager zurück. Er ging nicht mehr, sondern kroch auf Händen und Füßen durch den Schnee. Ich trat nahe zu ihm und las den Tod in seinen Augen. Selbst jetzt war es noch nicht zu spät, von den Schneehühnern zu essen. Er warf die Büchse fort und trug die Vögel wie ein Hund im Munde. Ich schritt aufrecht neben ihm. Und in den Augenblicken, wenn er sich ausruhte, sah er mich an und wunderte sich, daß ich so stark war. Ich konnte es sehen, obwohl er nicht mehr sprach; und obwohl seine Lippen sich bewegten, brachte er doch kein Wort heraus. Wie gesagt, er war ein großer Mann, und mein Herz sprach für Milde; aber ich las in meinem Leben und erinnerte mich der Kälte und des Hungers in dem endlosen Wald am Russischen Meere. Und dazu war Unga mein, und ich hatte einen unermeßlichen Preis in Fellen, Booten und Perlen für sie bezahlt.

Und so kamen wir durch den weißen Wald, dessen Schweigen schwer wie feuchter Nebel auf uns lag. Und die Geister der Vergangenheit erfüllten die Luft um uns her; und ich sah den gelben Strand von Akatan und die Kajaks, die vom Fischfang heimkamen, und die Häuser am Rande des Waldes. Und die Männer waren da, die sich zu Häuptlingen gemacht hatten, die Gesetzgeber, deren Blut ich trug, und deren Blut auch durch das Ungas mit mir verbunden war. Ja, und Yash-Noosh wanderte mit mir, nassen Sand im Haar und in der Hand noch den Kriegsspeer haltend, der zerbrach, als er auf ihn fiel. Und ich wußte, daß die Zeit gekommen war, und sah das Versprechen in Ungas Augen.

Wie gesagt, so kamen wir durch den Wald, bis wir den Geruch vom Lagerrauch spürten. Da beugte ich mich über ihn und riß ihm die Schneehühner aus dem Munde. Er drehte sich auf die Seite und blieb liegen; und Verwunderung stieg in seine Augen, und die Hand, die zu unterst war, glitt langsam zu dem Messer an seiner Hüfte. Aber ich nahm es ihm fort und lächelte dicht vor seinem Gesicht. Selbst jetzt verstand er noch nichts. Da tat ich, als tränke ich aus schwarzen Flaschen, als errichtete ich hoch über dem Schnee einen Haufen von Gütern und als geschähen alle die Dinge jetzt, die an meinem Hochzeitsabend geschehen waren. Ich sprach kein Wort, aber er verstand. Noch war er unerschrocken. Um seine Lippen lagen Spott und kalter Zorn, und mit seinem Wissen erhielt er neue Kraft. Der Weg war nicht weit, aber der Schnee war tief, und er schleppte sich sehr langsam vorwärts. Als er einmal lange still dalag, drehte ich ihn um und blickte ihm in die Augen. Und zuweilen sah es aus, als könne er nicht weiter, und zuweilen schien er zu sterben. Als ich ihn aber losließ, schleppte er sich weiter. So kamen wir zum Feuer. Sofort war Unga neben ihm. Seine Lippen bewegten sich lautlos; dann zeigte er auf mich, damit Unga verstünde. Und hierauf lag er im Schnee, sehr still, sehr lange. Und noch jetzt liegt er im Schnee.

Ich sagte kein Wort, ehe ich die Schneehühner gekocht hatte. Dann sprach ich sie an in ihrer eigenen Sprache, die sie seit vielen Jahren nicht gehört hatte. Sie fuhr hoch, ihre Augen waren vor Verwunderung weit aufgerissen, und sie fragte, wer ich sei, und wo ich diese Sprache gelernt hätte.

›Ich bin Naaß‹, sagte ich.

›Du?‹ sagte sie. ›Du?‹ Und sie kroch dicht zu mir, daß sie mich sehen konnte.

›Ja‹, antwortete ich; ›ich bin Naaß, der Häuptling von Akatan, der letzte meines Blutes, wie du die letzte des deinen bist.‹

Und sie lachte. Bei allem, was ich je gesehen, bei allen Taten, die ich verrichtet habe – laßt mich nie wieder ein solches Lachen hören. Es goß Frost in meine Seele, wie ich hier im weißen Schweigen saß, allein mit dem Tode und mit dieser Frau, die lachte. ›Komm‹, sagte ich, denn ich glaubte, sie wäre irre. ›Iß und laß uns weiter kommen. Es ist ein weiter Weg von hier nach Akatan.‹

Aber sie grub ihr Gesicht in seine gelbe Mähne und lachte, daß es klang, als ob alles über uns zusammenstürzte. Ich hatte geglaubt, daß sie bei meinem Anblick außer sich vor Freude und eifrig sein würde, zu den Erinnerungen der alten Zeit zurückzukehren; dies aber schien mir seltsam.

›Komm!‹ rief ich und packte sie an der Hand. ›Der Weg ist weit und dunkel. Laß uns eilen.‹

›Wohin?‹ fragte sie, indem sie sich aufsetzte und innehielt in ihrer seltsamen Lustigkeit.

›Nach Akatan‹, antwortete ich und spähte ihr ins Gesicht, um zu sehen, wie es sich bei dem Gedanken erhellte. Aber es war, als erhärteten ihre Lippen in Spott und kaltem Zorn.

›Ja‹, sagte sie. ›Wir wollen Hand in Hand nach Akatan gehen, du und ich. Und wir wollen in den schmutzigen Hütten leben und Fisch und Tran essen und eine Brut in die Welt setzen — eine Brut, auf die wir bis ans Ende unserer Tage stolz sind. Wir wollen sehr glücklich sein und die Welt vergessen. Es ist gut, herrlich. Komm, laß uns eilen. Laß uns zurück nach Akatan gehen.‹

Und sie ließ die Hand durch sein gelbes Haar gleiten und lächelte auf eine Art, die nicht gut war, und es war kein Versprechen in ihren Augen.

Ich saß schweigend da und wunderte mich über die Seltsamkeit des Weibes. Ich dachte an die Nacht, da er sie von mir fortschleppte und sie schrie und an seinem Haar zerrte — diesem Haar, mit dem sie jetzt spielte, und das sie nicht verlassen wollte. Dann erinnerte ich mich des Preises, den ich für sie bezahlt, und der langen Jahre, die ich gewartet hatte; und ich packte sie und schleppte sie fort, wie er getan. Und sie wehrte sich, gerade wie an jenem Abend, und kämpfte wie eine Katze für ihr Junges; und als das Feuer zwischen uns und dem Manne lag, ließ ich sie los, und sie setzte sich nieder und lauschte. Und ich erzählte ihr von allem, was dazwischen lag, von allem, was mir auf den fremden Meeren begegnet war, und was ich in fremden Ländern getan hatte; von meiner mühseligen Suche, von den Jahren des Hungers und dem Versprechen, das von Anfang an mein gewesen war. Ja, ich erzählte ihr alles von dem, was an jenem Tage zwischen dem Mann und mir vorgefallen war, bis zu den noch jungen Tagen. Und wie ich so sprach, sah ich das Versprechen in ihren

Augen wachsen, voll und groß, wie der Anbruch der Morgen-
röte. Und ich las in ihnen Mitleid, die Zärtlichkeit und Liebe
eines Weibes und Ungas Herz und Seele. Und ich wurde
wieder zum Jüngling, denn der Blick war der Blick Ungas, wie
sie damals lachend über den Strand nach dem Hause ihrer
Mutter gelaufen war. Die quälende Unruhe, Hunger und
Warten waren fort. Die Stunde war gekommen. Ich fühlte
den Ruf ihrer Brust, und mir war, als sollte ich mein Haupt
dort bergen und vergessen. Sie öffnete mir ihre Arme, und ich
näherte mich ihr. Da flammte plötzlich der Haß in ihren
Augen auf, ihre Hand suchte meinen Gürtel. Und einmal,
zweimal stach sie mich mit dem Messer.

›Hund!‹ fauchte sie und schleuderte mich in den Schnee.
›Schwein!‹ Und dann lachte sie, daß das Schweigen brach, und
ging zu ihrem Toten zurück.

Wie gesagt, einmal und zweimal stach sie mich; aber sie
war vom Hunger geschwächt, und es war nicht bestimmt, daß
ich sterben sollte. Aber ich wäre doch am liebsten dort ge-
blieben und hätte meine Augen zum letzten langen Schlaf
geschlossen bei denen, deren Leben das meine gekreuzt und
meine Füße auf unbekannte Pfade gelenkt hatte. Aber es lag
noch eine Schuld auf mir, die mir keine Ruhe ließ.

Und der Weg war lang, die Kälte bitter, und es gab nur
wenig Nahrung. Die Pellys hatten keinen Elch gefunden und
mein Depot geraubt. Und ebenso hatten die drei weißen
Männer getan; aber sie lagen, als ich vorbeikam, dürr und tot
in ihren Hütten. Dann weiß ich nichts mehr, bis ich hierher
kam und Essen und Feuer – viel Feuer fand.«

Als er geendet hatte, kroch er mit einem gierigen Aus-
druck am Herd zusammen. Lange spielten die flackernden
Schatten der Tranlampe seltsam und unheimlich auf der
Wand.

»Aber Unga!« rief Prince, dem die Szene deutlich vor Augen stand.

»Unga? Sie wollte nicht von den Schneehühnern essen. Sie
lag über ihm, die Arme um seinen Hals geschlungen und das
Gesicht tief in seinem gelben Haar verborgen. Ich zog sie
näher zum Feuer, daß sie die Kälte nicht fühlte, aber sie kroch

auf die andere Seite. Und ich errichtete dort ein Feuer. Das nutzte jedoch sehr wenig, denn sie wollte nichts essen. Und so liegen sie noch dort im Schnee.«

»Und du?« fragte Malemute Kid.

»Ich weiß nicht. Aber Akatan ist klein, und ich habe nicht viel Lust, wieder dorthin zu gehen und am Rande der Welt zu leben. Das Leben bietet nur wenig Freude. Ich kann nach Constantine gehen, und man wird mich in Eisen legen, und eines Tages werden sie ein Seil strammen, und ich werde einen guten Schlaf tun. Und doch – nein; ich weiß nicht.«

»Aber Kid,« wandte Prince ein, »das ist ja Mord.«

»Still!« befahl Malemute Kid. »Es gibt Dinge, die größer als unsere Weisheit sind und jenseits unserer Gerechtigkeit liegen. Wir können nicht sagen, was recht und unrecht dabei ist, und es kommt uns nicht zu, zu richten.«

Naaß kroch noch näher ans Feuer. Es war ein großes Schweigen, und jeder der drei Männer sah viele Bilder kommen und gehen.

Der Seebauer

»Das muß das Motorboot vom Doktor sein«, sagte Kapitän MacElrath.

Der Lotse knurrte etwas, während der Schiffer mit seinem Glase vom Motorboot zu dem Küstenstreifen hinüberblickte und diesen langsam bis nach Kingstown jenseits der Einfahrt von Howth Head an der Nordseite absuchte.

»Die Flut setzt ein, und in zwei Stunden sind wir an Land«, geruhte der Lotse mit einem Anflug von Heiterkeit zu sagen. »Sie sind auch froh, was?«

Diesmal knurrte der Schiffer.

»Ein scheußlicher Tag.«

Wieder knurrte der Schiffer. Er war müde von der Sturmnacht im Irischen Kanal, die er ununterbrochen auf der Brücke verbracht hatte. Und er war müde von der Reise, die er hinter sich hatte, von den zwei Jahren und vier Monaten zwischen Heimathafen und Heimathafen, den achthundertundfünfzig Tagen, die das Logbuch nachwies.

»Richtiges Winterwetter,« erklärte er nach einer Weile, »die Stadt ist gar nicht zu erkennen. Wir kriegen heute noch einen schönen Guß.«

Kapitän MacElrath war ein kleiner Mann, der gerade noch über die Schutzleinwand seiner Brücke hinweggucken konnte. Der Lotse und der dritte Offizier überragten ihn ebenso wie der Mann am Rad, ein kräftiger Deutscher, der von einem Kriegsschiff, auf dem er sich in Rangoon hatte anheuern lassen, desertiert war. Aber die fehlenden Zentimeter taten der Tüchtigkeit MacElraths keinen Abbruch. Wenigstens dachte die Reederei so, und ebenso würde er selbst gedacht haben, wenn er Einblick in die bis in die geringsten Einzelheiten genauen Berichte über sich im Archiv der Gesellschaft gelesen hätte. Aber die Reederei hatte ihm nie auch nur die leiseste Andeutung von ihrem Vertrauen gemacht. Das war Geschäftsprinzip: sie hätte nie einem Angestellten erlaubt, sich für unentbehrlich oder auch nur für besonders nutzbringend zu halten; deshalb lobte sie nie, war jedoch um so schneller mit einem Tadel zur Hand. Was war Kapitän

MacElrath anderes als ein Schiffer, einer von den achtzig Schiffern, die die achtzig Fahrzeuge der Gesellschaft auf allen Haupt- und Nebenstraßen des Meeres befehligten.

Auf dem Hauptdeck unter ihnen trugen zwei chinesische Heizer das Frühstück nach vorn über rostige Eisenplatten, die ihre eigene, grimmige Geschichte von Anprall und Überschlagen des Meeres erzählten. Ein Matrose nahm die Rettungsleine herab, die vom Vorderkastell über Luken und Ladekrane bis zur Brückentreppe reichte.

»Eine stürmische Reise«, bemerkte der Lotse.

»O ja, manchmal ging es toll her, aber daraus mache ich mir nicht soviel wie aus dem Zeitverlust. Ich hasse nichts so sehr, wie Zeit zu verlieren.«

Bei diesen Worten wandte sich Kapitän MacElrath um und blickte nach achtern, und der Lotse, der seinem Blicke folgte, sah die stumme, jedoch überzeugende Erklärung des Zeitverlustes. Der Schornstein trug über seinem braungelben Grunde eine weiße Salzschicht, und die Dampfpfeife glitzerte von Kristallen im Sonnenlicht, das für einen Augenblick durch einen Riß in den Wolken brach. Das Backbord-Rettungsboot fehlte, seine verbogenen und verzerrten eisernen Davits zeugten von dem Wogenanprall, der die alte »Tryapsic« getroffen hatte. Die Steuerborddavits waren ebenfalls leer. Das zerschmetterte Wrack des Rettungsbootes lag unter einer Persenning auf Deck neben dem zertrümmerten Maschinenraum-Skylight, unterhalb der Brücke sah der Lotse die ebenfalls zertrümmerte Tür der Messe, die zum Schutz gegen die Sturzseen roh mit Brettern vernagelt war. Oben auf dem Rauchventil, von dem Bootsmann und einem Matrosen eben heruntergeholt, hing das mächtige Schutznetz, das nicht imstande gewesen war, die Macht der Wellen zu brechen.

»Zweimal hab' ich mit den Reedern über die Tür gesprochen,« sagte Kapitän MacElrath, »aber sie sagten, sie würden's schon machen. Jetzt haben die großen Seen es besorgt. Sie waren unglaublich groß. Und die allergrößte hat den Schaden angerichtet. Sie hob die Tür heraus, legte sie flach auf den Messentisch und schlug in der Kajüte alles kurz und klein. Ich war ein bißchen traurig darüber.«

»Das muß wirklich eine mächtige See gewesen sein«, meinte der Lotse mitfühlend.

»Und ob. Es ging reichlich lebhaft zu. Dem Steuermann machte sie den Garaus. Er stand mit mir auf der Brücke, und ich sagte ihm, er solle mal nach der Verkeilung von Luke eins sehen. Sie nahm Wasser über, und ich war nicht ganz sicher, ob sie genügend verkeilt war. Mir gefiel die Geschichte nicht, und ich dachte schon daran, bis zum nächsten Morgen beizudrehen, als die See über die Brücke kam. Wahrhaftig, das war eine! Wir spürten es auf der Brücke. Im ersten Augenblick vermißte ich den Steuermann nicht, Splitter, eine Schottentür und eine Skylight-Persenning flogen um mich herum. Als ich ihn dann suchte, war er weg. Der Mann am Rad sagte, er hätte ihn noch gesehen, wie er gerade die Treppe hinunterstieg. Dann sei die Welle gekommen. Wir suchten das ganze Schiff ab, gingen in seine Kabine, in den Maschinenraum und auf das untere Deck, und da lag er in zwei Teilen zu beiden Seiten vom Dampfpfeifenventil an den Achter-Winchen.«

Der Lotse fluchte vor Bestürzung und Grauen.

»Ja,« fuhr der Schiffer müde fort, »auf beiden Seiten der Dampfpfeife. Ich sage Ihnen, er war in zwei Teile gespalten wie ein Hering. Die See muß ihn oben auf dem Brückendeck gepackt, quer über Deck getragen und gegen den Pfeifendeckel geknallt haben. Der hatte ihn durchgeschnitten, als wenn er aus Butter gewesen wäre, ihn in zwei gleiche Teile mit je einem Arm und einem Bein daran gespalten. Ich sag' Ihnen, es war gräßlich. Wir legten ihn zusammen, rollten ihn in Segelleinen und warfen ihn über Bord.«

Der Lotse fluchte wieder.

»Oh, es war nicht zum Grinsen«, versicherte Mac Elrath. »Es war Großreinemachen. Er war kein Seemann, der Steuermann. Er hätte in einen Saustall gehört.«

Es heißt, daß es drei Arten Iren gibt – Katholiken, Protestanten und Nordiren –, und daß der Nordire ein verpflanzter Schotte ist. Kapitän MacElrath war Nordire, und wenn er auch wie ein Schotte sprach, so erregte doch nichts seinen Zorn so sehr, wie wenn man ihn irrtümlich für einen Schotten hielt. Er war und blieb Ire, wenn er auch von den Nordiren und selbst von den irischen Protestanten nur mit einem zornigen Zucken der Lippen sprach. Er selbst war Presbyterianer, aber seine eigene Gemeinde zählte nur fünf Mitglieder. Er stammte eigentlich von der Insel McGill, wo siebentausend seiner Art in solcher Freundschaft und Mäßigkeit lebten, daß es auf der ganzen Insel nur einen einzigen Polizisten und überhaupt kein Wirtshaus gab.

Kapitän MacElrath liebte die See nicht und hatte sie nie geliebt. Er rang ihr seinen Lebensunterhalt ab, und sie bedeutete ihm nichts als seine Arbeitsstätte, wie andern Männern die Mühle, der Laden oder das Kontor. Nie hatte die Romantik ihm ihr Sirenenlied gesungen, und nie hatten Abenteuer in seinem schweren Blut Widerhall gefunden. Es fehlte ihm an Phantasie. Die Wunder der Tiefsee hatten für ihn keine Bedeutung. Wirbelstürme, Wasserhosen und Flutwellen waren für ihn nichts, als eben allerlei Hindernisse für das Schiff auf dem Meere und für den Schiffer auf der Brücke. Er hatte die vielen Wunder ferner Länder gesehen und hatte sie doch nicht gesehen. Unter seinen Lidern brannten die ehernen Strahlen der tropischen Meere, schmerzten die bitteren Regenschauer des Nordatlantiks oder des weiten Südpazifiks, aber in seiner Erinnerung hafteten nur eingeschlagene Kajütentüren, treibende Lukendeckel, bedrohte Gatter, unverhältnismäßig hoher Kohlenverbrauch, lange Überfahrten und von plötzlichen Regenböen verdorbener frischer Anstrich.

»Ich verstehe mein Geschäft«, pflegte er zu sagen, und außer seinem Geschäft kannte er nichts, hatte er nichts gesehen, existierte nichts für ihn. Daß er sein Geschäft verstand, das wußten seine Reeder, sonst hätte er nicht als Vierziger das Kommando über die »Tryapsic« gehabt, einen Dampfer von dreitausend Registertonnen, mit einer Ladefähigkeit von neuntausend Tonnen und einem Versicherungswert von fünfzigtausend Pfund.

Ohne Liebe zum Beruf war er Seemann geworden, nur weil es eben sein Geschick gewesen, weil er der zweite Sohn seines Vaters und nicht der erste war. Die Insel McGill war nicht groß und konnte nur eine gewisse Anzahl von Bewohnern ernähren. Der Überschuß – und es war ein großer Überschuß vorhanden – wurde auf die See geschickt, um sich dort sein Brot zu verdienen. So war es seit Generationen gewesen. Der älteste Sohn übernahm den Hof des Vaters, den andern Söhnen blieb die See zum Pflügen. So kam es, daß Donald MacElrath, der Sohn eines Bauern und selbst ein Bauernjunge, den Boden, den er liebte, eintauschte für die See, die er haßte, die zu pflügen aber sein Geschick war. Und er hatte sie gepflügt – scharfsinnig, leidenschaftslos, nüchtern, fleißig und geizig – zwanzig Jahre, in denen er vom Schiffsjungen zum Vollmatrosen, Steuermann, zum Segelschiffskapitän und dann auf Dampfern vom zweiten zum ersten Offizier und zum Kapitän aufstieg. Immer größere Schiffe hatte man seiner Führung anvertraut, und zuletzt die alte »Tryapsic«. Alt, ja, das war sie wohl, aber doch ihre fünfzigtausend Pfund wert und noch imstande, mit ihren neuntausend Tonnen Gewicht jedem Seegang und jedem Wetter zu trotzen.

Von der Brücke der »Tryapsic«, dem Hochplatz, den er im Wettkampfe der Männer erreicht hatte, starrte er auf den Hafen von Dublin, der sich vor ihm öffnete, auf die Stadt, die durch den dunklen Himmel eines trüben, windigen Tages verdüstert war, und auf den Wirrwarr von Hölzern und Tauwerk der im Hafen liegenden Schiffe. Von zwei Erdumsegelungen war er heimgekehrt, von endlosen Fahrten in der Ferne, heim zu seinem Weibe, das er seit achtundzwanzig Monaten nicht gesehen, und zu dem Kinde, das er noch nie gesehen hatte, und das jetzt schon laufen und sprechen konnte. Er sah, wie unten die Schiffswache, Heizer und Trimmer wie Kaninchen aus ihrem Stall aus der Back herausquollen und über das rostige Deck nach achtern gingen, um sich zur Musterung des Hafenarztes aufzustellen. Es waren Chinesen mit ausdruckslosen, sphinxartigen Gesichtern, und sie gingen in einer merkwürdigen schlenkernden Art, zogen die Füße nach, als wäre das derbe Schuhzeug zu schwer für ihre mageren Schenkel.

Er sah sie und sah sie doch wieder nicht, während seine Hand an seinen Mützenschirm griff und nachdenklich in dem sandigen Haar kratzte, denn die Szene, die sich vor ihm abwickelte, bildete in seinem Kopfe nur den Hintergrund für eine

Vision des Friedens – eine Vision, die er oft in den langen Nächten auf der Brücke gehabt hatte, wenn die alte »Tryapsic« auf den empörten Wogen rollte, wenn ihre Decks überspült wurden und Schneeböen oder Tropenregen gegen ihr Tauwerk trommelten. Die Vision, die er hatte, zeigte einen Bauernhof mit strohgedecktem Giebel, Kinder, die in der Sonne spielten, die brave Frau in der Tür, brüllende Kühe und gackernde Hühner, stampfende Pferde im Stall: den Hof seines Vaters, der sich nicht weit von hier auf dem waldlosen Hügelland mit den von Hecken umsäumten Feldern ordentlich und hübsch über den sanften Höhen ausbreitete. Dies war seine Vision, sein Traum, seine Romantik und sein Abenteuer, das Ziel aller seiner Mühe, der hohe Preis für das Salzwasserpflügen und die langen, langen Furchen, die er auf seinen Wegen durch die ganze Welt beim Pflügen des Meeres gezogen hatte.

Mit seinem einfachen Geschmack und seiner Liebe zu seinem Heim war dieser vielgereiste Mann einfacher und häuslicher als jeder Bauer. Sein Vater war einundsiebzig Jahre alt und hatte nie eine Nacht außerhalb seines Bettes in seinem Hause auf der Insel McGill verbracht. Das war auch das Lebensideal Kapitän MacElraths, und er war geneigt, sich zu wundern, daß ein Mensch ohne Zwang seinen Hof verlassen und zur See gehen konnte. Diesem vielgereisten Manne war die ganze Welt ebenso vertraut wie dem Schuhflicker in seinem Laden das Dorf. Für Kapitän MacElrath war die Welt ein Dorf. Vor seinem Blick erstanden ihre Tausende von Seemeilen langen Straßen und noch längeren Nebenwege, die um die stürmischsten Kaps der Erde herum oder zu ruhigen Binnenseen führten, Wege, die in der einen Richtung geradeswegs zu blumigen Ländern und sommerlichen Meeren und in der andern zu unaufhörlichen scharfen Stürmen und zu den gefahrdrohenden, in westlichen Winden treibenden Eisbergen führten. Und die lichtstrahlenden Städte waren wie Läden an diesen langen Straßen – Läden, in denen die Bunker aufgefüllt, Waren geladen oder gelöscht oder Aufträge der Reeder aus der Stadt London entgegengenommen wurden, Befehle, hierhin und dorthin zu fahren, immer die langen

Alleen des Meeres entlang, neue Frachten zu suchen und überallhin zu tragen, wo Schillinge und Pence winkten. Überall aber herrschte die gleiche Trübseligkeit, und er hatte nichts davon, als daß er dem Meere auf diese Weise seinen Lebensunterhalt abrang.

Das letzte Lebewohl hatte er seiner Frau vor achtundzwanzig Monaten in Cardiff gesagt, als er Kohlen – neuntausend Tonnen – nach Valparaiso brachte. Von Valparaiso war er nach Australien gefahren, eine Kleinigkeit von siebentausend Meilen, auf deren letztem Teil Sturm herrschte und die Kohle knapp wurde. Dann wieder Kohlen nach Oregon, siebentausend Meilen, und noch einmal die gleiche Entfernung mit gemischter Ladung nach Japan und China. Von China wieder nach Japan, um Zucker für Marseille zu laden, durch das Mittelmeer zurück nach dem Schwarzen Meer und von hier aus mit Chromerz nach Baltimore, von Wirbelstürmen herumgeschleudert und knapp an Kohle, bis er Bermuda zum Bunkern anlief. Kam eine Zeit, da er verchartert war und mit geheimnisvoller Konterbande auf Anordnung eines geheimnisvollen deutschen Superkargos, den der Charterer an Bord gesetzt hatte, von Norfolk, Virginia, nach Südafrika lief. Weiter nach Madagaskar mit einer Fahrt von vier Knoten dampften sie nach Weisungen des Superkargos und mit dem Verdacht, daß die Kohlen für die russische Flotte bestimmt waren. Das nächste waren Verwirrung, langes Stilliegen auf hoher See, internationale Verwicklungen, Aufregungen der ganzen Welt über die alte »Tryapsic« und ihre Ladung von Konterbande, und dann ging es nach Japan und nach dem Hafen von Sassebo. Wieder zurück nach Australien, wo eine zweite Charter abgeschlossen war und Stückgut in Sydney, Melbourne und Adelaide geladen und nach Mauritius, Lorenzo Marquez, Durban, der Algoabucht und Kapstadt gebracht wurde. Nach Ceylon, um Aufträge zu holen, und von Ceylon nach Rangoon, um Reis für Rio de Janeiro zu laden. Von dort nach Buenos Aires, wo Mais für Großbritannien oder den Kontinent geladen wurde; dann St. Vincent angelaufen, um neue Orders zu erhalten, und endlich nach Dublin. Zwei Jahre und vier Monate, nach dem Logbuch achthundertundfünfzig Tage, war er die Tausende von Meilen langen Meeresalleen hinauf und herab gedampft, um schließlich nach Dublin zurückzukehren. Und jetzt war er müde.

Eine Schlepptrosse hatte die »Tryapsic« festgemacht, und unter vielem Klirren und Rasseln und den Kommandorufen »Halbe Fahrt«, »Geradeaus«, »Langsam« oder »Back« wurde der alte Seevagabund leise hin und her gestoßen und in den Hafen geschoben und gezerrt. Leinen wurden an Land geworfen, und vorn und achtern flog je ein Springtau heraus. Schon hatte sich eine kleine Gruppe der Glücklichen, die in der Heimat bleiben durften, auf dem Kai zu einem Klumpen geballt.

»Abklingeln!« befahl Kapitän McElrath; und der dritte Offizier senkte den Druckhebel des Maschinentelegraphen.

»Fallreep heraus!« rief der zweite Offizier, und als das geschehen war: »Genug.«

Das Auslassen des Fallreeps war die letzte Aufgabe für alle; »Genug« bedeutete die Entlassung. Die Reise war zu Ende, und die Mannschaft eilte quer über das rostige Deck nach vorn, wo ihre Seekisten gepackt und zur Ausschiffung bereit standen. Die Männer spürten den Geschmack des Landes im Munde, auch der Schiffer, als er dem sich entfernenden Lotsen ein barsches »Guten Tag« zumurmelte und selbst in seine Kajüte hinabstieg. Auf dem Fallreep standen die Zollbeamten und der Agent des Reeders sowie die Schauerleute. Er gab schnell die nötigen Weisungen und warf noch einen letzten Blick in seine Kajüte, während der Agent wartete, um ihn ins Bureau zu begleiten.

»Haben Sie meine Frau benachrichtigt?« begrüßte er den Agenten.

»Ja, telegraphisch, sobald Sie gemeldet waren.«

»Sie kommt jedenfalls mit dem Morgenzuge«, hatte der Schiffer vor sich hingesagt und war hineingegangen, um sich umzuziehen und zu waschen. Er warf einen letzten Blick über den Raum und die zwei Photographien an der Wand, die seine Frau und das Kind darstellten – sein Kind, das er noch nie gesehen hatte. Er trat in die Koje mit ihren getäfelten Wänden aus Zedern- und Ahornholz und dem langen Tisch, der für zehn genügt hätte, und an dem er in all der traurigen Zeit allein gesessen hatte. Kein Lachen und Schwatzen war am Meßtisch ertönt. Er hatte schweigend, fast grämlich gegessen, schweigend wie der geräuschlose Asiate, der die Speise aufgetragen. Plötzlich kam ihm die Einsamkeit dieser mehr als zwei Jahre überwältigend zum Bewußtsein. Alle Sorgen und Ängste hatte er allein tragen müssen. Mit niemand hatte er sie geteilt. Seine beiden Offiziere waren zu jung und zu flüchtig, der Steuermann zu dumm. Mit ihnen konnte er sich nicht beraten. Nur ein Insasse war mit ihm in der Kajüte gewesen, und dieser Insasse war seine Verantwortung. Mit ihr hatte er zusammen gespeist und zu Abend gegessen, sie waren zusammen auf die Brücke geschritten und hatten sich zusammen ins Bett gelegt.

»Ach,« murmelte er seinem grimmigen Begleiter zu, »jetzt bin ich dich los und will eine Weile nichts von dir wissen ...«

An Land überholte er die Matrosen mit ihren Seesäcken und erledigte dann beim Agenten die geschäftlichen Angelegenheiten. Auf die Aufforderung, etwas zu trinken, bat er um Milch und Sodawasser.

»Ich bin kein Antialkoholiker,« erklärte er, »aber Bier und Whisky kann ich auf den Tod nicht leiden.«

Als er am Nachmittag seine Mannschaft abgelöhnt hatte, eilte er ins Privatbureau, wo, wie man ihm sagte, seine Frau wartete.

Seine Augen suchten zuerst sie, wenn die Versuchung auch groß war, einen Blick des Kindes zu erhaschen, das neben ihr auf einem Stuhl saß. Nach langer Umarmung hielt er sie mit ausgestreckten Armen von sich ab und blickte ihr lange und fest ins Gesicht, trank jeden ihrer Züge und wunderte sich, daß er keine Spur der Zeit entdecken konnte. Für einen warmherzigen Menschen hielt seine Frau ihn, hätte man aber seine Offiziere befragt, so würden sie ihn barsch und bitter genannt haben.

»Nun, Annie, wie steht's?« fragte er und zog sie wieder an sich.

Und wieder hielt er sie von sich ab, diese Frau, die seit zehn Jahren die seine war, und von der er doch so wenig wußte. Sie war ihm fast eine Fremde. Fremder als sein chinesischer Steward und sicherlich weit fremder als seine Offiziere, die er täglich, achthundertundfünfzig Tage lang, gesehen hatte. Zehn Jahre war er verheiratet, und in dieser Zeit war er neun Wochen – kaum einen Honigmond – mit der Frau zusammengewesen. Bei jeder Heimkehr hatte er sie von neuem kennengelernt, das war das Schicksal der Männer, die hinauszogen, um das Meer zu pflügen. Wenig wußten sie von ihren Frauen und noch weniger von ihren Kindern. Sein erster Maschinist – der alte kurzsichtige MacPherson – hatte erzählt, wie ihm einmal bei der Heimkehr sein vierjähriger Junge die Tür vor der Nase zugeschlagen hatte.

»Und das ist wohl das Jungchen«, sagte der Schiffer und streckte zögernd die Hand aus, um die Wange des Kindes zu streicheln.

Aber der Knabe zog sich erschrocken vor ihm zurück und versteckte sich hinter der Mutter.

»Ach,« rief sie, »er kennt seinen Vater nicht!«

»Und ich kenne ihn nicht. Ich würde ihn wahrhaftig nicht erkannt haben. Wenn er auch, wie ich glaube, deine Nase hat.«

»Und deine Augen, Donald. Schau sie dir an. Das ist dein Vater, Jungchen, sei ein braves Kind und gib ihm einen Kuß.«

Aber das Kind drückte sich nur enger an sie, sein Ausdruck von Furcht und Mißtrauen wuchs, und als sein Vater den Versuch machte, ihn an sich zu ziehen, drohte er in Tränen auszubrechen.

Der Schiffer richtete sich auf, und um den Schmerz, der ihm ans Herz griff, zu verbergen, zog er die Uhr und schaute sie an.

›Es wird Zeit, daß wir gehen, Annie,« sagte er, »unser Zug fährt gleich.«

Im Zuge war er zuerst schweigsam. Er beobachtete die Frau und das Kind, das in ihren Armen einschlafen wollte, und sah dann wieder durchs Fenster hinaus auf die bestellten Felder und die grünen baumlosen Hügel, die sich undeutlich in dem Sprühregen abzeichneten, der eben eingesetzt hatte. Sie hatten ein Abteil für sich. Als der Knabe eingeschlafen war, legte sie ihn auf die Bank und deckte ihn warm zu. Und als er sich nach der Gesundheit der Verwandten und Freunde erkundigt und alle Neuigkeiten der McGill-Insel nebst Wetterbericht und den Boden- und Getreidepreisen gehört hatte, gab es nichts mehr zu sprechen, außer über ihn selbst, und so begann denn Kapitän MacElrath den Bericht von seiner Weltumseglung, den er für seine Frau aufgespart hatte. Aber er sprach nicht von Wundern, nicht von schönen Blumenländern oder den geheimnisvollen Städten des Ostens.

»Wie ist Java?« fragte sie einmal.

»Ein Fiebernest. Die halbe Mannschaft lag krank, und es wurde nicht oder nur wenig gearbeitet. Die ganze Zeit gab es nichts als Chinin. Jeden Morgen Chinin und Genever auf den leeren Magen. Und die, die nicht krank waren, taten so, als ginge es ihnen noch schlechter als den andern.«

Dann wieder fragte sie nach Newcastle.

»Kohlen und Kohlenstaub – das ist alles. Keine schöne Stadt. Ich verlor dort zwei Chinesen, beides Heizer. Und die Reeder mußten hundert Pfund für jeden an die Regierung zahlen. ›Wir haben zu unserm Bedauern davon Kenntnis genommen‹, schrieben sie mir – ich erhielt den Brief in Oregon – ›Wir haben zu unserm Bedauern davon Kenntnis genommen, daß Sie zwei Chinesen von ihrer Mannschaft in Newcastle verloren haben, und wir empfehlen Ihnen in Zukunft größere Sorgfalt.‹ Größere Sorgfalt! Als ob ich sorgfältiger hätte sein können. Die Chinesen hatten jeder fünfundvierzig Pfund zugute, und mir wäre nicht im Traum eingefallen, daß sie durchbrennen könnten.

»Aber so sind sie nun mal – ›Wir haben zu unserm Bedauern davon Kenntnis genommen‹, ›Wir empfehlen‹, ›Wir verstehen nicht‹ und dergleichen. Und dabei dachten sie, ich könnte wie ein Schnelldampfer fahren und brauchte dazu keine Kohlen. Da war die neue Schraube. Ich hatte ihnen eine Weile in den Ohren gelegen. Die alte war aus Eisen und mit dicken Enden gewesen, und wir konnten keine Fahrt damit machen. Die neue war aus Bronze – neunhundert Pfund hatte sie gekostet –, und nun wollten sie auch etwas davon haben. Aber es war eine böse Überfahrt, und ich verlor jeden Tag

Zeit. ›Wir haben mit Bedauern davon Kenntnis genommen, wie lange Sie zu der Überfahrt von Valparaiso nach Sydney gebraucht haben; Sie haben nur eine Durchschnittsgeschwindigkeit von hundertsiebenundsechzig Meilen täglich erreicht. Wir hatten ein besseres Ergebnis von der neuen Schraube erwartet. Sie hätten eine Durchschnittsgeschwindigkeit von zweihundertundsechzehn Meilen erreichen müssen.‹

»Und dabei war es Winter, und wir hatten die halbe Zeit Orkan, mußten sechs Tage lang beiliegen und die Maschine stillstehen lassen, die Kohlen wurden knapp, und der Steuermann war so dämlich, daß er nachts keine Laterne setzen konnte, ohne mich erst auf die Brücke zu holen. Das schrieb ich ihnen, und sie antworteten: ›Unser Fachmann vermutet, daß Sie einen zu südlichen Kurs genommen haben‹, und ›wir erwarten in Zukunft bessere Resultate von der neuen Schraube‹. ›Fachmann!‹ Landschiffer! Es war genau die richtige Breite für eine Fahrt von Valparaiso nach Sydney im Winter.

»Und als ich, knapp an Kohlen, nach Auckland kam, nachdem ich wieder sechs Tage mit gelöschtem Feuer getrieben war – ich hatte nicht mehr als zwanzig Tonnen in den Bunkern und mußte sparen –, da wollte ich den Reedern Zeitverlust und Geld sparen und fuhr ohne Lotsen hinein und heraus. Es war kein Lotsenzwang. Und dann traf ich in Yokohama Kapitän Robinson von der »Dyapsic«. Wir sprechen über Häfen und Städte auf der Australienroute, und das erste, was er sagt, ist: ›Da wir gerade von Auckland sprechen – Sie waren doch noch nie in Auckland, Kapitän?‹ ›Doch,‹ sage ich, ›ich war dort, und zwar erst kürzlich.‹ ›Oho,‹ sagte er wütend, ›dann waren Sie der smarte Kerl, der mir diesen Brief von den Reedern eingebracht hat: Wir kommen noch einmal auf die Aucklander Lotsengebühr von fünfzehn Pfund zurück. Eines unserer Schiffe war erst kürzlich in Auckland und hat keine derartige Gebühr berechnet. Wir erlauben uns, Ihnen mitzuteilen, daß wir diese Lotsengebühr für eine unnötige Ausgabe halten, die in Zukunft vermieden werden soll.‹

»Aber glaubst du, sie hätten mir ein Wort davon geschrieben, daß ich ihnen die fünfzehn Pfund gespart habe. Nicht eine Silbe. Kapitän Robinson schreiben sie einen Brief, wa-

rum er die fünfzehn Pfund nicht gespart hätte, und mir
schreiben sie: ›Wir haben Kenntnis davon genommen, daß Sie
als ärztliches Honorar für die Mannschaft zwei Guineen in
Auckland bezahlt haben, und bitten Sie, uns diese ungewöhnliche Ausgabe zu erklären.‹ – Es handelte sich um zwei Chinesen. Ich glaubte, sie hätten Beriberi, und deshalb schickte ich
zum Doktor. Eine Woche später mußte ich die beiden auf See
bestatten. Aber es hieß: ›Wir bitten Sie, uns diese ungewöhnliche Ausgabe zu erklären.‹ – Und an Kapitän Robinson
schrieben sie: ›Wir erlauben uns, Ihnen mitzuteilen, daß wir
diese Lotsengebühr für eine ungewöhnliche Ausgabe halten,
die in Zukunft vermieden werden soll.‹

»Und von Newcastle aus telegraphierte ich, der alte Kas-
ten sei so dreckig, daß er unbedingt ins Trockendock müßte.
Sieben Monate waren wir unterwegs gewesen, und an der
Westküste verdreckt man so schnell wie nirgends auf der
ganzen Welt. Aber wir hatten Fracht und eine Charter nach
Portland. Die ›Arrata‹, ein Schiff von der Woor-Linie, ging am
selben Tage wie wir nach Portland ab, und die alte ›Tryapsic‹
machte sechs – bestenfalls sieben Knoten. Und als ich in
Comox bunkerte, kriegte ich wieder einen Brief von den
Reedern. Der Chef hatte selbst unterzeichnet und zum Schluß
eigenhändig geschrieben: ›Die ›Arrata‹ hat Sie um vier und
einen halben Tag geschlagen. Ich bin enttäuscht.‹ Enttäuscht!
Wo ich ihm doch von Newcastle aus gedrahtet hatte. Als wir
sie in Portland ins Dock brachten, saßen fußlanger Tang,
faustgroße Entenmuscheln und Austern wie Suppenteller
daran. Wir mußten zwei Tage hinterher das Dock von Mu-
scheln und Dreck säubern.

»Und dann die Geschichte mit den Feuerriegeln in
Newcastle. Die Firma an Land machte sie schwerer, als der
Maschinist sie angegeben hatte, und vergaß die Differenz zu
berechnen. Im letzten Augenblick, als ich an Land war, um
den Verklarungsbrief zu holen, kamen sie mit der Rechnung:
›Irrtum in der Berechnung der Feuerriegel, sechs Pfund.‹ Sie
waren auf dem Schiffe gewesen, und MacPherson hatte gegengezeichnet. Ich sagte, das wäre merkwürdig, und wollte
nicht zahlen. ›Dann mißtrauen Sie dem ersten Maschinisten‹,

sagten sie. ›Durchaus nicht,‹ sagte ich, ›aber ich weiß nicht, wie ich es machen soll. Kommen Sie mit aufs Schiff. Die Fahrt kostet Sie nichts; ich bringe Sie in der Barkasse hin und zurück. Dann werden Sie hören, was MacPherson sagt.‹

»Aber sie wollten nicht mitkommen. In Portland erhielt ich die Rechnung nebst einem Brief. Ich beachtete sie nicht. In Hongkong bekam ich einen Brief von den Reedern. Die Rechnung war an sie geschickt worden. Ich schrieb ihnen von Java aus und erklärte ihnen die Sache. Dann schrieben mir die Reeder nach Marseille: ›Für Extraarbeit im Maschinenraum sechs Pfund. Der Maschinist hat gegengezeichnet und Sie nicht. Bezweifeln Sie die Ehrlichkeit des Maschinisten?‹ Ich schrieb ihnen, daß ich seine Ehrlichkeit durchaus nicht bezweifelte, es sei die Rechnung für das Extragewicht der Feuerriegel. Und es sei in Ordnung. Glaubst du, daß sie bezahlten? Nein. Sie mußten die Sache zunächst untersuchen. Dann wurde irgendein Kontorist krank, und die Rechnung ging verloren. Da gab es wieder Schreibereien. Ich bekam Briefe von den Reedern und von der Firma – ›Irrtum in der Berechnung der Feuerriegel, sechs Pfund.‹ – In Baltimore, in der Delagoabucht, in Moji, in Rangun, in Rio und in Montevideo. Es ist heute noch nicht in Ordnung. Ich sag' dir, Annie, es ist schwer, es den Reedern recht zu machen.«

Er bedachte sich einen Augenblick und murmelte dann unwillig: »Irrtum in der Berechnung der Feuerriegel, sechs Pfund.«

»Hast du von Jamie gehört?« fragte ihn seine Frau, als er schwieg.

Kapitän MacElrath schüttelte den Kopf.

»Er wurde mit drei Matrosen von der Achterhütte heruntergeschwemmt«, berichtete sie.

»Wo?«

»In der Höhe von Kap Horn. Auf der ›Thornsby‹.«

»Sie waren wohl gerade auf der Heimreise?«

»Freilich«, nickte sie. »Es ist kaum drei Tage her, daß wir die Nachricht erhalten haben. Seine Frau grämt sich zu Tode.«

»Ein braver Kerl, der Jamie,« erklärte er, »aber ein Starrkopf. Ich weiß noch, wie wir zusammen auf der ›Albion‹ waren. Und nun ist Jamie also dahin.«

Wieder entstand eine Pause, bis die Frau sagte:

»Und von der ›Bankshire‹ wirst du auch noch nichts gehört haben. MacDougall hat sie in der Magalhãesstraße verloren. Gestern stand es erst in der Zeitung.«

»Eine scheußliche Stelle, diese Magalhãesstraße«, sagte er. »Hat mich dieser verdammte Steuermann auf einer einzigen Durchfahrt nicht beinahe zweimal auf den Strand gesetzt? Er war ein Idiot, verrückt. Ich wollte ihn nicht auf der Brücke haben. Wir erreichten Narrow Reach bei dickem Wetter mit Schneetreiben; aber ich hatte ihm im Kartenhaus den genauen Kurs angegeben. ›Südost bei Ost‹, sagte ich ihm. ›Südost bei Ost, Kapitän‹, bestätigte er. Eine Viertelstunde später komme ich auf die Brücke. ›Komisch,‹ sagt der Kerl, ›ich erinnere mich nicht, daß es bei der Einfahrt von Narrow Reach eine Insel gibt.‹ Ich warf einen Blick auf die Insel und schrie dem Manne am Rade zu: ›Hart Steuerbord!‹ Da hättest du sehen sollen, wie die alte ›Tryapsic‹ sich drehte. Ich wartete, bis es aufhörte zu schneien, und dann lag Narrow Reach ganz ordentlich im Osten, und die Insel südlich war in der Einfahrt zur Falsebucht. ›Was für einen Kurs hast du gesteuert?‹ fragte ich den Rudergast. ›Süd bei Ost, Käptn‹, sagte er. Ich sah den Steuermann an, den Kerl. Was sollte ich sagen? Ich war so wütend, daß ich ihn hätte totschlagen können. Vier Strich Unterschied. Noch fünf Minuten, und es wäre aus gewesen mit der alten ›Tryapsic‹.

»Und dieselbe Geschichte passierte im östlichen Teil der Straße. Vier Stunden hatten wir einen Lotsen, der uns von der Küste abhielt. Dann war ich vierzig Stunden auf der Brücke. Als der Steuermann mich ablöste, gab ich ihm den Kurs an und sagte ihm, er sollte so steuern, daß er das Asktharlicht über den Stern visierte. ›Gehen Sie nicht nördlicher als West bei Nord,‹ sagte ich ihm, ›dann ist es richtig.‹ Darauf ging ich nach unten und legte mich hin. Aber ich konnte nicht schlafen. Was sind noch vier Stunden, wenn ich vierzig auf der Brücke gestanden habe? dachte ich. Und in den vier Stunden

172

willst du die alte ›Tryapsic‹ vom Steuermann zugrunde richten lassen? Nein, sagte ich bei mir. Und dann stand ich auf, wusch mich, trank eine Tasse Kaffee und ging auf die Brücke. Ich peilte das Asktharlicht an. Wir fuhren Nordwest bei West und geradeswegs auf die Sandbänke los. Der Kerl von Steuermann war ein Idiot. Wenn du nur einen Blick über Bord warfst, konntest du sehen, wie das Wasser die Farbe änderte. Noch einen Augenblick, und die alte ›Tryapsic‹ wäre erledigt gewesen, sag' ich dir. In dreißig Stunden hätte er sie zweimal aufgesetzt, wenn ich nicht gewesen wäre.«

Jetzt fiel der Blick Kapitän MacElraths auf das schlafende Kind, und ein leichtes Erstaunen drückte sich in seinen kleinen blauen Augen aus. Seine Frau versuchte ihn zu zerstreuen.

»Erinnerst du dich an Jimmy MacCoul?« fragte sie. »Er brachte immer die beiden Jungens zur Schule. Der alte Jimmy MacCoul, dem die Farm neben dem Besitz von Doktor Haythorn gehört.«

»Natürlich, was ist mit ihm? Ist er tot?«

»Nein, aber er fragte deinen Vater, ob du je in Valparaiso gewesen wärst. Und als dein Vater das verneinte: ›Wie wird er dann hinfinden?‹ Da sagte dein Vater: ›Ganz einfach, Jimmy. Sagen wir, du wolltest jetzt einen Mann aufsuchen, der in Belfast wohnt. Belfast ist eine große Stadt, Jimmy, wie würdest du deinen Weg da finden?‹ ›Ich würde fragen,‹ meinte Jimmy, ›ich würde die Leute, die ich träfe, fragen.‹ ›Sagte ich nicht, daß es ganz einfach sei?‹ sagte dein Vater. ›Genau so findet mein Donald den Weg nach Valparaiso. Er fragt jedes Schiff, das er auf See trifft, bis er zuletzt eines findet, das in Valparaiso gewesen ist, und dann sagt ihm der Kapitän des Schiffes den Weg.‹ Und Jimmy kratzte sich den Kopf und sagte, das verstünde er, und es sei demnach eine ganz einfache Sache.«

Der Schiffer schüttelte sich vor Lachen über den Witz, und seine müden blauen Augen wurden einen Augenblick fröhlich.

»Er war der reine Bindfaden, dieser Steuermann, so dünn, wie wir beide zusammengenommen —«, bemerkte er nach einer Weile und zwinkerte mit den Augen, um zu zeigen, daß er sich der Ungereimtheit dieses Vergleichs wohl bewußt war. Aber seine blauen Augen nahmen schnell wieder ihren traurigen, kalten Blick an. »Weißt du, was er in Valparaiso tat? Er gab sechshundert Faden Kabelkette über Bord, ohne sich auch nur eine Bescheinigung vom Leichter geben zu lassen. Ich war gerade an Land, um mir meine Verklarung zu holen. Erst auf See entdeckte ich, daß wir keine Empfangsbescheinigung für die Kette hatten.

»Sie haben sich keine Empfangsbescheinigung geben lassen?< fragte ich.

»Nein,< sagte er, ›sie ging doch direkt an den Agenten.‹

»Wie lange fahren Sie schon zur See,< sagte ich, ›daß Sie noch nicht die Pflicht eines Steuermanns kennen, keine Ladung ohne Empfangsbescheinigung aus der Hand zu geben. Und noch dazu hier an der Westküste! Was kann den Leichterschiffer abhalten, einen Teil davon zu stehlen?‹

»Und es kam, wie ich sagte. Sechshundert Faden löschten wir, aber vierhundertundfünfundneunzig bekam der Agent nur. Der Leichterschiffer schwor, daß er nicht mehr vom Steuermann erhalten hätte. Vierhundertundfünfundneunzig Faden. In Portland bekam ich einen Brief von den Reedern. Sie tadelten nicht den Steuermann, sondern mich, und dabei war ich beruflich an Land gewesen. Ich konnte nicht an zwei Stellen zugleich sein; die Briefe von dem Agenten und dem Reeder kommen immer zu mir.

»Dieser Kerl von Steuermann war kein Seemann und kein Mann, wie die Reeder ihn brauchen. Er hätte fast das Seeamt auf mich gehetzt mit der Behauptung, daß ich mich geirrt hätte. Er äußerte sich darüber zum Bootsmann und sagte mir auf der Rückreise ins Gesicht, daß ich einen halben Zoll über die Linie geladen hätte. Wir hatten in Portland neu geladen und Wasser übergenommen und in Comox Bunkerkohle und Salzwasser aufgefüllt. Ich sage dir, Annie, man muß verflucht genau rechnen, und als die Bunkerkohle drin war, waren wir wirklich einen halben Zoll unter der Ladelinie. Aber das sag' ich keiner Seele außer dir. Und dieser Kerl von Steuermann hätte mich dem Seeamt gemeldet, wenn er nicht vom Dampfpfeifendeckel in zwei Stücke geschnitten worden wäre.

»Er war ein Narr. Nach dem Laden in Portland mußte ich sechzig Tonnen Kohle bunkern, damit es bis Comox reichte. Leichter waren teuer, und am Kohlendock war kein Platz. Eine französische Bark lag längsseits des Docks, und ich fragte den Kapitän, was er berechnen würde, wenn er nach Beendigung der Tagesarbeit für ein paar Stunden Platz machen und mich an den Kai lassen würde. ›Zwanzig Dollar‹, sagte er. Das sparte den Reedern Leichtergeld, und so gab ich es ihm und bunkerte nachts, nach Einbruch der Dunkelheit, Kohlen. Dann ging ich – unter eigenem Dampf natürlich – wieder auf den Strom hinaus und ankerte.

»Wir mußten mit dem Heck zuerst hinaus, und die Umsteuerung ging unklar. Der alte MacPherson sagte, er könne es mit dem Handrad machen, aber dann ginge es sehr langsam. Ich war einverstanden. Wir warfen los. Der Lotse war an Bord Es war ein starker Ebbstrom, der uns gerade dwars traf, und etwas unterhalb lag ein Schiff mit einem Leichter an jeder Seite. Ich sah zwar die Lichter auf dem Schiff, aber keine auf den Leichtern. Es war keine Kleinigkeit, ein großes Schiff unter Dampf zu fahren, wenn MacPherson die Umsteuerung mit der Hand besorgte. Wir mußten dicht an das Schiff vor uns heran, um das Ende des Docks zu passieren. Und gerade, als ich MacPherson ›Geradeaus‹ zurief, stießen wir mit dem Heck gegen den Leichter.

»›Was war das?‹ fragte der Lotse, als wir gegen den Leichter stießen.

»›Ich weiß nicht‹, sagte ich. ›Aber ich möchte es auch gern wissen.‹

»Du siehst, der Lotse verstand nicht viel davon. Ich ging an einer guten Stelle vor Anker, und alles würde gut gegangen sein, wenn der verdammte Idiot von Steuermann nicht gewesen wäre.

»Er kam auf die Brücke und sagte: ›Wir haben den Leichter zerquetscht.‹

»Und der Lotse stand dabei und spitzte die Ohren, um zu hören.

»Was für einen Leichter?‹ fragte ich.

»Den Leichter, der neben dem Schiff lag‹, sagte der Steuermann.

»Ich habe keinen Leichter gesehen‹, sagte ich und trat ihm tüchtig auf den Fuß.

»Als der Lotse fort war, sagte ich zu dem Steuermann: ›Wenn Sie nichts davon verstehen, dann halten Sie doch wenigstens den Mund.‹

»Aber Sie haben den Leichter doch zerquetscht, oder etwa nicht?‹ sagte er.

»Und wenn ich es getan habe,‹ sagte ich, ›dann ist es nicht Ihre Sache, es dem Lotsen zu erzählen – im übrigen merken Sie sich: Ich gebe nicht zu, daß überhaupt ein Leichter da war.‹

»Und als ich mich am nächsten Morgen gerade anziehe, sagt der Steward: ›Ein Mann ist da, der Sie sprechen will, Käptn.‹ ›Lassen Sie ihn reinkommen‹, sage ich. Und er kommt. ›Setzen Sie sich‹, sage ich. Und er setzt sich.

»Es war der Reeder des Leichters. Und als er seine Geschichte fertig erzählt hatte, sagte ich: ›Ich habe keinen Leichter gesehen.‹

»Was!‹ sagte er. ›Einen Zweihundert-Tonnen-Leichter, so groß wie ein Haus, neben diesem Schiff nicht gesehen?‹

»Ich habe mich an die Lichter gehalten,‹ sagte ich, ›ich weiß, daß ich das Schiff nicht berührt habe.‹

»Aber Sie haben den Leichter berührt‹, sagte er. ›Sie haben ihn zerquetscht. Sie haben für tausend Dollar Schaden angerichtet, und ich werde dafür sorgen, daß Sie sie zahlen.‹

»Sehen Sie, Reeder,‹ sagte ich, ›wenn ich nachts ein Schiff führe, dann richte ich mich nach dem Gesetz, und das Gesetz sagt klipp und klar, daß ich nach den Lichtern der Schiffe zu fahren habe. Ihr Leichter hatte kein Licht gesetzt, und nach einem Leichter, der kein Licht hat, brauche ich nicht auszuschauen.‹

»Der Steuermann sagt –‹ begann er.

»Der Teufel hol' den Steuermann!‹ sagte ich. ›Hatte Ihr Leichter ein Licht gesetzt?‹

»Nein, das nicht,‹ sagte er, ›aber es war eine klare, mondhelle Nacht.‹

»Sie scheinen Ihr Geschäft zu verstehen,‹ sagte ich, ›aber lassen Sie sich sagen, daß ich mein Geschäft ebensogut verstehe, und daß ich nicht auf Leichter Ausschau halte, die kein Licht gesetzt haben. Wenn Sie glauben, daß Sie was erreichen können, dann versuchen Sie es. Guten Tag. Der Steward wird Sie hinausbringen.‹

»Das war das Ende. Aber du siehst daraus, was für ein blöder Kerl der Steuermann war. Ich nenne es einen Segen für alle Schiffer, daß er von dem Dampfpfeifendeckel zerschnitten wurde. Er hatte gute Beziehungen zum Bureau, und das war wohl der Grund, warum man ihn behielt.«

»Die Wekley-Farm soll bald zum Verkauf kommen, hab' ich gehört«, bemerkte seine Frau und beobachtete, welche Wirkung diese Nachricht auf ihn ausüben würde.

Sofort blitzten seine Augen vor Eifer, und er richtete sich auf wie ein Mann in Erwartung einer Aufgabe. Diese Farm war das Ziel seiner Sehnsucht. Sie stieß an die seines Vaters, und die Farm der Familie seiner Frau war nicht eine Meile entfernt.

»Wir kaufen sie,« sagte er, »aber wir wollen keiner Seele etwas davon sagen, bis wir sie gekauft und das Geld erlegt haben. Ich habe tüchtig gespart, wenn auch nicht soviel, wie es hätte sein sollen, und wir haben einen guten Grundstock. Ich werde Vater besuchen und dafür sorgen, daß er das Geld bereit hat und, wenn ich auf See bin, kaufen kann, sobald das Gut angeboten wird.«

Er wischte die Feuchtigkeit, die sich auf dem Fenster niedergeschlagen hatte, fort und blickte in den tropfenden Regen, durch den er nichts unterscheiden konnte.

»Als junger Bursche fürchtete ich, daß die Reeder mir den Laufpaß geben könnten, und das fürchte ich heute noch. Aber sobald das Gut mir gehört, werde ich mich nicht mehr fürchten. Es ist ein elendes Geschäft, dieses Seepflügen. Auf allen Meeren muß ich bei jedem Wetter und jeder Gefahr ein Schiff, das fünfzig Pfund wert ist, führen mit einer Ladung, die manchmal fünfzigtausend, hunderttausend Pfund – eine halbe Million Dollar, sagen die Yankees – wert ist, und bei der Verantwortung kriege ich ein schlechtes Gehalt von zwanzig Pfund monatlich! Und dabei die Leute, mit denen ein Kapitän zu rechnen hat – die Reeder, die Charterer und das Seeamt, die jeder etwas anderes wollen – die Reeder wollen schnelle Fahrt und scheren sich den Teufel ums Risiko, die Charterer wollen stete Fahrt und keinen Aufenthalt, und das Seeamt verlangt vorsichtige Fahrt, und Vorsicht ist immer Aufschub. Drei verschiedene Herren, und alle drei imstande, dich zu erledigen, wenn du ihren verschiedenen Wünschen nicht nachkommst.«

Er merkte, daß die Schnelligkeit des Zuges nachließ, und blickte durch die beschlagenen Fenster. Er stand auf, knöpfte seinen Rock zu, schlug den Kragen hoch und nahm schüchtern das immer noch schlafende Kind in seine Arme.

»Ich werde Vater besuchen«, sagte er, »und dafür sorgen, daß er das Geld zur Hand hat, damit er, wenn ich wieder auf See bin und das Gut angeboten wird, die günstige Gelegenheit nicht versäumt. Und dann können die Reeder mir den Buckel herunterrutschen. Dann bin ich Tag und Nacht bei dir, Annie, und die See kann der Teufel holen.«

Bei dieser Aussicht lag ein Schein von Glück auf den Gesichtern beider, und sie sahen beide dasselbe Bild des Friedens. Annie lehnte sich an ihn, und als der Zug hielt, küßten sie sich über das schlafende Kind hinweg.